ELOGIOS PARA
LAS PELÍCULAS DE MI VIDA

"Una novela original, llena de aventuras, de sorpresas, de películas, tendida como un puente entre los Estados Unidos y América Latina, y enormemente divertida."

—Mario Vargas Llosa, autor de
La Fiesta del Chivo y *El Paraíso en la Otra Esquina*

"Con cada memoria, Fuguet cuenta una historia de dislocación cultural."
—*Entertainment Weekly*

"El establecimiento literario latinoamericano no se le acerca a Alberto Fuguet ni con un palo que mida diez metros de largo, pero los jóvenes adictos al MTV Latino no se pueden pasar de él . . . es para ellos lo más cercano a una estrella de rock."

—*Details*

"Aterradoramente introspectivo. . . . Fuguet ha creado una novela de formación moderna en la que la cultura americana enriquece—y no ahoga—el entendimiento que tiene el protagonista de su país de origen."

—*The New Yorker*

"Una lectura entretenida."

—*New York Post*

"Alberto Fuguet ha escrito un libro elegante, muy bien logrado, y ligeramente desesperante, acerca de una familia, la experiencia de ser inmigrante y las extrañas maneras en las que la cultura americana nos invade y, lo queramos o no, influencia la manera en que vivimos."

—David Amsden

""Una premise ingeniosa, desarollada con un talento y una calidez ejemplar. Una historia profundamente cautivante."

—*Kirkus Reviews*

Valeria Zalaquett

ALBERTO FUGUET nació en Santiago de Chile, y pasó su infancia en California. Es uno de los autores latinoamericanos más destacados de su generación y uno de los líderes de McOndo, el movimiento literario que proclama el fin del realismo mágico. Ha sido crítico de cine y reportero policial. Vive en Santiago.

OTRAS OBRAS DE ALBERTO FUGUET

Cortos

Sobredosis

Mala Onda

Por Favor, Rebobinar

Tinta Roja

rayo *Una rama de HarperCollinsPublishers*

Alberto Fuguet

LAS PELÍCULAS DE MI VIDA

U N A   N O V E L A

WEST PALM BEACH PUBLIC LIBRARY
411 CLEMATIS STREET
WEST PALM BEACH , FL 33401
(561) 868-7700

Este libro fue publicado originalmente en una edición de pasta
dura en 2003 por Rayo, una rama de HarperCollins Publishers.

LAS PELÍCULAS DE MI VIDA. Copyright © 2003 por Alberto Fuguet.
Todos los derechos reservados. Impreso en los Estados Unidos
de América. Se prohíbe reproducir, almacenar, o transmitir
cualquier parte de este libro en manera alguna ni por ningún
medio sin previo permiso escrito, excepto en el caso de
citas cortas para críticas. Para recibir información, diríjase a:
HarperCollins Publishers, 10 East 53rd Street, New York, NY
10022.

Los libros de HarperCollins pueden ser adquiridos para uso
educacional, comercial, o promocional. Para recibir más información, diríjase a: Special Markets Department, HarperCollins
Publishers, 10 East 53rd Street, New York, NY 10022.

Diseño del libro e ilustraciones por Shubhani Sarkar

La PRIMERA EDICIÓN en libro de bolsillo de este libro fue publicado por Rayo en 2005.

Library of Congress ha catalogado la edición en inglés como:

Fuguet, Alberto.
    [Películas de mi vida. English]
    The movies of my life : a novel / Alberto Fuguet ; translated
    from the Spanish by Ezra E. Fitz.—1st ed.
        p. cm.
    ISBN 0-06-053462-1 (alk. paper)
    I. Fitz, Ezra E.   II. Title.

    PQ8098.16.U48P4513 2003
    863'.64—dc21   2003046752

ISBN 10:0-06-073366-7
ISBN 13:978-0-06-073366-7

05 06 07 08 09 DIX/RRD 10 9 8 7 6 5 4 3 2 1

Para Jaime Fuguet y Silvia De Goyenche
(MIS PADRES)

LAS PELÍCULAS DE MI VIDA

«El remezón no vino de a poco. En realidad, nada viene de a poco en esta vida. Todo acaece tal como en los terremotos: de sopetón. Somos nosotros los que vivimos de a pizcas.»

—ANA MARÍA DEL RÍO, *Pandora*

¿Cómo llegué a confeccionar un listado con las películas de mi vida? ¿Cómo se me ocurrió? ¿Por qué no he hecho otra cosa que tabular mentalmente lista tras lista una vez que aterricé en el aeropuerto de Los Ángeles y me sucedió lo que nunca esperé que me sucediera? ¿Cómo llegué a recorrer esta interminable ciudad, en el asiento de atrás de un viejo Malibu verde, con un salvadoreño canoso como mi chofer? ¿Qué me hizo marearme en los iluminados pasillos de una tienda llena de seres solitarios y obsesivos llamada DVD Planet? ¿Por qué he vuelto a pensar —a vivir, a sentir, a gozar, a sufrir— con hechos y personas y películas que daba por borrados (superados, eliminados) de mi inconsciente? ¿Por qué volví a recordar después de tanto tiempo? ¿Por qué, luego de años de no ir al cine, de no ver absolutamente nada, he regresado a mi período de devorador de películas? En otras palabras: *What the fuck is going on?*

Lo que sucede es terrible.

Bueno, no *tan* terrible, pero para mí sí. Rompí el compromiso con la universidad, he dejado mi itinerario de lado, no llegué al sitio donde me esperaban.

Estoy en Los Ángeles, «El–ei» *The City of Angels*, en el valle de San Fernando, en Van Nuys, arriba de la falla horizontal del Elysian Park System.

¿Qué hago aquí?

¿Por qué sigo aún en esta ciudad? ¿Por qué, en vez de hallarme en Tokio, como era el plan, como estaba estipulado, estoy ahora encerrado escribiendo como un demente, en una habitación de un Holiday Inn con vista panorámica a la autopista 405?

Llevo ya casi cuatro días así, al borde, al máximo, por momentos en cámara lenta, a veces en doble *fast forward*. Son las 6:43 A.M., el sol acaba de salir, los cálidos vientos de Santa Ana mecen el agua de la piscina allá abajo. El hielo que salí a buscar al fondo del pasillo ya se ha derretido. La alfombra acumula migajas de Twinkies y restos de semillas de calabaza.

¿Han entrado en una cocina, aburridos, cansados, aletargados, en un estado tipo zombie, con la garganta seca y el aliento pastoso, deseosos de abrir una helada y refrescante Coca-Cola de dos litros y medio para beberla directo de la botella, pero justo al abrirla, sin previo aviso, captan que alguien (quizás uno mismo) la agitó severamente y ya es muy tarde, siempre es demasiado tarde, y desenroscan la tapa de plástico y pum, paf, swoooooosh..., todo el líquido oscuro, toda la espuma y las burbujas, estallan en tu cara como un grifo en un choque y ya no puedes hacer nada excepto empaparte hasta que la intensa erupción finalice?

Bueno, ése es más o menos mi estado.

En realidad, es peor. Pero tampoco está mal.

Digamos que yo soy la botella de Coca-Cola y quien me agitó fue una mujer a la que (quizás) nunca volveré a ver. Fue ella la que me miró directo a los ojos, la que me hizo reír, hablar, dudar, conectar. Fue ella la que abrió mi memoria y dejó escapar la viscosa sustancia de la que están hechos los recuerdos.

«Un terremoto nunca llega solo»

—CHARLES RICHTER

DOMINGO
14 de enero del 2001
6:43 AM
Santiago de Chile

—Aló...

—Hola, Beltrán. Habla Manuela, tu hermana.

—Ah... ¿Qué hora es?

—Temprano. Perdona por despertarte. Esperé varias horas antes de llamar.

—El despertador estaba por sonar. Dormía profundo, eso es todo.

—¿Estabas soñando?

—Creo que sí.

—¿Estás bien?

—Bien.

—¿En qué estás?

—Nada especial. Parto de viaje en la noche.

—Siempre es bueno cambiar de aires. ¿Vacaciones?

—No, no. Voy a Tokio. A la Universidad de Tsakuba.

—Ya estuviste ahí, ¿no? Lo leí en alguna parte.

—Años atrás, sí.

—Por lo menos llegas a un lugar conocido. Eso es bueno.

—Sí. Mi japonés es menos que mínimo.

—¿Estarás mucho tiempo?

—Un semestre.

—Envidio esa posibilidad que tienes de partir.

—Una de las pocas ventajas de estar solo en la vida.

—El vuelo debe ser eterno, me imagino.

—Sí, pero me dan toda una tarde para descansar en Los Ángeles.

—¿California?

—Sí.

—Podrías darte una vuelta por Encino. O por Inglewood. Yo aún tengo recuerdos de la calle Ash.

—No creo, Manuela. Recuerdas las fotos, no lo que pasó. Son cosas distintas. Éramos chicos.

—De todas formas podrías pasar por...

—Descansaré en un hotel que me consiguió la agencia. Es parte del pasaje, no tengo que pagar nada. No voy a pasar por ninguna parte. ¿Para qué?

—¿Nunca has vuelto? Tú que viajas tanto.

—¿A California?

—Sí, al lugar de donde éramos.

—No. He estado en el norte. Un par de veces en San José, en Palo Alto. Me ha tocado combinar vuelos en Los Ángeles, pero nunca he vuelto a pisar la ciudad.

—Curioso, ¿no?

—No sé...Es posible.

—A veces me dan ganas de volver.

—Éramos otras personas. Niños, Manuela. Todo eso pasó hace tanto tiempo. Es fácil tener buenos recuerdos infantiles. La gente que se salva es aquella que tiene buenos recuerdos.

—Cierto.

—A lo mejor no. ¿Qué sé yo?

—Yo no podría resistir la tentación de pasar.

—Me parecería extraño regresar a un lugar donde ya no hablo el idioma.

—¿Te acuerdas de que al principio siempre nos comunicábamos en inglés?

—Y nos odiaban por eso. Fue una muy mala decisión. Una de tantas.

—Deberíamos volver a comunicarnos en inglés.

—Primero tendríamos que volver a comunicarnos.

(silencio)

—En todo caso, no tendré tiempo. Lo justo para dormir un rato, ducharme, comer algo y embarcarme de nuevo.

—Qué pena.

—Pero así son las cosas.

(silencio)

—Feliz año, Beltrán. Ahora sí que comenzó el siglo.

—Cierto. Feliz año atrasado.

—Sí, feliz año.

(silencio)

—¿De dónde me llamas?

—De Puerto Octay.

—¿En el sur?

—Sí.

—¿Estás viviendo ahí?

—No, estoy de vacaciones, con los niños.

—Ah... ¿Y sigues con...?

—Ya no estoy con él.

—Ah... ¿Pero no has tenido otro hijo?

—No.

—Ah. ¿Sigues viviendo por allá arriba?

—Sí, pero ahora ya no estoy en Los Trapenses. Estoy un poco más abajo, por San Damián.

—Ah. De todos modos lejos, ¿no?

—Depende. Está cerca del colegio de los niños.

—Y... ¿cómo conseguiste este número? Cambiaron todas las líneas del barrio.

—Llamé al Instituto Sismológico. Hablé con el que está de turno. Le dije que era importante.

—¿Y lo es?

(silencio)

—¿Supiste lo de El Salvador, Beltrán? ¿El terremoto de ayer?

—No he dejado de mirar los datos que llegan. Fue un 7,8, lo que no es poco.

—Sí, parece que fue grande.

—¿Desde cuándo te interesan los sismos, Manuela?

—Me avisaron y ahora te aviso a ti.

—¿Qué?

—El tata Teodoro murió en el terremoto.

—¿De qué me estás hablando, Manuela?

—El Tata murió ayer.

—¿Dónde?

—En El Salvador, te dije.

(silencio)

—¿Cómo te enteraste?

—Por la mamá.

—¿Te hablas con ella?

—De vez en cuando. Cada día más.

—No entiendo. ¿Se le cayó algo encima? El terremoto fue casi al mediodía. ¿El Tata estaba en la calle?

—Dormitaba. Despertó de un sopetón.

—¿Qué hacía en una construcción de adobe? No me digas que un muro...

—No. Fue un ataque al corazón.

—¿Pero cómo?

—Parece que a pesar de todo lo que vivió, de todos los terremotos que le tocó padecer, el Tata terminó por asustarse.

—Puede ser. Yo creo que les temía, su fuerza destructora lo paralizaban. Una vez, hace años, me llevó a ver *Terremoto* al cine Lido y se asustó muchísimo. Le vi el pánico en los ojos.

—No sabía eso.

—Sí. Lo aterró el *sensurround*.

—El Tata estaba con gripe, débil, y cuando empezó el remezón, intentó levantarse y le fallaron las piernas. Lo encontraron en el suelo. Lo único que se quebró en la casa de la mamá fue un jarro con limonada.

—¿La mamá estaba en El Salvador?

—En Santa Tecla. Ahí vive. Tiene una casa muy bonita, de color rojo, con un jardín...

—¿Me podrías decir qué hace nuestra madre en El Salvador?

—Hace varios años que vive ahí.

—¿Has ido?

—No. Además, se casó con...

—De verdad no me interesa.

—Con Santiago Prado.

—¿El mexicano? ¿El alumno del Tata?

—¿Lo conoces?

—De pasada.

—Él es jefe del departamento de sismología de la universidad local. Algo así. Pensé que tú estabas en contacto con el Tata, que él te había informado de sus andanzas.

—Ya no.

—Todo El Salvador lo quiso mucho. Dicen que gracias a él no hay tantas víctimas que lamentar. Hizo grandes campañas educativas para enseñarle al pueblo cómo protegerse en caso de un terremoto fuerte. Eso me dijo la mamá.

—Irónico, ¿no?, que muera durante un sismo.

—Pensé que estabas en contacto con él.

—Lo vi por última vez en un congreso, en Atlanta, hace años. Ya no era el de antes, La verdad es que hizo el ridículo. Fue atroz. Se transformó en una especie de *showman*. Un reportero se enteró de que yo era su nieto y me preguntó qué opinaba sobre esto de las predicciones.

Dije lo que pensaba: que no tenían una base fundada. Teodoro se me acercó y me dijo: «Siempre supe que eras brillante, pero con el tiempo capté que no tenías corazón y, por lo tanto, que nunca tendrías fe.»

—¿Sí? ¿Te dolió?

—No fue agradable, pero el veterano no estaba bien. Si tuviera fe sería un clérigo, no un hombre de ciencia.

—¿Nunca lo volviste a ver?

—No. ¿Tú?

—No, la última vez fue cuando lo condecoraron en la Universidad de Chile.

(silencio)

—Tú te perdiste...

—Tú también, Beltrán.

—Yo siempre he estado acá.

—Yo también.

—Pero viviste lejos.

—Tú también.

—Pero volví.

—Lo mismo que yo. Volvimos. Deberías anotar mi número, Beltrán. Nunca se sabe.

—Bueno. ¿Cuál es?

—Tengo varios. Te doy el del celular.

—¿Tienes celular?

—Sí, es el 09–949–3602.

—El mío ya lo sabes.

—Me puedes llamar cuando quieras, de cualquier parte del mundo. De Tokio, si quieres. Imagínate si te pasa algo.

—¿Qué me podría pasar?

(silencio)

—Quizás puedas pasar por El Salvador. Un desvío en tu viaje.

—Imposible. Es otra ruta, Manuela. No puedo atrasarme. ¿Tú vas a ir?

—Estoy aquí con los niños. No, no voy a poder.

—¿Cuándo es?

—Va a ser el miércoles en la tarde. Ha habido muchos entierros, los sepultureros no dan abasto.

—Estaré dictando mi primera clase ese día. Pensaré en él.

—¿No puedes desviarte de tu plan original?

—No.

(silencio)

—¿Y nuestro padre?

—No sé nada, Manuela. En California, supongo.

—O sea, cero contacto.

—Cero contacto. Nunca más volví a saber de él. ¿Tú?

—Tampoco.

—¿En qué momento se jodió todo?

—No sé. No siempre estuvimos mal, Beltrán. Por un momento fuimos exactamente lo que quisimos ser.

—Durante una época las cosas estuvieron bien, sí.

—Luego todo se vino abajo.

—Y todavía seguimos sintiendo las réplicas.

«Un terremoto, un dolor de muelas, un perro rabioso, una llamada telefónica... y la paz de nuestra casa se desmorona como un mazo de naipes.»

—R. H. BLYTH

DOMINGO
A bordo del van de TransVip,
Alameda Bernardo O'Higgins,
altura Universidad de Chile, Santiago.
Hora: 7:14 PM

En 1976, para mi cumpleaños número doce, mi abuelo Teodoro me regaló *The Book of Lists*, de David Wallechinsky, Amy Wallace e Irving Wallace, editado por Little, Brown & Company. Era un libro inmenso, pesado, de casi quinientas páginas, y estaba escrito en inglés, idioma que yo dominaba sustancialmente mejor que el español. Lo compró en la librería Studio, que era el único sitio en Santiago donde vendían revistas en inglés. A veces me iba caminando hasta la librería; solo pisarla me hacía recordar California y todo el mundo que había dejado atrás. Leí y releí cada una de sus páginas hasta casi memorizarlas. Junto con *Cataclismo en Valdivia*, de Teodoro Niemeyer (editado por Zig–Zag en 1964 y dedicado nada menos que a mí y a mi tío Beltrán, que murió justamente en ese feroz terremoto), *The Book of Lists* se convirtió en mi libro favorito. Creo que no he vuelto a leer o releer un libro con tal devoción como esa amalgama de listas. Su influencia, sospecho, no ha sido menor. Desde entonces tiendo a enumerar y catalogar los eventos, la gente, los sucesos, los sismos, las cosas. No me atrevería a sostener que ese libro misceláneo y trivial me cambió la vida pero, si me apuran, no tendría problema en declarar que definitivamente me la ordenó.

No acostumbro a hablar con desconocidos. Menos
arriba de los aviones. Hay gente que espera ansiosa
a ver quién se sentará a su lado. Yo no soy de ésos.
No le pido tanto a la vida. Es poca la gente que ob-
tiene lo que quiere; yo, desde luego, no creo ser
uno de ellos y vivo más tranquilo justamente por lo
mismo. Un colega siempre espera que la mujer de
sus sueños termine sentada junto a la ventanilla y
que sus pieles se rocen al aterrizar. Yo ya tengo una
existencia armada y, a pesar de lo precaria y mí-
nima que puede ser, me siento afortunado y en paz.

He conseguido lo que todos anhelan y muy
pocos consiguen: trabajo exactamente en lo que
quiero. Y, si trabajo es vida, entonces mi vida no
está nada de mal. Viajar, por lo tanto, no es para
mí sinónimo de aventura y sorpresa. No pretendo
encontrar a alguien que me mueva el piso; por el
contrario, la gente me encuentra cuando el piso
decide moverse.

DOMINGO
A bordo del van de TransVip,
Alameda Bernardo O'Higgins,
altura Pila del Ganso, Santiago.
Hora: 7:36 PM

Mi abuelo Teodoro luchó para ser recordado
como un líder en el campo del pronóstico de los
movimientos telúricos. Esa opción (el más tabú de
todos los temas geofísicos, aquello que nos separa
inexorablemente de ese mundo real que desea res-
puestas concretas) terminó por cerrarle las puertas
y, para muchos, entre los que me encuentro, lo
transformó poco menos que en un charlatán.

«Algún día, los sismos se anunciarán como el
clima» declaró con un entusiasmo excesivo en
1989 a la revista *Men's Journal*, en un reportaje
que lo volvió una figura célebre pero que por otro
lado lo hundió ante la comunidad científica mundial.

«En países como Chile, Japón y la costa oeste
de los Estados Unidos, cada estación televisiva
tendrá una buenamoza sismóloga que le infor-
mará a la población de la presión de cada una de

las placas y, en caso de riesgo, anunciará el futuro sismo tal como ahora se anuncia la llegada de cada huracán, tifón o chubasco».

En el último cuarto de su vida, el terremoto del 19 de septiembre de 1985 en Ciudad de México lo remeció de tal modo que renunció a la UNAM, vendió su casa en Chile y abandonó a mi abuela, su mujer por casi cincuenta años. En un estado cercano al frenesí, mi abuelo sintió que tenía una misión: acercar la sismología y los terremotos al público masivo.

«Los terremotos son la manera que tiene la Tierra de liberarse de sus fantasmas. Hay que temerles, respetarlos, saber qué son. Recordemos que es la masa la que muere aplastada, no los científicos. Es clave que la gente sepa que los terremotos matan y destruyen. Sólo el miedo es capaz de protegernos. Mi meta es que miles de niños en el mundo entero crezcan para transformarse en sismólogos. En un orden lógico, debería haber más estudiantes de geofísica que de astronomía. Sabemos mucho de las estrellas pero no tenemos ni idea acerca del suelo que pisamos».

No hay duda de que mi abuelo contribuyó, más allá de lo cuestionable de sus medios, a educar a un público amplio. En Estados Unidos se hizo popular de la única manera cómo uno se puede hacer popular allí: a costa de tu alma. Al final, algo arrepentido de la fama instantánea y del ruido de los medios, se abocó con todas sus fuerzas al pequeño, azotado y telúrico país de El Salvador, donde inició una campaña de evangelización sísmica. Si nos centramos en la cantidad de alumnos que cada año ingresan a las aulas de las facultades de geofísica en cualquier parte del mundo, lo cierto es que mi abuelo no fue capaz de revertir la tendencia a prácticamente desaparecer.

«La NASA, a pesar de todos sus fracasos, sigue taladrando el inconsciente de los niños. Todos quieren ser astronautas o bomberos. Ya nadie quiere ser cura o sismólogo. Que esto suceda en Canadá o Inglaterra, lo entiendo; pero que esto ocurra entre niños peruanos, mexicanos, californianos y chilenos, me parece un horror, una verdadera maldición que me llena de desasosiego y tristeza».

En lo que respecta a mí, creo que lo justo es hablar de un triunfo de su parte. Logró transformarme en lo que quiso que yo fuera. Desde pequeño «taladró» mis sueños y durante buena parte de mi vida, incluso durante esos agitados años en que inútilmente intenté escapar de mi destino, siempre supe que lo lógico, lo natural, lo genético, era que yo siguiera su camino y continuara lo que ni mi madre ni mi tío Beltrán fueron capaces de hacer.

Nombre: Beltrán Soler Niemeyer
E-mail: bsn@ddg.u–chile.cl

Dirección comercial:

Departamento de Ciencias de la Tierra
Universidad de Chile
Blanco Encalada 205, Casilla 104–A
Santiago, Chile

Tel: 56.2.636 6776
Fax: 56.2.636 6777

Datos personales:

Fecha de nacimiento: **14 de febrero de 1964**
Lugar: **Concepción, Chile**

Estudios:

Licenciatura en Geología Univ. de Chile, 1988
M.Sc. en Geofísica Univ. de Chile, 1990
Ph.D. (Sismología) Univ. La Sorbonne, París, Francia, 1993

Experiencia profesional:

1988–1990 Profesor ayudante (Sismología), Universidad de Chile
1994–1997 Profesor Asistente de Geofísica, Universidad de París VII
Director del Centro Nacional de Investigación de Sismología

Cátedras:

Sismología Global
Geofísica
Fundamentos de la Sismología

Áreas de especialización:

Sismos superficiales
Terremotos en zonas de subducción
Procesos físicos en el origen de los grandes terremotos

DOMINGO
Aeropuerto Comodoro
Arturo Merino Benítez.
Acceso Policía Internacional.
8:41 PM
Santiago de Chile.

Estoy en la fila de Policía Internacional, esperando que tecleen el número de mi pasaporte y
que el gobierno se entere de todas mis entradas y
salidas. Siento que alguien me mira. Una mujer
prematuramente envejecida, humilde, de rasgos
indígenas, el pelo lacio y canoso recogido en un
moño, me observa, cauta, desde más atrás. Sé que
desea hablarme y sé, a la vez, que no sabe cómo
empezar.

—¿Sí?

A su lado, vestido como de domingo, con chaqueta y corbata, un niño moreno de unos doce
años, con anteojos, espera aterrado. De su cuello
cuelga un sobre de plástico que dice «LanChile»
y, en letras amarillas, «MENOR VIAJANDO
SOLO».

—Disculpe, pero me gustaría pedirle un favor.

—En la medida que pueda. ¿De qué se trata?

—¿Usted viaja en el avión a Estados Unidos?

—Paro ahí digamos, sí.

—¿En Los Ángeles?

—Correcto.

—Este niño es el nieto de mi hermana. Tiene doce años.

—Y viaja solo, deduzco.

—Es la primera vez que viaja en avión, la primera vez que sale del país. Estamos los dos muy nerviosos. Viajamos de Punitaqui ayer en bus.

—¿Punitaqui?

—En la Cuarta Región.

—Conozco el lugar muy bien.

—Su padre está en California. Su madre, la pobrecita...¿Se acuerda del terremoto del 97?

—Les tocó duro, ¿no? —le digo, intentando no delatar que estuve más de una semana monitoreando las réplicas en la zona cercana de Punitaqui.

—Su padre ahora trabaja allá y gana bien. Se gana mucho mejor allá que acá. Ahora que puede, lo quiere a su lado.

—Veo.

—Él se va solito. Yo no puedo ir, no tengo plata ni papeles. ¿Le puedo pedir solamente que lo mire de vez en cuando? Que no se pierda. Que no baje en un lugar que no le corresponde.

—Mire, yo no sé. No soy una persona a la que le guste adquirir...

—Él viene encargado, no tiene que hacer nada. Las señoritas azafatas saben, pero de todos modos...

El niño no me mira. Está a punto de llorar, no me queda claro si de pena, miedo o vergüenza.

—¿Cómo se llama?

—Francisco. Francisco Salgado Ponce, señor.

El niño no habla, no es capaz de expresarse, de decir su nombre.

—Está bien. Mire, que pase antes de mí y después intentaré ver que nada le...

—Que Dios lo bendiga.

La mujer abraza al niño y éste apenas responde.

—Sé bueno con tu padre y obedece. Piensa en tus amigos que se quedaron allá en el norte. Todos van a ser pobres. Tú tienes mucha suerte, ojalá yo hubiera tenido tu oportunidad.

El niño pasa a la cabina de Policía Internacional. No nos mira, no vuelve la cara, espera atento, y cuando el trámite está listo, guarda con cuidado sus documentos dentro de su bolsillo colgante y desaparece.

Entonces la mujer se quiebra y yo, a regañadientes, le toco el hombro y le digo que todo es para mejor.

—El mundo se le va a abrir —le digo sin pensar—. Ésta es una gran oportunidad para él.

—Dios lo escuche.

Veo que me toca el turno.

—Hasta luego, y no se preocupe —le digo a la señora, pero no me escucha. Sigue llorando.

—Pase —me dice el funcionario.

DOMINGO
Aeropuerto Comodoro
Arturo Merino Benítez.
Sala de embarque.
8:57 PM
Santiago de Chile.

Welcome to LanChile, member of the One World Alliance.

One World. Una vez fuimos un solo mundo.

Un solo continente: *Pangea.* Un solo océano: *Panthalassa.*

Reparo en el cemento de la pista trizado a causa de los cientos de movimientos telúricos que le ha tocado soportar, año tras año, década tras década. La terminal puede ser nueva, pero la pista no. Esta nueva terminal ha sido construida sobre un pantano. En caso de un terremoto fuerte, el suelo se podría licuar y la inmensa estructura se vendría abajo en un instante. Éste es uno de los defectos de ser sismólogo: siempre miro más allá, busco las grietas, intento detectar las fallas y las resistencias.

Miro a ver si está el niño pero no lo encuentro.

A diferencia de lo que la gente cree, la sismología trabaja con la memoria. En eso nos emparentamos con los historiadores y, en cierto modo, con los psiquiatras. Tal como ellos, no podemos predecir lo que vendrá pero, escarbando en lo que ya sucedió, al menos podemos ayudar a la gente a entender más y a estar preparados. A diferencia de mi abuelo, no creo que lo importante sea predecir con hora y minutos el próximo movimiento telúrico. Lo vital es estar preparados. Eso es lo difícil. Mi experiencia académica y personal me ha enseñado que por desgracia, o quizás por fortuna, el hombre nunca está preparado para nada.

Las sociedades, incluso las más nuevas, comprenden la importancia de la historia. Es un lugar común sostener que si uno no recuerda los errores del pasado, está condenado a repetirlos. Los propios historiadores reconocen que esto no es tan así. Los errores se vuelven a cometer. El propósito de la historia no es prevenir estos cataclismos políticos sino reconstruir lo que sucedió y entender por qué pasó lo que pasó.

La sismología cumple la misma tarea. Sabemos que habrá terremotos pero no sabemos en forma precisa cuándo ocurrirán. Lo importante es no sacar conclusiones erradas. La tragedia ocurrida en Valdivia en 1960 se debió en parte a una falla en la memoria o, lo que quizás es más justo, a no haber leído las señales a fondo. Faltó historia. Una vez que acaeció el llamado terremoto de Concepción del 21 de mayo de 1960, el pavor dio paso a la calma. Fue un sismo fuerte, y en algunos casos fatal, 7,7 grados en la escala de Richter, pero en la zona de Valdivia el daño no fue tan severo. La gente se asustó, pero pronto se calmaron. *El Correo* de Valdivia tituló «Concepción, epicentro del terremoto», y su editorial fue una suma de clichés llamando a la solidaridad. Un recuadro indicaba las veces que Concepción había sido arrasada. Leer *El Correo* del 22 de mayo de 1960 es escalofriante si uno sabe lo que pasó ese día. Los reporteros del diario escribieron acerca de una noticia pensando que era ajena cuando se trataba de algo que estaba pavoramente cercano. Tal como lo confiesa en su libro, mi abuelo supuso que lo peor había pasado, que tendrían unos treinta años para «relajarse antes de que llegara otro». La falta de datos históricos hizo imposible imaginarse que las réplicas que iban disminuyendo en intensidad eran sismos que estaban antecediendo lo que pasaría al día siguiente. El terremoto —cataclismo— del 22 de mayo alcanzó los 9,5 grados y duró cuatro interminables minutos. Luego se pudo estimar que este terremoto fueron en realidad varios concadenados, con 37 epicentros. Nadie pudo concebir lo que pasó no porque nunca hubiera sucedido algo así sino porque no existía un registro histórico que, al menos, los alertara o los tuviera preparados.

Santiago Prado, que estudió bajo la tutela de mi abuelo cuando éste fundó el Departamento de Geofísica de la Universidad de Chile, y luego se alzó por un par de años como director del Instituto, nos sostuvo una vez en clase, en su peculiar modo, que la sismología logró algo soberanamente más importante que pronosticar los sismos.

«Luego de aceptarse la teoría de las placas tectónicas, quedó prístinamente claro cuáles son las regiones más vulnerables de la Tierra. OK, listo, fin del asunto. Con eso basta y sobra. ¿Qué más quieren? Nosotros estudiamos los movimientos de la tierra, no somos enfermeros o la Oficina Nacional de Emergencias. En rigor, no nos importa —a mí al menos no me importa— que se caigan los edificios. Qué se caigan y que ojalá demanden al huevón del calculista. Lo que queremos saber es qué cantidad de energía se liberó, la dirección en que se desplazaron los bloques, no a cuántas viejas se les cayó el techo arriba de la cama. Al entregarle a la sociedad el dato de que viven sobre una falla, nosotros cumplimos. Ellos deberán asumir las consecuencias. O construyen bien, y construyen caro, o mejor no vivan ahí. ¿Cuánta gente vive en la alta cordillera? Ahí la gente, en especial los sin recursos, entendió que nadie es bienvenido. Por qué tanta gente vive en Santiago en edificios altos es algo que me supera. ¿Por qué los españoles construyeron casas de adobe una vez tras otra? Mejor ni especular. Lo mismo el temita de Arica: la reconstruyeron en el mismo sitio donde fue devastada. Insólito. Si Arica hubiera sido bombardeada o se hubiera quemado, vale. Pero no. Ahí está, esa bomba de tiempo, esperando que lleguen las olas. Miren, muchachos, una cosa es tener recuerdos y lazos con la tierra, y otra es ser estúpido. La nostalgia no tiene nada que ver con la memoria. Si la gente de verdad recordara, sabría que debería irse cuanto antes. Y si no lo hacen, bueno, que se atengan a las consecuencias y después no vengan a reclamar como niños chicos».

Lo que Santiago Prado olvida en su intenso análisis es el factor humano. Es cierto que, después de cada terremoto fuerte, se descubren redes de corrupción municipales, permisos adulterados, constructores inescrupulosos. Mientras más sepamos de lo que pasó, mejor podemos precisar lo que sucederá, cierto. Sólo recordando, no olvidando, podemos evitar tragedias mayores. No creo que sea casual que en los sitios donde más tiembla surgen comunidades olvidadizas, con mala memoria. Un terremoto remece de tal manera a la gente que, en forma inconsciente, olvidan el terror que vivieron. Si no lo hicieran, no podrían continuar viviendo ahí; es un simple mecanismo de supervivencia.

DOMINGO
Aeropuerto Comodoro
Arturo Merino Benítez.
Sala de embarque. 9:15 AM.
Santiago de Chile.

Entro en el Duty Free, pero los intensos aromas de los perfumes que la gente testea me repele y salgo. Paso por una tienda que vende mazapán, chocolates en rama y alfajores rellenos con manjar. El niño no está cerca de la puerta de embarque que nos han asignado. ¿Se habrá subido a otro avión? ¿Es posible que los que cortan los boletos no se fijen y alguien termine en el vuelo a Caracas y no en el que va a Los Ángeles?

De Punitaqui a California.

De París a Punitaquí.

Venía llegando de París, donde estuve casi siete años. Primero iban a ser tres, completar el doctorado y regresar. Luego vino la oferta de quedarme, enseñar, estar a cargo de la oficina de Asia Menor, los constantes viajes a Estambul y Ankara y el terremoto de Armenia que me vino como anillo al dedo.

Recuerdo poco de París, no me interesó demasiado, no estaba ahí para turistear sino para estudiar y, en segundo lugar, para olvidar. No es que hubiera mucho que olvidar. El asunto no iba por ahí. Ojalá el pasado estuviera lleno de esos hechos aislados y tremendos que uno pudiera usar en un momento de desesperación como ases bajo la manga a la hora de explicar por qué uno es como es. La gente cree que esos hitos son terremotos, los momentos en que todo se vino abajo, pero lo cierto es que siempre está temblando. Durante los terremotos la gente siente todo el miedo que no siente cuando, en sus propias vidas, el piso se les mueve. Esto es natural. El ser humano fue construido como un edificio antisísmico; a lo más, intuimos que nos estamos moviendo mucho porque algo malo está sucediendo, pero algo nos protege de captar la verdadera dimensión. Por eso a la mayoría no nos pasa nada. No nos pasa tanto. Algunos quedan con los cimientos dañados aunque lo cierto es que la mayoría sobrevive de lo más bien. Sólo años después algunos captan que lo que les tocó fue una catástrofe, pero ya es tarde.

Lo que más recuerdo de esos años parisinos es mi pieza y mi colchón; el McDonald's de Saint Germain; el restaurante vietnamita del viejo Lu Man; la FNAC subterránea de Beaubourg; Rafiq Isber, el físico sirio con quien compartía el frío departamento; los afiches de las películas viejas hollywoodenses en los cine–arte que repletaban mi angosta calle y a los que nunca fui a pesar de que, de niño, y luego de adolescente, no hacía otra cosa que devorar la mayor cantidad de películas posibles.

Lo mejor de esa ciudad era, sin duda, el Instituto de Geofísica. Me gustaba estar rodeado de gente que era incapaz de relacionarse entre sí o consigo misma. No hay sitio más paradisíaco que el microcosmos de la ciencia, y ahora el de la informática, para aquellos que no se atreven a morir pero tampoco son capaces de vivir como lo hacen los demás. En Santiago, la facultad en Beaucheff era un templo que acogía a los llamados *nerds*, y a los tradicionales mateos y gansos, y les demostraba que no estaban solos, que eran una comunidad. Con el tiempo, y junto con los avances tecnológicos que la sociedad debe a los científicos, ha ocurrido un cambio leve pero no menor.

—Poco a poco —me dijo una vez Ricardo Mujica, el calculista estructural—, el resto de la gente se está comportando como nosotros. La diferencia es que no tienen nada adentro y no están interesados en saber más. Piénsalo: imagínate ser como nosotros y no tener esta obsesión que nos llena.

El año 97 ya tenía suficiente de París y de estar con un ser tan frágil y fracturado como Dominique. El Sirio ya se había regresado a Damasco con la promesa de nunca volver a pisar Occidente. Dominique, al quedarse sin departamento, consideró que lo lógico, puesto que éramos mitad—amigos, mitad—novios, era que compartiéramos departamento, cocina y, cada vez menos, la cama. No fue algo placentero. Supongo que ella ya no toleraba mis limitaciones, carencias y mañas. Yo, a su lado, era una peor persona. Ella, junto a mí, rozaba lo insoportable. Juntos nos transformamos en esas parejas que los solteros alzan como ejemplo para no comprometerse. Lo que nos unía no era amor ni pasión sino algo acaso más afrodisíaco: la pena, la culpa, el consuelo, la incapacidad de estar solos. Ella, además, tenía una obsesión por recoger chilenos refugiados; cuando supo que yo nunca había sido torturado, creo que jamás me lo perdonó.

Aproveché que Dominique estaba de vacaciones con su madre chilena en la costa de Bretaña para escapar sin despedirme. Le dejé una carta donde me hacía cargo de mi cobardía. Ella me envió una postal de la Bastilla diciéndome que de mí todo era esperable y que estaba feliz con el departmento de la rue Cujas. Nunca más supe de ella.

Regresé al Instituto Sismológico de la Universidad de Chile en la calle Blanco Encalada, al frente de Beaucheff, y no salía ni siquiera cuando era necesario. A veces incluso dormía ahí, detrás de los sismógrafos, que es el sitio más tibio del Instituto. Tenía un saco de dormir forrado en franela que tiraba encima de un colchón inflable eléctrico que una vez compramos con la Dom en el aeropuerto de Schipol, en Amsterdam, para recibir a sus visitas que se instalaban en nuestro minúsculo departamento del Barrio Latino.

¿Por qué estoy recordando esto? ¿Por qué he vuelto a recordar? ¿Pensé que todo estaba borrado, *deleted*, erradicado?

Con Francia atrás, me dediqué a esperar, hora tras hora, a que la tierra temblara. Me parecía alucinante estar de vuelta en un país donde la tierra se movía; y, sobre todo, me parecía una bendición estar lejos de esa ciudad y ese país que no se mueve, no se inmuta, cuyo suelo no devela ninguna fisura activa. En Santiago, inserto en ese sector que alguna vez quiso ser parisino y que aún no había resucitado como barrio universitario, no todo era estudio, teoría o cálculo. Aquí el asunto era verdad. Aquí temblaba y temblaba de verdad. Aquí la tierra estaba viva y, por lo mismo, era capaz de matar.

Tal era mi obsesión por imbuirme del Instituto y la universidad, por estar cerca de la corteza chilena y poder estructurar de nuevo mi vida en torno a aquello que me hacía sentir completo y acogido, que terminé arrendando un departamento más bien humedo pero con una asombrosa vista a la pista del Club Hípico, en uno de los bloques del conjunto habitacional Remodelación República. Aún vivo ahí y, si el banco me aprueba el crédito, se lo compraré a la dueña, una talquina que hizo su fortuna en el negocio de las cecinas. El barrio Beaucheff, o universitario, como se llama ahora, terminó convirtiéndose en el lugar donde me encuentro más a gusto.

El departamento no está lejos de la vieja casona de Toesca donde viví con cuatro tipos autistas y dementes durante mi época de estudiante de pregrado. Para el terremoto del 3 de marzo de 1985, la casa se derrumbó mientras yo estaba en el almacén de la esquina comprando pan. Uno de los tipos, el único que estaba dentro, cayó sobre el cité vecino pero no le pasó nada. La casa, y el cité, tuvieron que ser demolidos; yo terminé en una pieza de una pensión infestada de ratas en la calle Gorbea.

El 14 de octubre de 1997, a las 10:03 PM, justo después del informe del tiempo, estaba en el Instituto comiendo las salchichas con arroz graneado del local de la señora Mercedes, cuando vi agitarse la aguja del sismógrafo. De inmediato supe que ésta iba a ser mi prueba de fuego, mi primer terremoto como funcionario del Instituto.

El sismo afectó a la Cuarta Región y tuvo su epicentro a veintitrés kilómetros al suroeste de Illapel. Se sintió muy fuerte en Coquimbo y La Serena, Combarbalá, Ovalle, La Chimba, Paihuano y el pueblito de Punitaqui y el caserío de Pueblo Nuevo, donde una roca cayó sobre un techo matando en un instante a una familia completa.

Sonó el teléfono. Era la radio Cooperativa. Sonó nuevamente y era *Las útimas noticias*. Siguió sonando. Llamé a mi jefe y me dijo:

—Haz de vocero. Eres joven, te ves serio, serás un aporte, no olvides de mencionar que obtuviste tu doctorado en París.

Los cité a todos al Instituto. Cuando llegaron, y llegaron muchos, les dije:

—Marcó 6,8 en la escala de Richter. Aún no se informa sobre víctimas. Pero sin duda las habrá. La ONEMI y la Intendencia de la Cuarta Región ya entregarán esa información. Pero sí les puedo decir esto: da lo mismo cuánto marcó el sismógrafo. Esa región es pobre, las casas son de adobe. Creo que, para un caso como éste, lo que corresponde es utilizar la escala de Mercalli, que mide las percepciones. Y tomando en cuenta las informaciones recibidas, estamos hablando de un grado 9. Punitaqui, señores, ya no existe; yace sobre un suelo que aún sigue moviéndose.

A la mañana, todos los diarios que leí sostenían que el pueblito ya no existía. Después de mi infortunada declaración, Punitaqui se asoció al desastre, pero lo cierto es que de Valdivia tenía poco. Ni la tierra se abrió, ni hubo maremoto, ni se quebró récord alguno. En el desolado pueblo hubo ocho muertos, una cifra insólita si se piensa que más de la mitad de las viviendas del lugar se vinieron abajo.

Estuve cinco días en Punitaqui y sus alrededores y me sentí como un actor que, luego de años de ensayo, por fin se sube a un escenario de verdad, con un público que pagó su entrada. La gente me prestaba sus camas, su comida. Confiaban en mí. La prensa me colocaba en sus portadas, hablaba horas con las distintas radios del país.

Sin planearlo, o quizás planeándolo desde siempre, me convertí en la autoridad del pueblo, de la región. Era bueno sentirme útil, admirado, tomado en cuenta.

—¿Volverá a suceder? —me preguntó el presidente Eduardo Frei en Pueblo Nuevo.

En vez de responderle de inmediato, lo pensé un rato y miré su cara que absorbía el fuerte sol desértico y precordillerano. Por un instante, era dueño del destino de este país.

—La pregunta, presidente, no es si va a suceder sino cuándo. Ésa es la pregunta que nadie en este país se hace o quiere hacerse. En Chile todos vamos a morirnos, sí, ése es el destino de todos los seres humanos, pero nosotros tenemos una cruz extra que cargar: todos vamos a sufrir un terremoto que quizás nos mate o derrumbe todo lo que luchamos por tener.

De la noche a la mañana, me había convertido en la figura de mayor autoridad en Punitaqui. Después de una fuerte réplica, la gente, voluntariamente, me confesaba cosas: «le he robado a mi padre», «he violado a mi hija», «me gusta disfrazarme de mujer», «el hijo de mi hermano es mío».

Al regreso a Santiago, el entonces director del Instituto amenazó con suspenderme; me prohibió ser vocero y me dijo que iba a intentar olvidar lo que sucedió.

—Esto es una ciencia, no un espectáculo, joven —me dijo severo.

—Tiene razón: esto no es un espectáculo. No deseo ser vocero, sólo quiero poder entender un poco más. Me gustaría enseñar un curso el próximo semestre. Quiero salir a terreno e investigar.

Eso fue hace cinco años y ahora el director del Instituto soy yo.

Decido comprar unas mentas. Mientras saco el dinero, veo al niño de Punitaqui salir del baño. Está descompuesto y, a pesar de que intenta detener su llanto, es incapaz. Está desolado. Pago las mentas y coloco una, dura como una perla, en mi boca. Camino unos pasos hacia el niño pero me detengo. ¿En qué le puedo ayudar? Cada uno tiene sus problemas y no hay nada peor que alguien desconocido que te venga a dar consejos. Además, cuando uno está así, en un estado tan vulnerable, no desea estar con nadie, no desea que nadie te vea así; nada más atroz que andar ventilando tus emociones.

Decido dejar al niño solo. Camino. Al menos, está ahí. Prometí mirarlo, mi misión es que no se extravíe en la aduana o salga por la puerta equivocada en Los Ángeles.

Me doy vueltas. Una chica rubia, espigada, de unos veinte, lo está consolando. Me recuerda a Federica Montt. Le acaricia la cabeza y le sonríe. El chico detiene el llanto. Yo siento que algo me sucede, una suerte de remezón. Me toco las mejillas; están secas, por suerte. Intento recuperar el aire, calmarme, parar a tiempo la fuerza de la emoción.

DOMINGO
A bordo del vuelo LanChile 511,
Boeing 767, tramo SCL/LIM,
del vuelo SCL/LAX;
baño lado derecho; actualmente sobre
el Océano Pacífico, a la altura del
balneario de Tongoy, Chile.

Camino por el pasillo y veo al chico de Punitaqui. Duerme. En su falda tiene un diccionario
inglés–español.

Entro en el baño.

El pasajero que estuvo antes no vació el agua
del lavatorio de acero inoxidable. Lo dejó lleno de
espuma, a punto de rebalsarse. Aprieto el botón,
escucho cómo el agua es succionada hacia la at-
mósfera y, con una toalla de papel reciclado, limpio la superficie.

Me lavo la cara con el agua tibia y áspera
del 767.

Esta agua no es para beber, leo. Por alguna
razón, bebo un poco.

Me miro al espejo.

Con los dedos me bajo los párpados y me miro

los ojos levemente pardos, ahora rojizos, contaminados, irritados. Saco del bolsillo de mi casaca las gotas que me recetaron.

Me miro una vez más.

Soy pálido, mi tez es deslavada, levemente pecosa. Mi pelo, lacio, quizás demasiado largo, está cortado a la cachetada en la peluquería de don Anselmo de la calle Vergara, cerca del Instituto. Todavía tengo ese maldito remolino en la punta y, por mucha gomina que me aplique, en horas de la tarde vuelve a aparecer como si fuera una misteriosa planta.

Soy flaco. Se me ven los huesos. Como una vez me dijo el profesor Agovino, de Columbia: «para un hombre ser flaco es lo mismo que para una mujer ser gorda; se te cierran las puertas». Este raquitismo contribuye a que cierta gente tenga la idea de que soy frágil. No me siento frágil, pero mi aspecto, supongo, lo es.

LUNES
Aeropuerto Jorge Chávez,
Lima–Callao, Perú.
Sala de embarque.
Hora: 12:03 AM hora local.
Temperatura: 13 grados.

Señor Beltrán Soler, por favor dirigirse a la puerta 4. Señor Beltrán Soler, por favor dirigirse a la puerta 4.

—Sí, ¿qué pasa?

—Tenemos un problema de sobreventa, señor, y queremos...

—Mi pasaje se pagó hace tres meses. Al contado, tengo entendido. Fue cancelado en Japón por el Departamento de Geofísica de...

—Sí, claro, no hay problema con eso. El error es nuestro. Lo que pasa es que hay más pasajeros que asientos. Podemos ofrecerle dos cosas.

—No me ofrezca nada que no me interesa. Tengo que llegar a Los Ángeles porque ahí combino con Japan Airlines a las siete de la tarde.

—Entiendo. Eso no lo sabía.

—Debería saberlo. Es su trabajo, no el mío.

—A ver... ¿me permite su pasaje, por favor?

—Usted no me va a dejar acá. Se lo digo desde ya. Ni siquiera lo intente.

—Nunca ha sido nuestra intención. Le íbamos a ofrecer, por si le interesaba, alojarlo en el Swisshotel de San Isidro y embarcarlo luego mañana. Todos los gastos correrían por cuenta nuestra.

—Muy amable, pero mañana no me sirve. Me están esperando en Tsakuba para la sesión inaugural.

—Entiendo. Pero lo interesante del ofrecimiento, señor, es que además le pasamos un pasaje extra, para la ruta Santiago–Los Ángeles, válido por un año.

—Sí, es una oferta muy generosa, sin duda. Seguro que mucha gente la tomaría, no me cabe ninguna duda. Le repito: debo llegar a Narita cuanto antes. Ya me va a tocar esperar más de la cuenta en Los Ángeles. Casi doce horas. Le ruego que no me alargue el viaje más de lo estrictamente necesario.

—Veamos... así es... sí... tal cual: su conexión está en orden. Las maletas pasarán directamente. Veo que usted tiene un *voucher* otorgado por Japan Airlines para el Crowne Plaza del aeropuerto.

—Así es, pero no es de la aerolínea, señorita, es una gentileza de la universidad.

—Mire, señor Soler, lo que le ofrezco es... A ver, ¿me permite su LanPass?

—¿Para qué? ¿Hay otro problema?

—Ninguno. ¿Me espera un momento?

—Cómo no, pero yo, le reitero, me embarco. Puede dejar a toda esta gente aquí, ése es problema suyo, pero yo me embarco. Conozco mis derechos.

—No se preocupe. Volará. En todo caso, ¿sabía usted que tiene más de 170 mil millas y 12 *vouchers* de *upgrade* que están a punto de expirar?

—Eso es asunto mío, información privada.

—También puede acceder a un *rent–a–car* sin costo alguno.

—No manejo. Nunca aprendí.

—Le informaba no más. Yo, con todo respeto, le recomendaría usarlas cuanto antes. Si no, las va a perder, y la verdad es que suman bastante. Le alcanzan para casi tres viajes a Estados Unidos. Es una forma ideal para vacacionar...

—Mire, señorita, yo no veraneo ni me interesa andar como vago por ahí. ¿Viajaré, sí o no?

—Por supuesto, y si no tiene inconveniente, lo pasaremos a clase ejecutiva. Estará más cómodo y así libera un espacio atrás.

—No deseo utilizar mi millaje en frivolidades, creo que fui claro.

—No se preocupe, señor Soler, nadie le tocará sus millas.

—No sé si deseo aceptar esta proposición. ¿Qué gano yo?

—Bueno, más comodidad, más espacio, mejor atención.

—No me interesa viajar rodeado de ejecutivos con *laptops*, se lo aseguro.

—Podrá dormir más cómodo. ¿Lo cambia, entonces?

—Pero exijo pasillo. Pasillo o nada.

—Pasillo, cómo no.

LUNES
A bordo vuelo LanChile 511,
Boeing 767, tramo LIM/LAX,
del vuelo SCL/LAX;
asiento 6D; actualmente arriba
del Oceáno Pacífico, a la altura
del balneario de Máncora, Perú.

Es cierto: aquí adelante hay mucho más espacio. El asiento se reclina casi hasta alcanzar la horizontalidad.

Me pasan una cajita con regalos: artículos cosméticos, un antifaz, unos calcetines con suela y una bolsita para guardar los zapatos. Me saco los zapatos y los guardo dentro de la bolsa y la cierro con un nudo para que no huelan. Noto, para mi incomodidad, que el calcetín está roto a la altura del dedo gordo. Me pongo, lo más rápido posible, los calcetines de viaje ad hoc.

Noto que la mujer que está a mi lado, al costado del pasillo, hace lo mismo.

No puedo evitar fijarme que anda con medias. Tampoco puedo evitar fijarme que es de esas mujeres cuya belleza floreció tarde. No sabe que es atractiva y eso, claro, la hace totalmente atractiva. Se esconde tras sus anteojos. Los toca cada tanto. Hojea la inocua revista de la aerolínea. Concluyo que es una banquera o, lo que puede ser peor, una ejecutiva del FMI.

Intento leer un libro que le encargué a Javier Meza, que estuvo hace poco en Penn State dictando una ponencia sobre la falla de San Ramón, en la precordillera de la Región Metropolitana. El libro trata de la fallida expedición al volcán Galeras, en Colombia, en 1993. En una oportunidad, en un encuentro de la American Geophysical Union (AGU), en San José, California, tuve la oportunidad de desayunar con el profesor Stanley Williams. Esto fue, si la memoria no me traiciona, en 1991, y me acuerdo de que, mientas untábamos nuestros *bagels* con *cream cheese*, Williams me comentó que él prefería las *minibaguettes* que venden en París, ciudad que en ese entonces era mi centro de operaciones. Me preguntó donde vivía y le respondí que en el Barrio Latino.

—Antes de graduarme —me dijo—, viví por tres meses en una pieza que no tenía baño. En pleno barrio latino.

—Yo vivo ahí: rue Cujas.

—La conozco bien. La calle de las salas que exhiben películas viejas.

—Ésa.

—Gran barrio, gran ciudad. Fue el mejor verano de mi vida, Osorno.

A pesar de que no alcanzamos a entablar una amistad, desde el minuto en que nos presentaron Williams me puso el mote de «Osorno», haciendo alusión al volcán chileno. Williams lo había estudiado y además lo conocía al detalle.

—¿Aún está ese viejo hotel en Ensenada? —me preguntó con un dejo de pena—. Pasé casi un mes ahí, comiendo delicias alemanas por la mañana antes de emprender el ascenso.

—Me imagino que sí. No voy al sur de Chile desde que tenía diez años.

Williams, que era profesor de geología de la Arizona State University, se sentía más a gusto en terreno y siempre andaba en alguna expedición. El 14 de enero de 1993 lideró un grupo de doce

profesionales —auspiciado por las Naciones Unidas— que ascendió
hasta la cima del Galeras. La meta de Williams era instalar monitores,
estudiar el volcán y recopilar la suficiente data. La inesperada irrupción
del Nevado del Ruiz, que terminó por ahogar en el lodo a miles de
campesinos, dejó claro que era de vital importancia registrar la actividad de los volcanes. Ahí estaban, en la cima; algunos dentro del cráter,
otros en la orilla, más unos turistas, cuando de pronto, contra toda lógica, como si se encontraran en una indecorosa película de catástrofe
producida por Irwin Allen, el volcán Galeras estalló. Seis de los científicos murieron, además de tres turistas. Williams, inexplicablemente,
se salvó, aunque no quedó ileso: quemaduras de primer grado en gran
parte de su cuerpo, una pierna que debió ser amputada y una lesión ce-
rebral grave. Pero, lo que es acaso peor, Williams arruinó su carrera y
su prestigio como científico puesto que el *establishment* académico lo
culpó de ansias megalómanas, premura, severo error de cálculo y, si
bien no lo explicitan, de un complejo tipo Indiana Jones. En ciertos cír-
culos se acusa a Williams no sólo de saber que el volcán estaba activo
sino de ignorar la data sísmica. Williams —dicen— quería estar ahí.

—*Excuse me, but is that book you are reading about the failed Galeras expedition?*

—*Uh...actually, it is.*

Su voz, me fijo, delata una cierta tristeza, un leve cansancio.

—*I heard about that. It was a big tragedy.*

—*Yes*— le digo—. *It was.*

Durante el despegue, ella abrió su iBook y revisó unas fotos digita-
les que había tomado del Cuzco. Muchas de las fotos eran de niños.
Muchos de ellos eran bebés.

—*I was in Arizona when it happened, all over the papers* —siguió,
sacándose sus audífonos.

—*Oh, I see* —respondo mientras me fijo cómo, con su largo dedo
como haciendo de *mouse*, toca el panel de manera muy delicada y
envía el iBook a dormir.

La auxiliar se acerca y me ofrece algo para tomar. Yo, por lo general, no bebo alcohol.

—Le acepto un pisco sour —le digo.

—¿Y usted?

—Lo mismo —responde en un perfecto aunque acentuado castellano, antes de esconder su *laptop* bajo el asiento.

—¿Hablas español? —le pregunto sin saber por qué.

—Hoy en día, si no lo hablas te pierdes muchas cosas. El español es mi herramienta de trabajo.

La auxiliar nos pasa nuestras copas de pisco sour y dos pocillos con almendras y maní tibio.

—¿Tú eres del Perú?

—No. Y disculpa, ha sido agradable charlar contigo, pero necesito terminar de leer esto. Espero que eso no te moleste.

LUNES
A bordo vuelo LanChile 511,
Boeing 767, tramo LIM/LAX,
del vuelo SCL/LAX;
asiento 6D; actualmente arriba
del Oceáno Pacífico,
a la altura de las islas
Galápagos, Ecuador.

La auxiliar despliega una mesa, coloca un mantel y comienza a servirnos una cena de lo más elaborada.

Dejo el libro a un lado.

Miro: todos cenan como si estuvieran en un restorán. Se escucha el murmullo de la conversación.

Queso con uvas.

Vino blanco que, no sé por qué, acepto.

Una ensalada con hojas de distintos colores.

Diversos panes.

Mi vecina de asiento ahora lee la revista *Harper's*; con un lápiz, marca algo de la lista que aparece en la sección *Index*.

—Esa sección es la mejor —le digo.

Ella, sorprendida, me devuelve la mirada y, después de pensarlo un instante, me sonríe con un gesto amable.

—Es muy científica. Data dura. Soy una fanática de las estadísticas.

—Es la poesía de los científicos. Un mundo captado en una cifra.

Por su mirada comprendo que le gustó lo que dije.

—*Harper's* y *The Atlantic* son mis revistas favoritas.

—Además de *The Wall Street Journal* —le digo.

—¿Cómo?

—No, nada. ¿Qué diario prefiere?

—*The San Diego Union–Tribune*, *La Prensa San Diego*, que es en español; y, si tengo tiempo, *The Los Angeles Times*.

Bebo un sorbo de vino y le digo:

—Disculpe lo rudo que fui antes, pero...

—*It was nothing. I was intruding.*

—*I was rude.* De verdad. Uno de los temas que vamos a discutir en Japón es cuánto riesgo es necesario a la hora de emprender una investigación —le miento.

—Ése sí que es un tema.

—Sí. Un banco que no se arriesga puede terminar en la ruina. Y un banco que se arriesga demasiado puede terminar...

—...en la ruina. Supongo que se aplica a todo, sí.

—Pero para eso ustedes cobran interés. Para minimizar el riesgo.

—Me imagino —dice, curiosa—. Yo, por si acaso, no trabajo en un banco. Detesto los bancos. Supieras cómo tratan a los inmigrantes recién llegados.

—¿Usted no es banquera?

—No. ¿Y tú? Y por favor no me trates de usted.

—No. O sea, sí. Tú. Vale: tú. Y no, no soy banquero.

—Yo pensé que sí lo eras.

—¿Sí?

—Es decir, no un banquero dueño de un banco, pero sí un hombre de negocios.

—¿De verdad te parezco un banquero?

—*I was joking. Just making small talk.* Soy abogada de inmigración. Estoy del lado de los buenos, por si acaso.

—¿No eres del Border Patrol?

—Lucho todos los días contra esos tipos. Mis verdaderos enemigos, sin embargo, son los de Inmigración.

Le cuento que soy sismólogo. Pero, de inmediato, justo antes del *beat* de mi corazón, agrego un dato científico–trivial para intentar llevar la conversación hacia un terreno más científico que personal.

—Todos los días tiembla unas treinta o cuarenta veces —le digo, serio, preciso, contundente.

—Sí sé —me responde—. Soy californiana de pura cepa. No me asusta que la tierra se mueva. Lo que me asusta es que se caiga la casa.

La miro y me río.

—Así es. Ése es el temor que uno debe sentir. La tierra nunca ha matado a nadie.

—Casi a nadie. Hay gente que se ha caído en las grietas y éstas se han vuelto a cerrar.

—¿Sí?

—*Hey. I've seen my share of Irwin Allen, big–budget, 70's disaster movies.*

—*Me too.*

—Me he vuelto adicta a los DVDs —me dice, guardando una copia de *Sixteen Candles*—. Estoy armando mi colección—. Me puse a hacer esta lista… Leí un libro y…

—*Las películas de mi vida*, de…

—Lorenzo Martínez Romero. ¿Has visto alguna de sus películas? El tipo es un gran director. Muy divertido, además. Capta toda la energía fronteriza.

—No, no he visto nada suyo.

—Te las recomiendo. ¿Has leído éste? Salió hace poco. Son sus memorias, pero sus memorias cinematográficas.

—No.

—Es curioso, pero yo nunca compré videos. Casi ni arrendaba, a decir verdad, pero ahora, no sé, me parece reconfortante volver a ver las películas que fueron importantes para mí… No salgo mucho y cuando veo algo, siempre me parece malo.

—¿Todo tiempo pasado fue mejor?

—No, todo tiempo pasado fue peor.

—Opino igual. Quizás las películas de antes eran mejores.

—No creo. Es lo que plantea Lorenzo Martínez en su libro: fueron importantes para uno.

—Puede ser.

—*Hi, I'm Lindsay* —me dice, en forma inesperada—. *Nice to meet you.*

—¿Lindsay, como Lindsay Wagner?

—Como *La Mujer Biónica. Exactly.*

—Beltrán. Beltrán Soler.

—Hola, Beltrán.

—Hola.

«Yo soy de San Fernando Valley. Por muchos años me avergoncé de este hecho: pensaba que si no venía de la gran ciudad de Nueva York, o de los campos de Iowa, no tendría nada interesante que decir».

—PAUL THOMAS ANDERSON

A Los Ángeles es mejor llegar de noche.

Si uno llega de día se da cuenta de la verdad: la ciudad no parece tener ángeles ni sueños ni estrellas. Si uno llega de noche, la idea de dormir, por cansado que estés, se desvanece y, por un instante, te sientes un privilegiado; sientes que no es casual que aquí sea donde nacen las historias.

Lo que es menos recomendable es llegar de madrugada. Aterrizas de noche, lleno de fe, y sales de la terminal con el sol en los ojos y la sensación de que alguien te estafó.

Las veces que había aterrizado en LAX (para hacer cambio de avión a Tokio, a Vancouver, a San José, a Phoenix), lo había hecho de día, a la hora más fea, cuando la bruma del mar ni siquiera permite ver el sol calcinante. Esta vez aterrizamos de noche y la ciudad me sedujo, no tanto por lo que vi desde la ventanilla sino por lo que me recordó.

A medida que iniciábamos el descenso y sobrevolábamos la isla de Catalina, reconocí la ansiedad que se anuncia a los que aterrizan en un sitio por primera vez. Los Ángeles no era más que una escala y, sin embargo, la sentía como mi destino.

Miré mi pasaje de JAL e intenté descifrar las estilizadas letras japonesas. Pensé: Tokio, el neón de Ginza, las sopas de udón arriba del tren bala, los jardines del campus de Tsakuba.

—¿Contento de llegar? —me preguntó Lindsay.

—Aún me falta mucho. Esto recién empieza.

—Por la expresión de tu cara, pensé que estabas volviendo a casa. ¿Conoces mucha gente allá abajo?

—Sólo a algunos facultativos de Caltech. Estaba viendo si podía adivinar dónde estaba Pasadena. Ingresamos por el mar a la altura de Huntington Beach y...

—Ahí está DVD Planet; esa tienda de la que te hablé.

—Sí...deduje el sitio por el muelle. Tiene luces y se interna en el mar.

—Conoces Los Ángeles bien, veo.

—Los mapas me gustan. Una vez los del Instituto me llevaron a dar un paseo turístico —le dije, para no tener que dar explicaciones de mi historia californiana—. Quedé más bien decepcionado. Todo es más o menos igual. Pasadena es distinto, claro.

—Y West Los Ángeles; a mí me encantan las playas de South Bay. Y el Valle, claro. A pesar de todo lo que dicen, todos los prejuicios, el Valle es el Valle. Si tuviera que dejar San Diego y regresar a Los Ángeles, trataría de vivir en Santa Mónica o, no sé, en Sherman Oaks... Encino es otra posibilidad. Encino es un buen lugar, un lugar ideal para criar hijos. ¿Viste alguna vez *Encino Man?*

—No.

¿Qué sabía ella que ni siquiera sabía yo? ¿Sabía que, al final, Los Ángeles sería mi destino y no una escala más? ¿Adivinó lo que pensaba? ¿O no fue más que una simple charla de avión? Habíamos conversado buena parte del viaje. No me contó su vida, pero me resumió sus películas favoritas. Yo no le conté casi nada y ahora era muy tarde para empezar.

Allá abajo, en esa ciudad, pensé, vivían algunos de mis parientes, buena parte de mi pasado, el comienzo de mi historia. ¿Estaría ahí, durmiendo en algún asilo, mi abuela paterna? ¿A qué se dedicarán mis dos primos Soler? ¿Mis tíos? ¿Qué habrá sido de Javi? ¿De Carlos? ¿Habrá reaparecido de entre los muertos? ¿Cuál de esas millones de casas será aquella donde vive mi padre?

—Ahora volamos sobre Compton, creo.

—Deberías aprovechar la escala y estirar las piernas por ahí —me aconsejó Lindsay—. Manhattan Beach está a un paso del aeropuerto. Ese muelle sí que es divertido.

—Lo único que le pido a esta ciudad es una cama no muy blanda y aire acondicionado.

—Lo segundo te lo garantizo. En Los Ángeles no existes sin auto y sin aire. En San Diego, la verdad, tampoco, pero nos gusta creer que somos más civilizados.

El avión estaba ya bajo, a punto de aterrizar en medio de la ciudad. Entonces afiné aún más el foco: dos Seven Eleven, una estación Shell, el Forum de Inglewood, la autopista 405 y, de pronto, sin esperarlo, como si lo hubiera visto ayer, el inmenso donut de Randy's brillando en la noche, a pasos de la calle Ash.

Por un instante, y justo antes que las ruedas se posaran sobre la losa del aeropuerto, sentí que el avión se llenaba con el aroma azucarado de los donuts recién hechos.

Estaba de nuevo en casa.

«Vi mis primeras doscientas películas clandestinamente, haciendo la cimarra, entrando en la sala sin pagar por la puerta
de escape o la ventana del baño. Cada vez que mis padres salían de noche, aprovechaba la ocasión para escaparme.
Cuando ellos regresaban, ya estaba en la cama, haciéndome
el dormido. Pagué todos estos placeres con fuertes dolores
de estómago, calambres, jaquecas nerviosas y sentimientos
de culpa. Todo esto enriquecía aún más las emociones que el
cine me provocaba. Tenía una gran necesidad de entrar en las
películas y lo lograba acercándome cada vez más a la pantalla para conseguir hacer abstracción de la sala; desechaba
las películas de época, las películas de guerra y los westerns
porque idenficarme con ellas me era más difícil; por elimina-
ción me quedaban, pues, las películas policíacas y las películas de amor; contrariamente a los pequeños espectadores de
mi edad, no me indentificaba con los héroes sino con los personajes desvalidos y más sistemáticamente con todos los que
se encontraban en apuros.»

—François Truffaut
del prólogo de *Les filmes de ma vie*
(Los filmes de mi vida)

De: Beltrán Soler ‹bsn@ddg.u—chile.cl›
Fecha: miércoles, 17 enero 2001 6:52 AM
Para: Lindsay Hamilton lhamitlon@border—crossings.org›
Asunto: the 50 movies of my life—(first 25—CALIF/64—73)

Hola, Lindsay:

Primero que nada, soy el sismólogo del avión, Lima—LAX. Nos sentamos juntos, adelante. ¿Te acuerdas? Yo sí me acuerdo.

Anyway, han pasado bastantes cosas desde que nos separamos en el aeropuerto el lunes recién pasado. Te hice caso y fui a DVD Planet. *What a place! You were right.* Lo pasé muy bien, fue como volver a mi infancia, cuando me devoraba las películas como si fueran M&M's.

I don't know why I'm sending you this but... you're the one who got me thinking about all the movies of my life and... Quizás no tenga a nadie más en el mundo a quien enviárselas pero eso no me parece ni triste ni me apena. Algo me dice que está bien que te envíe toda esta lista, todas estas películas.

No estoy en Japón. Al final no partí, perdí el avión...

Cuando me preguntaste si conocía Los Ángeles, no te dije la verdad. La conozco y bien, aunque hace años que no recorría sus calles ni me internaba en el Valle. Te escribo desde un hotel en Van Nuys. *You can't get more Valley than that.*

¿Sentiste el temblor? Por un momento pensé que se trataba de un terremoto... En San Diego alcanzó grado tres, pero acá fue casi cinco.

En un par de horas parto de aquí...

Podría escribirte mucho (no he hecho otra cosa que teclear en esta vieja PowerBook sin parar) relatándote lo que me ha pasado por dentro (recordar, recordar, recordar), pero creo que basta con decirte que no pude dejar de pensar en esto de *Las películas de mi vida* (y que nunca he escrito tanto en mi vida). Eso es tu culpa. Como un acto reflejo, comencé a volver a ver en mi memoria las mías. Sólo por eso te agradezco y estoy en deuda contigo.

Aquí están. Una parte de ellas, las de la primera mitad de mi infancia, al menos. Debajo de mi español, parece que hay mucho inglés; debajo de mi adultez, sin duda que hay mucho niño.

En otro mail te envío el resto, *attached.*

Nada más.

Best and thanks,

—Beltrán S.

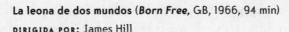

La leona de dos mundos (*Born Free*, GB, 1966, 94 min)
DIRIGIDA POR: James Hill
CON: Virginia McKenna, Bill Travers, Geoffrey Keen
VISTA EN: 1966, Inglewood, California

La mayoría de la gente que llega a Los Ángeles lo hace por un aeropuerto que no tiene nombre: Aeropuerto Internacional de Los Ángeles, o LAX, que es su código. Siempre me llamó la atención que no tuviera un nombre, que fueran tan provincianos que sintieran que con «internacional» bastaba. El aeropuerto se alza a un costado de la ciudad, en medio del barrio de Inglewood, entre un trozo del Pacífico sin gusto a nada y la feroz autopista 405. En esa época, Inglewood era un barrio chato, semi–industrial, atochado de bodegas y lavasecos; un sector de paso, barato, que atraía a inmigrantes recién bajados del avión. Ahora la población es básicamente afroamericana, con una presencia mexicana no menor, pero a comienzos de los sesenta Inglewood se dividía entre sudamericanos recién llegados y americanos blancos de clase baja que ya no deseaban quedarse ahí.

Nosotros vivíamos en una callecita llamada Ash, en un departamento ubicado en el primer piso de un minúsculo edificio de dos plantas. La construcción debe haber tenido unos cuatro departamentos y, atrás, según lo que se ve en las fotos, contaba con un gran patio, lleno de árboles, de donde colgaba un columpio. Más allá de la reja metálica descansaba la línea ferroviaria. Había momentos, sobre todo en las noches, en que el tren, que justo daba una gran curva por ahí, pasaba al mismo tiempo que aterrizaba un avión y el ruido, que se acoplaba, era semejante del que escapa de la tierra durante un terremoto grado nueve. A dos cuadras, por la avenida Manchester, se alzaba un inmenso donut de yeso que vigilaba los techos del vecindario.

Mi madre, Angélica Niemeyer, no lo pasó bien en esa época en que vivimos en Inglewood. Quizás por eso nunca me envió al jardín infantil. Supongo que no quería estar sola, no tenía a nadie más. No es fácil estar solo en Inglewood y mi madre se dio cuenta de ello de inmediato.

Cuando recién llegó a California, en el 62, mi madre no sabía inglés, no tenía amigos ni dinero, y no podía continuar estudiando. Había iniciado sus estudios en Chile con la idea de transformarse en sismóloga, tal como mi abuelo, que era el decano de la Facultad de Ingeniería de la Universidad de Concepción y por eso ella estudiaba ahí. Pero Juan Soler, mi padre, que entraba y salía del país, que entraba y salía de la ciudad, que entraba y salía de su vida, alteró sus planes. Mi madre, en un acto impetuoso, juvenil, se dejó embarazar. Dejó a medias el cuarto año de Ingeniería, se casó de prisa, y lo siguió a California. Inglewood le pareció deprimente, el sol californiano no se veía bajo la contaminación industrial, el cercano y condensado aire marino llegaba mezclado con los olores de los combustibles de los aviones y, para peor, apenas veía a mi padre, que trabajaba todo el día y buena parte de la noche para juntar dinero y así poder sacarnos adelante. Mi madre, que era delgada y no muy alta como todas las chilenas, vomitó tanto que terminó perdiendo a su hijo, al tipo que pude ser yo, al sexto mes. A veces pienso que en ese feto desnutrido se fue parte de mi fuerza, o alguna parte de mí que me dejó incompleto. Cuando mi madre quedó embarazada de nuevo, optó por irse a Chile. Se fue sola, a tenerme en territorio amigo; necesitaba estar rodeada de su gente, con doctores que fueran cercanos y de fiar, con nanas y enfermeras que una familia de clase media, de profesores universitarios, podía pagar sin problemas.

Cuando yo estaba por nacer, mi padre consiguió un pasaje *stand–by* en Panagra. Después de volar dos días, llegó a Concepción, me vio nacer y estuvo cuatro días en calidad de convidado de piedra. Él no pudo tolerar la arrogancia de los Niemeyer y ellos, a su vez, no soportaron su falta de mundo y perspectiva. Partió entonces a Santiago, se agarró con su padre, éste lo insultó, mi padre lo insultó de vuelta y regresó, sin despedirse de nadie, vía Antofagasta, Quito y Honduras, a Los Ángeles; una vez allí se fue directo donde una vecina, una gringa llamada Karen Tunez, cuyo marido trabajaba limpiando aviones para PSA, y se acostó con ella. Ése fue el inicio de una serie de infidelidades compulsivas que, con la distancia que otorgan los kilómetros y el tiempo, creo entender mejor. Más allá de las apariencias, mi padre era un tipo débil, fracturado, que necesitaba consuelo y ese consuelo fácil, básico, lo conseguía con otras mujeres, no con mi madre que le exigía ser más. Las otras, en cambio, sólo le exigían ser él y que acabara pronto. En Concepción, mi madre se cortó su larga melena juvenil y echó de menos a mi padre, aunque no necesariamente Inglewood. Así que, cansada de esperar, intuyendo que mi padre era capaz de desaparecer para siempre, regresó a California. Regresamos. Años después, en 1966, mi hermana Manuela ya había nacido.

Born Free la vimos los cuatro, me dicen, en un auto, en un *drive–in* que estaba cerca, all llegar a Culver City, al costado de un cementerio con una cascada de agua. A los *drive–in* iban adolescentes a tener sexo y parejas con niños chicos que no podían pagar una *baby–sitter*. Recuerdo sólo unos leones que corrían por la sabana, quizás ni eso. El célebre tema musical sí lo conozco, creo que me sé la letra. No entiendo por qué mi padre y mi madre fueron a ver una cinta sobre leones. Quizás porque ninguno sabía mucho inglés, no sé. Para esa época, mi madre ya tenía una vieja camioneta Pontiac, con paneles de madera, una reliquia de los cincuenta que se compró con un dinero que le envió mi abuelo. Recuerdo que armó una cama con frazadas en la parte de atrás. Ellos se quedaron adelante mirando esta película sobre una pareja de ingleses que se van a Kenia y allá, solos, sin entender nada, adoptan un cachorro de león y lo van criando hasta que lo tienen que dejar libre. Mi madre tiene que haber tenido unos 24 ese año 66, y mi padre casi 26. Me gusta la idea de los cuatro en el auto, rodeados de adolescentes besándose, el parabrisas empañándose con el rocío salado del mar, mi madre amamantando a Manuela, mi padre durmiendo y yo atrás, despierto, mirando a esta pareja jugar con un cachorro que no les pertenecía del todo.

Grand Prix (*Grand Prix*, USA, 1966, 175 min)
DIRIGIDA POR: John Frankenheimer
CON: James Garner, Eva Marie Saint, Yves Montand
VISTA EN: 1967, Culver City, California

A comienzos de los sesenta no existía ningún Soler en California, pero ya por los años 63–64 comenzó a llenarse de ellos. En el 66, cuando mis dos tíos, junto con mi padre, me llevaron a un *drive–in* en un inmenso Plymouth descapotable blanco del 56 a ver *Grand Prix*, la ciudad estaba a punto de convertirse en la base de operaciones de los Soler. Faltaba poco para que mis abuelos aterrizaran; un año antes, habían enviado a sus hijos. La oleada de los Zanetti, que eran sus primos y parientes, era inminente. Todos escaparon de Chile antes de que fuera necesario o loable o entendible o políticamente correcto. No arrancaron por política ni por ideales, no les pisó los talones la muerte ni la tortura. Tampoco fueron impulsados a fugarse al norte por hambre, sino por vergüenza. Mis tíos y sus primos y sus tíos y mis abuelos, y luego algunos otros parientes más lejanos, escaparon aterrados de convertirse en lo que de alguna manera se convirtieron: unos fracasados frente a los demás y, peor, frente a sí mismos.

Los Zanetti y los Soler siempre fueron inmigrantes; no eran del todo chilenos y eso fue lo que por un lado les dio la libertad de huir y por otro los condenó al desarraigo. Estas dos familias estaban tan intrincadamente unidas que bastó que cayera la cabeza de los Zanetti, un viejo italiano enviciado por el juego de nombre Arildo, que se casó con María Soler, la hermana de mi abuelo Juan, para que todos comenzaran a caer como fichas de dominó. Cuando uno de ellos —Norma Zanetti, enfermera— encontró otro lugar en el mundo, comenzó la huida, uno tras otro, hasta que, en menos de cinco años, no quedaba ni un Soler o Zanetti en Chile. Para ellos Santiago se convirtió en la ciudad maldita, la ciudad innombrable, la capital de ese país que no los trató como se merecían, el sitio que los hizo entender quiénes eran: poco y nada. Pero en Chile no es tan fácil ser poco y nada cuando uno es algo. Ellos tenían un cierto nivel y lo perdieron. Ante la disyuntiva, prefirieron partir de cero ante gente que no los conocía que comenzar de la mitad, o un poco más abajo, rodeados de la conmiseración de los que se quedaron arriba. El factor humillación, el resentimiento, la rabia y el odio, la ahogadora sensación de fracaso, fue lo que los hizo salir del país tan rápido como fuera posible. Cuando los Zanetti se hundieron, cuando su fábrica de textiles se evaporó en el viento por las malas apuestas en el póker y la brisca del enajenado Arildo, mi abuelo paterno, que siempre fue un parásito, se quedó sin nada. Terminó manejando un taxi, pero él no se sentía taxista.

El momento de máxima humillación, lo que lo deshizo, lo que redondeó su cabeza en un país puntudo, fue cuando, sin darse cuenta, la tía Chilaca Valdés, la hermana de mi abuela Guillermina, se subió a su taxi. Mi abuelo no lo toleró. No le habló. Cuando llegaron al destino, mi tía Chilaca quiso pagarle la carrera.

—Cómo se le ocurre que voy a aceptar su dinero. ¿Quién cree que soy?

Buena pregunta: ¿quién creía que era? No era ni más ni menos que un contador, un tipo ordenado, bueno para llevar las cuentas. Eso fue en Chile y ganó mucho dinero. Eso, al final, fue lo que hizo en California y pudo vivir bien. Entre medio manejó un taxi, armó una imprenta que fracasó, lavó platos en las cocinas de los restaurantes de Hollywood. Hasta el día de su muerte, mi abuelo no le habló a mi tía Chilaca; las veces que se toparon, nunca la saludó ni la miró a los ojos.

Mi hermana aún no nacía, y mis tíos Javi y Carlos ya habían cumplido un año en California cuando vi *Grand Prix* con ellos dos y con mi padre. No recuerdo nada de ese filme excepto la anécdota que se cuenta. Esa ida al cine, al *drive-in*, ocurrió una noche de verano, y creo que se debió a que una tal tía Yvonne le organizó a mi madre un *baby shower* para que mi hermana Manuela tuviera todas las cosas que necesitara gratis. La idea era que mi madre pudiera ahorrar. Mi padre se vio obligado a salir y llevarme a alguna parte, yo tenía recién dos años, y no sé por qué fuimos con sus dos hermanos a ver *Grand Prix*. Sé que vieron el filme bajo las estrellas, tomando cerveza y fumando y que yo me dormí y no molesté nada. La elección de la cinta no me sorprende puesto que mi padre siempre fue tuerca, lo mismo que tío Javi, mi padrino, que al regresar de Vietnam, y antes de que empezara a engordar, trabajó como mecánico en la Ferrari. Lo que me extraña de esta ida al cine es que mi padre saliera con sus hermanos, con los que nunca tuvo grandes lazos o cercanía. Mi padre era el mayor, bastante mayor, y cuando se fue de Chile, ellos eran niños. Aparecieron en California unos años después, en 1965: Carlos de dieciocho, Javi de dieciséis. Mi padre tuvo que acogerlos y luego les consiguió un departamento diminuto cerca del Forum, en pleno Inglewood. Recién llegados, mis dos tíos lavaban autos y platos y estudiaban inglés de noche.

Hay una foto, frente al arco del aeropuerto, esa construcción tipo *Los supersónicos*, donde están los dos con camisas de cuadros idénticas, y posan frente a su auto recién comprado. Yo estoy mirando por la ventana. Mi padre debe haber tomado la foto ese mismo día. El auto era excesivo, pero lo consiguieron barato y creo que era como su premio de consuelo, porque estos dos chicos estaban solos, abandonados, trabajaban hasta caerse muertos y el único acto adolescente que pudieron cometer fue comprarse un auto así. Mis tíos no tenían a dónde ir y tampoco sabían cómo. Eso nunca cambió. Ése, por desgracia, fue el destino de los dos.

El libro de la selva (*The Jungle Book*, USA, 1967,
78 min)
DIRIGIDA POR: Wolfgang Reitherman
largometraje animado de la Disney
VISTA EN: 1967, Pasadena, California

Nací el 14 de febrero de 1964, día de San Valentín y, de haber nacido
en Los Ángeles en vez de en Concepción, seguro que me hubieran bautizado como Valentín Soler Niemeyer. Siempre lo he creído porque
Patrick Bellin, mi mejor amigo en California, nació el 17 de marzo del
mismo año y una enfermera de origen irlandés convenció a su madre,
Janice Wisenthal, que le pusiera Patrick en vez de Isaac, puesto que era
Saint Patrick's, el día en que si uno no anda por la calle con una prenda
de color verde, te pellizcan. Así, le dijo la enfermera, siempre habrá
una fiesta para su día. Y así fue: los cumpleaños de Patrick siempre fueron verdes. Le echaban anilina verde a las malteadas y hasta la torta
tenía una cobertura de vainilla color bambú fresco; cuando Patrick
cumplió diez, nos llevaron a la célebre heladería Farrell's y los mozos
aparecieron con una torta helada verde cata en forma de iglú.

Mi padre no era un entusiasta de Saint Patrick's Day porque la
única vez que tuvo problemas en su trabajo fue, justamente, un 17 de
marzo. Casi lo expulsan del sindicato de los *teamsters* por pegarle un
combo a un tipo que intentó pellizcarlo por no andar con nada verde.
Por suerte no hubo una enfermera allá en Concepción que aconsejara
a mi madre. Ella estaba más preocupada de que naciera con dedos y
manos, porque existía una pastilla llamada talidomida que salió fallada
y muchos niños nacieron con problemas debido a esa droga. Como si
eso fuera poco, se comprobó luego que las mujeres que veranearon en
las costas del Pacífico por esos años respiraron el aire radiado de partí-
culas nucleares que llegó del atolón de Mururoa, donde los franceses
probaron sus bombas atómicas. De hecho, mi prima, Isidora Bulnes
Niemeyer, nació con un muñón en vez de su mano izquierda (tenía dos
dedos, uno casi normal y el otro chiquitísimo, que daba nervios) y qui-

zás por eso resultó tan intensa, oscura y promiscua. Nació irradiada, como dijo mi abuela Guillermina, que desde ese entonces odió a los franceses.

A mí no me inscribieron como Valentín pero igual quedé marcado por nacer ese día. En California, mi cumpleaños era una fiesta y recibía más amor del que era capaz de procesar. En Chile, mi cumpleaños caía en pleno verano y nunca había nadie en la ciudad. Al principio nadie celebraba el día del amor pero, con el tiempo, el país se fue californizando y terminó festejando hasta el día del niño. Después de chequear mis extremidades, me pusieron Beltrán, Beltrán a secas, aunque Beltrán no era un nombre limpio. Mi tío, el hermano de mi madre, era Beltrán, Beltrán Niemeyer, y murió en Valdivia a los dieciocho años.

De la película la verdad es que no recuerdo nada, excepto que la vi en un teatro muy grande y barroco de Pasadena donde estaba alojado mi abuelo, que había sido invitado a Caltech a dictar un seminario. *The Jungle Book* siempre me ha parecido una película intensamente chilena, entre otras cosas, porque me imaginaba Chile como un sitio salvaje, indómito e infranqueable; o quizás es porque la vi con mi abuelo Teodoro que la asocio a ese Chile que entonces me parecía tan lejano. A la salida del cine, mi abuelo me regaló un libro de tapa dura con los personajes de la película que vendían en una juguetería fenomenal que estaba en la calle Colorado, cerca del cine. Quizás mis recuerdos de Mowgli, el niñito que vivía solo en la jungla, y Baloo, el oso bailarín, son del libro y no de la película. No lo sé. Lo que sí me quedó grabado fueron esos cuatro buitres que, con el tiempo, capté que se parecían a los Beatles. Es curioso que uno de mis primeros recuerdos cinematográficos esté ligado a mi abuelo Niemeyer, un hombre al que nunca le gustó la ficción ni el arte y que quiso que todos, desde su hijo Beltrán hasta mí, pasando por mi madre, fuéramos gente de ciencia.

El fabuloso doctor Dolittle (*Doctor Dolittle,* USA,
    1967, 144 min)
DIRIGIDA POR: Richard Fleischer
CON: Rex Harrison, Samantha Eggar, Anthony Newley
VISTA EN: 1967, Teatro Chino, Hollywood, California

De ésta recuerdo muy poco: el tema *Talk to the Animals* (que de seguro
escuché después) y un inmenso caracol marino que ingresa a una bahía
como si fuera un barco. Nada más. Pero lo que de verdad recuerdo (o
creo recordar) es la ida, la ocasión. Mis abuelos Soler ya habían inmi-
grado a California. Nos fuimos caminando a lo largo de Hollywood
Boulevard para ver *Doctor Dolittle.* Ellos vivían en Las Palmas, en un
departamento del segundo piso de un edificio de dos plantas, más bien
largo, de estuco rosado, rodeado de palmas, claro, con pasillos al aire
libre. Me parecía toda una aventura ir a esa casa; mi abuela me compraba comida especial (salami, *string cheese,* jugo V8) y tenía mis propios juguetes Fisher Price en ese departamento del tranquilo (por ese
entonces) barrio de clase-media baja que era Hollywood.

Existe, o existió, una foto de la vez que fuimos a ver la película.
Cuando las cosas te suceden a una cierta edad, necesitas de ciertos ele-
mentos (fotos, recuerdos ajenos, películas super 8 como las que filmaba
el abuelo) que te gatillen lo que tienes al fondo, escondido. Ahí entra
esa foto: estamos todos (excepto mi padre y mi madre, frente al famoso
Teatro Chino, en Hollywood, y es invierno, y parece que hace frío, y
hay luces de navidad y están los inmensos afiches de Rex Harrison y
hay, en la vereda, arriba de las manos y los pies de los famosos, una
llama (falsa) con dos cabezas, una atrás, otra adelante, que camina por
ahí. Mi tío Carlos, que andaba de uniforme militar, me decía que las
llamas eran chilenas como nosotros. Mi padrino Javier Hernán, alias
Javi, andaba también con su uniforme del Army pero, a diferencia de
Carlos, que también fue reclutado por Nixon a cambio de una *green
card* instantánea, él había sido enviado a un fuerte cerca de Waco,
Texas, y no directo al frente, en Vietnam. Javi tenía una novia: Teresa,

o Teri, Teri Mosquera, de padres mexicanos, y ella anda con una mini y botas naranjas muy altas y se parece a una de las chicas de *Josie and the Pussycats*. En la foto, Teri está a un costado, con Javi, que nunca estuvo más flaco. Creo que ellos partieron al otro día, de vuelta a Oakland y de ahí a sus respectivos centros de operaciones.

Mi abuela, la Yayi, también está ahí. Luce un vestido que parece de plástico, un abrigo rojo y un peinado lleno de laca. No tiene el pelo blanco como el abuelo, Juan Soler, que al parecer siempre lo tuvo cano y que una vez que aterrizó en California, huyendo de Chile, el país que nunca quiso y donde siempre se sintió un extranjero, comenzó a vestirse como un golfista de Palm Springs, a pesar de que trabajaba limpiando lo que ya ningún gringo quería limpiar. Mi abuelo Juan Soler llegó a California a los 54 años; mientras amigos suyos se estaban preparando para jubilar del Banco del Estado, él tuvo que empezar de nuevo.

Ese dato, supongo, es el más importante de todos. Lo que lo define a él, el dato que nos define a todos. El antes y después. No se puede tener todo en la vida y la gente que tiene dos países, dos idiomas, termina teniendo menos que el resto. Llegar a California le permitió comenzar de nuevo, cierto, pero lo obligó a matar su pasado. Mi abuelo paterno fue un ser agrio, fracturado, poco sociable, lleno de falencias y temores. En eso, por desgracia, nos parecemos. Pero mi abuelo sintió siempre que hacía menos de lo que podía hacer.

Uno debe intentar triunfar en todo, asegurarse cada ángulo, lograr salud, dinero y amor, plantar un árbol, escribir un libro, tener un hijo; pero, al final del día, al menos en un hombre, el no tener una profesión, no tener esa certeza indisoluble de que eres bueno para eso, sin eso —creo— todo, incluso lo más importante, se vuelve secundario. O no eres capaz de disfrutarlo. Mi abuelo siempre sintió que lo miraban en menos, no toleró no lograr una posición en la vida. Al final, no tuvo dinero, no tuvo salud y sí tuvo mucho amor de mi abuela y poco de sus hijos, nada de sus nietos. Él destrozó lo poco que alcanzó. Por ser el mayor, me tocó bautizar a todos mis abuelos. Le puse Tata a mi abuelo Teodoro Niemeyer, y Mina a mi abuela Guillermina Valdés. A la Yayi, que se llamaba Raquel García, le puse —claro— Yayi. Pero a mi abuelo

Juan Soler le puse el único nombre que se me ocurrió: Abuelo. Y creo que lo hice porque intuí que era un tipo intercambiable, un hombre genérico, un hombre que definitivamente no se salió con la suya. El Abuelo nunca me quiso o me quiso poco. Quizás esto es injusto. En un principio, cuando recién nací, creo que estaba al menos orgulloso y fascinado conmigo. Pero con los años, o a medida que fui creciendo, me dejó claro que no sólo era un asunto de falta de cariño sino, más bien, de algo muy cercano al odio.

Dumbo (*Dumbo,* USA, 1941, 64 min)
DIRIGIDA POR: Ben Sharpsteen Largometraje animado
de los estudios Disney
VISTA EN: 1968, Inglewood, California

Vi *Dumbo* en un cine, sentado, en una butaca más bien grande, no en el asiento trasero de un auto. Mi mamá me llevó a ver la historia del elefante con orejas de paila, a un inmenso teatro de la calle Sepulveda, una mañana que llovía. Nunca había visto tanto niño en un mismo sitio, niños recién bajados de los aviones, niños de todos los continentes, de todos los colores, todos juntos en el cine con sus madres viendo *Dumbo.*

No la vi entera, eso sí, porque hubo un momento en que me quise salir. Lo que más me alteró, aterró, paralizó, fue la escena en que a Dumbo le quitan a su madre y él la visita luego en su jaula. Ella lo acurruca en la trompa y suena una canción, que es como de cuna, *Baby Mine,* y los dos lloran, sus inmensos ojos se llenan de agua, y se nota que se aman tanto, que se necesitan, que tienen un lazo inquebrantable, que no aguanté y me puse a llorar de miedo, me puse a berrear de pánico porque la idea de que me quitaran a mi madre, o que ella me abandonara en ese cine, o en Inglewood, o en algún otro lugar me pareció intolerable. ¿Y si algún día se muere? ¿Cómo uno puede vivir sin su madre? ¿Sin que esté al lado tuyo cada segundo de la vida? La secuencia me resultó insoportablemente triste y me asustó de manera tan severa que me largué a llorar sin más. Lo bueno, lo milagroso, fue que mi madre me calmó, me aseguró que no sólo no se iba a ir sino que nunca se iba a morir.

Vi *Dumbo* en el momento más propicio: cuando uno le hace dibujos a su madre y le regala flores que sacó del jardín y le jura que cuando grande se va a casar con ella, algo que luego te sacan en cara. Más de diez años después, en Santiago de Chile, cuando no teníamos casa ni familia ni hogar, cuando yo pasaba las tardes y algunas noches en la única habitación limpia de nuestra casona clausurada, llegué al departamento de mis abuelos, donde estábamos de allegados, y mi madre me estaba esperando en la cocina, en la entrada de la pieza, que era la pieza de servicio.

—Hueles a pisco, a cigarrillos —me dijo—. No me digas que ahora fumas y tomas.

—No —le dije —no deseo ser como ustedes.

Mi madre fumaba mucho, siempre tenía un cigarillo en la boca. Su auto siempre olía a tabaco y a pastillas de menta.

—En cambio a mí me encantaría ser como tu o tú hermana.

Mis dedos olían al metal de la barra de la micro, pero también a Federica: colonia Coral, cigarrillos Viceroy, jabón Lux, pisco Capel, Frambuesa Andina, madera encerada, las camisetas de algodón de Caffarena, toallas Siempre Libre, el cuero de su bolsón, el plástico de los forros de su cuaderno que nunca abría, sus cítricas gomas de borrar, chicle Dos en Uno de menta.

—¿Te acuerdas de que antes te querías casar conmigo? —me dijo mi madre.

—No —le mentí.

—¿No te acuerdas que me decías «mi novia», que sólo deseabas estar junto a mí y contarme cada una de las cosas que hacías o descubrías? Eso me lo decías en español, una de las pocas cosas que me decías en español. Ahora no me cuentas nada en ninguno de los dos idiomas.

Mi madre me seguía mirando con sus ojos pardos que, dependiendo de la luz, delataban la tristeza y la resignación que intentaba esconder cuando sonreía. Noté que sabía lo que estaba pensando y me avergoncé.

—Mamá, era chico.

La luz del tubo fluorescente me hacía doler los ojos, irritados.

—Ahora ni me avisas a qué hora llegas.

La miré: ya no se veía como cuando me llevó a ver *Dumbo.* Ya no tenía la cara de una niña pero le faltaba muchísimo para ser una señora. ¿Por qué habría querido casarme con ella? ¿Todos los niños piensan eso?

—A veces tú tampoco llegas y tampoco me cuentas nada.

—No es lo mismo —me respondió mirando el suelo.

—Claro que no. Lo lógico es que yo me porte mal, que me comporte como un adolescente, no tú.

—¿Quién te dijo que la vida es lógica, Beltrán?

Ella encendió un cigarillo. Me miró fijo, con algo de enojo, pero más que nada, con cansancio.

—¿Entonces?

—¿Qué?

—¿Cómo se llama tu chica?

—Se llama Federica Montt; la conoces.

Se demoró en procesar la información. A veces uno puede darse cuenta de lo que la gente piensa y lo que ella pensó no fue bueno.

—Ha cambiado mucho esa chica; una pena.

—Nosotros también hemos cambiado mucho, mamá; una pena.

—Sí. Todo ha sido una pena. Si fuera por mí, te aseguro, sería todo más alegre. ¿Por qué no habría de querer que fuera así?

Pensé en tomarle la mano pero me arrepentí. Ella a su vez intentó acariciarme pero decidió tocar un paño de cocina.

—¿Y cómo se llama él?

—Juan Antonio Mancini.

—¿Está casado?

—Sí.

Bullitt (*Bullitt,* USA, 1968, 113 min)
DIRIGIDA POR: Peter Yates
CON: Steve McQueen, Jacqueline Bisset, Robert Duvall
VISTA EN: 1969, Redondo Beach, California

En un principio, en todas esas fotos de fines de los cincuenta, mi padre se parecía a Frankie Avalon. No al de las películas playeras (aunque hay unas fotos tomadas en El Tabo donde se ve igual y mi madre —su novia de toda la vida, desde los quince— tiene un peinado muy Annette Funicello) sino más bien al Frankie Avalon *crooner*, el tipo flaco que cantaba baladas enfrascado en un traje oscuro. En muchas fotos de esa época, además, luce unos anteojos de marco negro.

En sus fotos californianas, sin embargo, desaparecen los anteojos y el traje y la corbata y todo vestigio aspiracional, de clase, de buenas maneras, todo vestigio de intelectual o de chico bueno, y el verdadero Juan Soler o, para no confundirlo con mi abuelo, el verdadero Juan Alfredo Soler García aparece en su versión *this–is–the–real–me, the California–dreamin look*. El cambio, la verdad, es sorprendente. Es francamente pandilleros de la calle, James Dean en *Rebelde sin causa*, truhán de pantalones muy angostos y cigarrillo en la boca. Las fotos que le envió a mi madre el año 58, recién llegado, con 19 años, muestran a un tipo mucho más seguro, más narciso y fascinado consigo mismo. Hay un par de fotos donde sale con sus nuevos amigos; algunos chilenos, otros latinos, todos niños más o menos bien, de élite tercermundista, malcriados y peor educados, que en sus respectivos países se estaban transformando en patanes (malas notas, expulsados de sus colegios católicos, nada de ingresar a la universidad, incapaces de aceptar un trabajo bajo su nivel social) y no tenían otra posibilidad que partir de nuevo. Ahí están, en California, debajo de las palmeras y bajo el sol, recién llegados, sonriendo para la cámara, viviendo el lado fascinante, embriagador, adictivo, del sueño americano. Trabajaban en cualquier cosa, vivían cuatro en una casa por Los Feliz, todo era dinero fácil, autos, mujeres que sí se entregaban, todo estaba bien, era mejor lavar los vasos de las malteadas en el Ben Frank's Drive–In de Sunset (una vez fue Natalie Wood; en otra ocasión Ricardo Montalbán les habló en español y les dio cinco dólares de propina) que tomar piscolas en el Drive–In Charles', de Las Condes, que no era un sitio para ver películas.

Bullitt la vi con mi padre y mi madre y como toda cinta donde actúa Steve McQueen, o como toda película ligada a autos y velocidad, *Bullitt* me remite inmediatamente a mi padre, casi por reflejo, aunque de la vez que la vimos juntos tengo vagas imágenes.

Hace unos años, en Japón, en Kobe para ser más preciso, después del terremoto del 95, se organizó un encuentro de urgencia *in situ*. Después de una larga jornada en terreno, retorné a la minúscula habitación de mi trizado hotel, encendí el televisor y vi a Steve McQueen en *Bullitt*. Me llamó la atención que McQueen usara pijama, eso no lo esperaba. Luego dijo algo en japonés que claramente no entendí, pero seguí mirando y capté que McQueen, como mi padre, casi no hablaba en sus filmes. Seguir la trama de *Bullitt* resultó muy fácil, no había que ser un genio o un traductor de la ONU, el asunto era bastante simple: un policía decide tomar la justicia en sus manos luego que asesinan a un testigo que él debía proteger. En vez de apagar el televisor, lo dejé prendido, esperando ver la única escena que recordaba: una frenética persecución por las calles de San Francisco con la música del argentino Lalo Schifrin estallando detrás y McQueen volando por los cerros arriba de su Mustang 390 GT verde.

A pesar de que por lo general no me gusta acordarme de mi padre, y menos me gusta pensar en autos que andan rápido y no frenan a tiempo, *Bullitt* me remitió a los pocos años en que tuvimos algo parecido a un lazo, aunque no sé si alguna vez —de verdad— tuvimos un lazo. Quizás mi gran error fue nacer en Chile, y quedarme unos meses en Concepción, y ser más Niemeyer que Soler, y terminar como sismólogo en vez de seguir sus pasos como lechero o panadero. Me acuerdo que esa noche, al apretar el acelerador, pensé en *Bullitt*, en *Le Mans*, en Steve McQueen y Paul Newman, en el Porsche negro, en el BMW amarillo.

Oliver (*Oliver!*, GB, 1968, 153 min)
DIRIGIDA POR: Carol Reed
CON: Mark Lester, Ron Moody, Oliver Reed, Jack Wild
VISTA EN: 1968, Inglewood, California

De ésta tengo un par de imágenes grabadas, pero son escenas que han sido tan mostradas que dudo que mis recuerdos surjan a partir de lo que vi ese año 1969 en un *drive-in* con mis padres. La canción principal, *Consider Yourself*, aún hoy me llena de una extraña melancolía y, en vez de traerme recuerdos de la California de fines de los sesenta, me remite de inmediato al Chile postgolpe, a cuando retornamos o, para decirlo de otro modo, a cuando me dejaron abandonado en un país bajo toque de queda donde, a veces, en medio de la noche, se escuchaban ráfagas de metralletas que alegraban a mi abuela, que comentaba:

—Otro upeliento que cae, ojalá los maten a todos.

Consider yourself at home... consider yourself part of the family...

En Chile —en un principio al menos— nunca me consideré «en casa» ni menos «parte de la familia». Una vez instalado, ese oscuro invierno del 74, arrancado de cuajo de todo lo que era mío, de todo lo que me era propio, del sol y el aire acondicionado de California, el fantasma del huerfanito Oliver me persiguió sin tregua. De pronto me vi instalado en Santiago sin idioma, sin amigos, sin sentido, a la espera de que mis padres retornaran de California donde habían partido, de improviso, a «liquidarlo todo». Nos quedamos yo y mi hermana y nuestra mision era clara y precisa: adaptarnos sí o sí y aprender español.

La célebre canción *Consider Yourself* no dejó de sonar ese año 74 y no me dejó nunca tranquilo, pues a algún viejo reportero se le ocurrió usarla, en su versión orquestada, como la cortina del noticiario de una radio de ultraderecha. Creo que era la Agricultura, o la Minería, una de ellas. Mi abuela Guillermina la escuchaba, sin falta y a cada rato, en la inmensa radio Grundig del costurero del segundo piso. *Consider yourself part of us!*, todas las mañanas, y luego en la tarde, y la voz de Pinochet, y los comentarios de Carmen Puelma y el cura Hasbún y los bandos, los informes y los decretos con fuerza de ley.

Ese año, en un colegio alemán que estaba cerca de donde vivían mis abuelos, por el barrio Salvador–Condell, donde nos pusieron de oyentes, durante los últimos meses del 74, me sentí Oliver Twist. El colegio no era más que una vieja casona de tres pisos, con mansarda, y a pesar de ser un colegio privado, para gente con ciertos medios, la verdad es que era muy pobre, o me parecía muy pobre, porque no tenía ni casino ni gimnasio, sala de cine, auditorio, biblioteca: todo lo que formaba parte de mi colegio fiscal de Encino.

El primer día me obligaron a formarme en fila en el patio de atrás. Todos mis compañeros vestían unas cotonas color madera. Me pasaron una taza de loza, aún mojada, y tuve que estirar la mano para que una señora mayor, que revolvía una olla humeante con un espeso líquido oscuro, me llenara la taza hasta el borde. Entonces, en vez de decir «quiero más» como en *Oliver*, tuve la mala idea de decir «no, gracias; yo no tomo esto», yo no tomo esta cosa, esta asquerosa leche en polvo, este Fortesán con leche en polvo y agua hirviendo, esta leche para pobres, esta mierda para chilenos subdesarrollados que no tienen tele a color y no saben lo que son los M&M's. No dije eso, pero sí lo pensé; sólo dije: «no, gracias; yo no tomo esto» y luego agregué «*I don't like it*», y la profesora, una alemana nazi, pinochetista, la *tante* Renata o la *tante* Margarethe, me lanzó sin aviso una bofetada tan llena de furia que me aterró:

—Te lo tomas, cabro de mierda; no estamos en Estados Unidos, estamos en Chile.

Lo curioso es que no derramé nada, sólo me quedé ahí, como Mark Lester, pero yo, para más remate, no era rubio como Oliver, ni como mi primo Milo que era idéntico a Mark Lester. Así que abrí la boca y dejé caer las gotas de sangre sobre la viscosa nata que se formó arriba del tazón y luego, frente a la *tante*, bebí la desabrida y horrorosa leche que nos había regalado el nuevo gobierno militar.

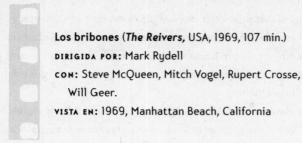

Los bribones (*The Reivers,* USA, 1969, 107 min.)
DIRIGIDA POR: Mark Rydell
CON: Steve McQueen, Mitch Vogel, Rupert Crosse,
     Will Geer.
VISTA EN: 1969, Manhattan Beach, California

Con el tiempo mi padre se fue transformando en Steve McQueen. Al menos yo lo recuerdo como Steve McQueen: esos anteojos de sol cuadrados, las patillas, sus camisetas rayadas. Supongo que eso le podría gustar si se enterara de que cuando pienso en él se me viene la imagen del rey del *cool*, el tipo lacónico, libre, a cargo de sí mismo, *self-made*, que más que querer a las mujeres quería que ellas lo quisieran.

McQueen sonreía poco y tenía claras sus limitaciones: sabía que no era un gran actor pero elegía bien sus roles. Mi padre eligió bien su locación: California. Fuera del Golden State mi padre se achicaba, quedaba fuera de contexto, como si desconociera el libreto, el idioma, las extrañas costumbres locales. Chile alcanzó a darle muy poco y luego le quitó demasiado. Porque, al final, de eso se trató siempre, esa fue la falla que nos dividió, la grieta que todavía nos divide. Bastaba nombrar la palabra «Chile», bastaba apenas pensar en Chile, para que el muro más infranqueable se alzara. Chile era una herida, un mito, un ansia, una pesadilla, era demasiadas cosas para toda esa gente incapaz de procesar tantas emociones encontradas. Lo que nos separó a todos fue Chile. Quizás lo más sano, lo más lógico, hubiera sido aceptar su destino y quedarse en California, desligarse de su origen. Pero no pudo. No bastaba acostarse con californianas; quería algo más. Mi padre comenzó a echar de menos a mi madre, su única novia oficial. Él tenía dieciséis años y medio la noche que fue al cumpleaños número catorce de mi madre y, en esa casa de dos pisos, en la calle Fernández Concha de Ñuñoa, le pidió pololeo; ella le dijo que sí y se besaron.

Años después, cuando él ya no estaba, mi madre tuvo un leve flirteo con un ingeniero de origen lituano de nombre Esteban Nunn, que luego fue profesor mío. Pero en eso reapareció mi padre. Reapareció muchas veces en viajes relámpago que se conseguía gratis. El error original quizás fue seguir enviando cartas a su novia en Chile, no ser capaz de romper, los típicos errores que se cometen por no ser capaz de tomar una decisión a tiempo.

Al final se casaron y mi madre lo siguió. En las fotos de la boda, tomadas en el Club Concepción, ciudad que despreciaba y temía por estar plagada de estudiantes y guerrilleros en ciernes (a mi padre no le interesaba estudiar ni cambiar la sociedad), él sale de traje. Ambos se ven muy jóvenes, y bonitos, pero también asustados, en especial mi padre, que en una foto está mirando para el lado, como si quisiera escapar. Y lo hicieron: escaparon a California, pero no a Los Feliz, donde Los Ángeles era una fiesta, sino a Inglewood, a ganarse la vida en serio. Así, el niño mimado de Ñuñoa, que nunca le trabajó un peso a nadie, se transformó en obrero, rodeado de tipos de todas las etnias y acentos que nunca tuvieron los privilegios que él tuvo. Sin estudios, con una esposa embarazada que no sabía inglés, mi padre dejó la vida hollywoodense y se puso a limpiar aviones.

Como era costumbre en esos días en que el dinero no sobraba, yo y Manuela acompañamos a mis padres a ver *The Reivers*, que luego supe se basó en una novela corta de William Faulkner, a un *drive–in* que estaba cerca de Inglewood. No tengo siquiera una imagen de esta cinta, pero la volví a ver —la vi por primera vez— en la televisión una noche de verano, bien tarde, en blanco y negro. Tiene que haber sido por el año 79; mi padre ya había partido —escapado— una vez más de vuelta a California. McQueen es un bribón de tomo y lomo, que rueda por la vida hasta que, no sé bien por qué, le toca hacerse cargo de un chico, de nombre Lucius, o Lucio, algo así, que tiene un abuelo pero no tiene padre. El chico se queda con un carruaje con unos caballos y se escapa, se va a la gran ciudad y ahí (o antes, no sé) se topa con McQueen y entran en un prostíbulo, y el chico se mete con una puta que no era para nada como las que yo ya había conocido. Todo ocurre en unos pocos días, en el sur de los Estados Unidos, durante la Depresión, y la gente se ve muy pobre y los caminos son de tierra. McQueen opta por transformar a ese chico en un hombre, que es justamente lo que yo quería que me sucediera, pero ahí estaba, paralizado, sintiéndome estafado, anulado, Steve McQueen lejos y yo intentando crecer a toda costa, pegando palos de ciego, chocando de frente, de lado, tropezando, rodando, deslizándome de a poco en la oscuridad que me terminaría por envolver.

La dama y el vagabundo (*Lady and the Tramp,* USA, 1955, 75 min)
DIRIGIDA POR: Clyde Geronimi, Wilfred Jackson y Hamilton Luske
Largometraje animado de los estudios Disney
VISTA EN: 1969, Inglewood, California

A lo largo de los diez años que pasé en Los Ángeles fui innumerables veces a Disneylandia. Un par de veces fui porque estaba de cumpleaños, o bien porque un amigo lo estaba (era una costumbre en esos días ir con unos pocos amigos, ultraseleccionados, a celebrar tu cumpleaños a parques de entretención). Creo que la primera vez fue cuando nos visitó la tía Chilaca, una de las hermanas de mi abuela Guillermina Valdés, y la tía Pochi Lévera, una amiga de mi madre, que se parecía a la Twiggy y se estaba recuperando de una traición amorosa. La tía Chilaca aterrizó en Inglewood con una caja de zapatos metálica Calpany llena de porotos granados crudos y un kilo de dulces de miel Ambrosoli.

Hay varias fotos de esa primera ida a Disneylandia, y, en varias, a la Pochi se le ven los calzones bajo su minúscula y sicodélica mini. Unas semanas antes de que arribaran, mis abuelos Soler me llevaron al cine a ver *Lady and the Tramp* y de ésa sí me acuerdo más, particularmente la escena de amor, en el restorán italiano, cuando el perro vago le regala su pelota de carne Chef Boyardee a la dama. En Disneylandia uno se topaba con todos los personajes que uno veía en las películas y en la tele, y esa vez ingresamos a una tienda de juguetes donde, detrás de un vidrio, estaban los perritos de *Lady and the Tramp* y eran mecánicos y se movían y por los parlantes salía esa canción, «Bella notte». La tía Pochi, que andaba sensible, se largó a llorar y mi madre tuvo que consolarla y sacarla a Main Street USA a tomar aire. En las fotos de esa ida a Disneylandia aparece, además, una niñita que mi madre cuidaba para ganar dinero.

La niñita era menor que yo y mayor que la Manuela y se llamaba

Dakota Lee, aunque yo pensaba que se llamaba La Cotalí, que todo era un apodo, pero no, efectivamente se llamaba Dakota Lee Spencer y era una chica *white-trash*, desnutrida, flaca, que usaba vestidos de encaje todos manchados y de la cual yo me enamoré en forma instantánea. Fue la primera mujer que me sedujo con el «factor misterio» y olía siempre a pichí. La madre de Dakote Lee era mesera de un *coffee-shop* llamado Norm's y era originaria de South Dakota. Según mi padre, la madre de Dakota Lee, que se llamaba Brenda, y que para todos en la casa pasó a ser Brenda Lee, era media prosti, pues contaba haberla visto un par de veces en la calle patinando, conversando con unos tipos en las esquinas y a la salida de los bares, justo a la hora en que él salía a repartir leche.

Después de esa ida a Disneylandia, donde la tía Chilaca le compró a Dakota Lee un vestido tipo *Alicia en el país de las maravillas*, pasó algo insólito. Un día Brenda pasó a dejar a Dakota Lee, como siempre, pero esa tarde no llegó a buscarla. Al bañarla, mi madre se fijó que la chica tenía moretones por todo el cuerpo. Pero Brenda Lee no aparecía. Llamaron a su casa, a Norm's, y nada, no había rastros de ella. Al final, la niñita se quedó en la casa dos semanas. Desesperada, mi madre terminó llamando a la policía, quienes se llevaron a Dakota Lee en medio de una crisis de llanto. La tía Chilaca quería adoptarla, lo mismo que la Pochi, pero no se podía, el tema estaba fuera de lugar, y la pobre Dakota Lee terminó en un orfanatorio en Sacramento.

Algunos meses más tarde, cuando ya se había regresado la tía Chilaca, pero la Pochi aún no pensaba irse, apareció un indio cherokee. O sioux. Llegó de madrugada, como a las cuatro de la mañana, cuando mi padre ya había partido a su trabajo. El indio comenzó a golpear la puerta en forma desesperada y casi la derriba. Era el padre de Dakota Lee y era un indio de verdad; su piel no era roja pero sí cobriza, como el cobre chileno, y andaba en una moto Harley. El indio tenía el pelo más largo que yo jamás hubiera visto, más largo incluso que los hippies de la playa Venice. Mi madre y la Pochi lograron calmarlo con una botella de vino tinto del fundo de la familia de la tía.

Inglewood se estaba tornando peligroso. Una noche, el hijo adolescente de unos mexicanos que vivían al frente fue baleado por una pandilla que pasó por ahí en auto. Mi madre dijo que esto ya era demasiado, que vivía aterrada, y le pidió dinero prestado a mi abuelo Teodoro. Mi padre se cambió de la leche al pan y abandonamos el departamento de la calle Ash por el suburbanísimo Valle de San Fernando y sólo regresamos a Inglewood cuando alguien llegaba o partía del aeropuerto. La Pochi, en tanto, se fue a Miami donde, años más tarde, terminó como secretaria de Julio Iglesias. Iniciábamos, sin saberlo, la mejor etapa de nuestras vidas.

Qué bello es vivir (*It's a Wonderful Life,* USA, 1946,
129 min)
DIRIGIDA POR: Frank Capra
CON: James Stewart, Donna Reed, Lionel Barrymore,
Beulah Bondi
VISTA EN: 1969, Encino, California.

En 1968, camino a San Francisco, mi madre hizo que mi padre se saliera
del *freeway* y se detuviera en el valle de San Fernando, justo al otro
lado de Hollywood. La razón era clara: sintió que ese sitio podría ser
un buen lugar para vivir. Estaba en lo cierto. Eso fue un año antes de
que llegáramos a Encino. El verdadero motivo por el cual mi madre
quiso bajarse de la carretera, sin embargo, fue que el valle de San Fernando tiene una cierta semejanza con Chile: el sol sale por la cordillera
y se pone en el mar. Y está toda esa fruta, todo ese desierto cerca, los
valles con vino, y tanta calle, tanto pueblo, con nombre español. En esa
época en el valle se respiraba un aire nuevo, menos industrial. Era algo
así como un experimento sociológico: el suburbio como ciudad autó-
noma, el *mall* como templo, el adolescente como rey.

—Juan, baja la velocidad, este lugar se ve acogedor.

Ese lugar era Encino. Mi madre ya intuía que no íbamos a regresar
más a Chile. Quizás, con suerte, de vacaciones, de vez en cuando, y ya
eso se veía complicado. La promesa de retornar se iba diluyendo de a
poco y, ante eso, lo importante era asentarse, armar una vida y comprar
una casa. La casa no se compró de inmediato pero fue la misma casa en
construcción que eligieron esa tarde: un *bungalow* color verde palta,
con tres dormitorios y un *family room* (o *den*) en la tranquila calle
Babbitt, en la parte menos elegante, al norte de Ventura Boulevard.
Encino, en esa época al menos, era un barrio —una comuna, en
rigor— compuesta en un 90 por ciento por gente con dinero, una clase
media muy acomodada y una clase alta poco ostentosa. Casi todos, incluso aquellos que vivían con lo justo, como nuestros vecinos, estaban
de una u otra manera ligados a la industria del cine y la televisión. Esto

no era casualidad. Encino estaba localizado suficientemente cerca y, a la vez, privilegiadamente lejos de los dos centros de producción cinematográfica de Los Ángeles: Hollywood, al otro lado de los cerros, y Burbank (sede de la Warner, la Columbia, la Disney y la NBC) en el mismo valle.

Pero Encino no sólo estaba cerca del cine sino que fue fundada sobre cimientos inconfundiblemente cinematográficos. Antes de que Encino fuera Encino, y Ventura se llenara de Lucky's y Ralph's, mucho antes de que existieran los colegios y el Sepulveda Dam Recreation Area y todas las casas, Encino fue el inmenso patio trasero de la RKO, el sitio donde se filmaban las escenas de guerra entre indios y vaqueros, donde se reconstruyó el París medieval o el Chicago de Al Capone.

Todo esto lo supe en el colegio, en el Magnolia Street School, en el curso de Miss Petula Squires, que era una profesora muy moderna, que mi padre encontraba guapa, y la verdad es que lo era, todos los chicos del curso estábamos embobados con ella. A diferencia del resto de las profesoras, que eran más bien viejas, Miss Squires era joven, soltera, usaba botas altas, vivía cerca de nosotros en un condominio con piscina en la calle Balboa y manejaba un Carmengia rojo. Lewis Blumenthal (que era un gordo intolerable y que, al final, sería apodado *Brother Louie,* como el personaje del tema *soul* de los Stories) llegó un lunes, que era el día de *show and tell* (el día de la semana en que uno se paraba frente al curso y mostraba algo personal, algo que tenía una cierta historia) con unas cabezas de flechas que encontró en la cancha de Little League, al lado del velódromo, y nos dijo que eran reliquias indias, de la época de fray Junípero Serra, que es el fraile jesuita que estableció misiones por toda California. Miss Squires revisó las cabezas de flechas, mandó al odioso Lewis a sentarse y decidió explicarnos la *verdadera* historia de Encino.

Así nos enteramos de que éramos descendientes de la RKO y nos mostró, en una copia de 16 milímetros, que vimos en el auditorio del colegio, *It's a Wonderful Life.* Éramos un tanto chicos para entenderla. Nos pareció eterna y exasperantemente en blanco y negro. A lo largo de los años, la he visto muchas veces (una de las pocas películas que he vuelto a ver) y, a medida que lo he ido entendiendo, a medida que he ido captando que nada conmueve tanto como un filme sobre el valor de la familia cuando uno no tiene una familia y empieza a dudar seriamente si alguna vez la tendrá, soy incapaz de separar el gran clásico familiar de Capra de Encino. No porque la haya visto allí o porque yo asocie Encino con familia, sino porque Bedford Falls, el ficticio pueblo de la película, *es* Encino. Las encinas de la calle Main de Bedford Falls son las encinas de Encino. *It's a Wonderful Life* se filmó en ese *back—lot*, aprovechando los árboles que existían. Tanto le gustó Encino a Frank Capra que terminó viviendo ahí, en los cerros, sobre Ventura.

Años después, en una clase de historia en el McArthur English School, me explicaron que Santiago fue fundada por el conquistador español Pedro de Valdivia, y pensé que tuve mucha suerte de haber vivido mis primeros años en un sitio colonizado por Frank Capra y James Stewart, y no por un grupo de españoles malolientes y resentidos que se escaparon de su tierra natal para ir a asesinar nativos y robarles su oro al otro lado del mundo.

Horizontes perdidos (_Lost Horizon_, USA, 1937,
132 min)
DIRIGIDA POR: Frank Capra
CON: Ronald Colman, Jane Wyatt, Sam Jaffe,
Edward Everett Horton
VISTA EN: 1970, Encino, California

A veces uno se siente ligado a una película antes de verla. Puede ser
porque te la contaron, porque todo el mundo habla de ella, o porque
entiendes que ese filme está inmerso dentro de ti por motivos que tú
mismo no entiendes. Creo que vi la versión original de _Lost Horizon_ en
la televisión, una tarde de sábado en 1970, en el canal 11 de Los Ángeles, KTTV, que era un canal chico. Me avisó por teléfono mi vecino y
mejor amigo Patrick Bellin, el que a su vez fue avisado por nuestro
excéntrico amigo mayor y mentor, Drew Wasserman, que tenía al
menos seis o siete años más que nosotros pero necesitaba de un público
incondicional; y nosotros —los chicos de la calle Babbitt— éramos sus
fans y los extras para las cintas de 8 milímetros que Drew filmaba sin
tregua para recrear sus películas favoritas. Lo hacía de distintas maneras: rodando «sinopsis personales», dibujando cómics y _story–boards_,
inventando afiches y frases publicitarias que eran mejores que los que
había lanzado el estudio. Hizo una versión bastante porno de _Kansas
City Bomber_, con las piernas de Raquel Welch abiertas de par en par y
un montón de mujeres en patines ingresando en su vagina, algo que
nos chocó e intrigó al mismo tiempo.

Para cada Halloween, Drew instalaba en su garage, lugar donde
nunca más ingresó un auto debido a toda la parafernalia que tenía dentro, una casa encantada, a imitación de la de Disneylandia, que se había
inaugurado hace poco. La de Drew era más descarnada: compraba zapa-
llos podridos para darle al sitio un aroma a podredumbre. Cada chico
se subía a una silla de ruedas y Drew lo conducía por un laberinto oscuro con tumbas abiertas y monstruos que saltaban en tu cara.

La casa de Drew era fascinante y olía a incienso y tenía diseños de
flores pegadas en la cocina y sillones de plástico. Drew pasaba solo, sus

padres nunca estaban, podíamos entrar en su casa cuando queríamos a
ver tele o escuchar sus discos; Drew siempre estaba ahí después de clases con algo raro que mostrarnos: un jarro con un feto, máscaras de
monstruos, el trozo de una oreja de perro, un ojo de látex.

Cuando vi *Lost Horizon* por primera vez me decepcionó de sobre-
manera; Drew nos la había relatado mucho mejor. Me molestó el
hecho que fuera en blanco y negro. Encino siempre me pareció a color
y al final, cuando terminé en Chile, todo se volvió blanco y negro.
Pero luego la película me conquistó de veras. Años después, en Santiago, este clásico de clásicos apareció, sin aviso, una tarde en el canal 9.
La volví a ver, por cierto; no sólo me cautivó sino que —por fin— la
entendí. Pero lo que importa es esa vez, en 1970, cuando KTTV la transmitió como tributo a Edward Everett Horton. Y fue por él que la vi.
Porque resulta que el señor Everett Horton fue vecino mío.

Yo alcancé a conocerlo, ya veterano, una noche de Halloween. Él
mismo abrió su puerta. Era un señor canoso, vampiresco, aristocrático,
finísimo. Nos entregó el *trick–or–treat* con guantes blancos. Tenía unos
dedos largos. Jamás lo olvidaré. Nos regaló pequeñas bolsitas de terciopelo rellenas de *candy corn* naranja y negro, y manzanas confitadas
a mano y trozos de espeso *fudge* de chocolate con una cubierta de
butterscotch, y unas pastillitas ácidas llamadas *lemon heads*. Nunca más
volví a aceptar dulces hechos en casa, pues en el colegio sacaron afiches
indicando el tipo de dulce que podíamos aceptar para Halloween. El
evento —o el mito urbano— al que se debió la medida fue una manzana acaramelada a la que le habían insertado una hoja de afeitar. El
chico de Reseda que mordió la manzana se rebanó la garganta y toda la
sangre saltó encima de sus compañeros disfrazados. Eso fue verdad.
Apareció en la portada del *Green Sheet*, el diario local cuya primera pá-
gina era verde. Luego se especuló mucho. Decían que algunos dulces
eran inyectados con un químico que hacía que las mujeres se calentaran
y tuvieran sexo con lo que pasara por delante. Esto nos contó Drew,
que era quien nos hablaba de sexo porque él sabía mucho y además lo
practicaba, especialmente a solas.

Lo de la manzana con la *gillette* en Reseda, el sitio donde íbamos a
nadar a la piscina pública en el verano, puso fin a una cierta inocencia
ligada a la fiesta de Halloween. La única manzana acaramelada que

acepté fue la de Edward Everrett Horton y, por eso mismo, es la que
más recuerdo; no he vuelto a comer una manzana mejor confitada que
esa. Everett Horton, que nunca fue una estrella pero que trabajó con
todas las leyendas a lo largo de cinco décadas, vivía en la única casa
verdaderamente vieja, gótica, de dos pisos —o quizás eran tres, con el
ático— de mi barrio, una casona tipo *Sicosis* que nos inspiraba tanto terror como fascinación.

Supe de este señor por el propio Drew Wasserman, quien, ven-
ciendo el miedo, llegó a su casa unos años antes y, como buen cinéfilo
recalcitrante, terminó visitándolo una vez por semana durante años.
Tomaban té juntos. Drew le narraba las películas nuevas de horror (él
podía ingresar a los filmes para mayores), puesto que el señor Horton,
un solterón ya entrado en años, no salía de su oscura casa. Drew era lo
suficientemente alto (y atlético) para ser un basquetbolista pero optó
por el mundo de las tinieblas. Él nos impresionó con el dato de que
Everett Horton era la voz del narrador en la serie de monitos *Rocky and
Bullwinkle*. Everett Horton se estableció en Encino, sitio al que se acos-
tumbró y llegó a querer de tanto trabajar en cintas filmadas en el área.
Cuando RKO desmanteló su estudio y loteó los sitios, Horton compró
una parcela privilegiada. Con el tiempo, sin embargo, su casa se quedó
aislada, a orillas de la inmensa autopista 101. El condado de Los Ángeles que él tanto odió terminó expropiándole buena parte de su terreno
para construir la carretera, y la calle donde vivía se transformó en una
callecita sin salida.

Edward Everett Horton murió en 1970, por lo que tengo que ha-
berlo conocido en el 69, creo. Pero a través de los cuentos que Drew
nos contaba a todos los chicos de Babbitt siento que yo mismo pasé tardes en esa casa, rodeado de máscaras y capas y dientes de vampiros.
Después de su fallecimiento, los vecinos lograron convencer al alcalde
de que la callecita pasara a convertirse en Edward Everett Horton Lane,
y así quedó. A Drew le dejó en herencia vestuarios, afiches y el dinero
suficiente para estudiar cine en la USC, lo que provocó suspicacia respecto de qué hacía exactamente Drew en la casa del viejo, pero esto lo
supe mucho más tarde y sólo sirvió para aumentar la fascinación que
todos sentíamos por nuestro vecino de enfrente.

Krakatoa, al este de Java (Krakatoa, East of Java,
USA, 1969, 101 min)
DIRIGIDA POR: Bernard L. Kowalski
CON: Maximilian Schell, Diane Baker, Brian Keith,
Sal Mineo
VISTA EN: 1970, Palo Alto, California

Después de que Salvador Allende fue elegido Presidente, en 1970, la idea de vacacionar en Chile no sólo se diluyó sino que se volvió un asunto de desafío gubernamental. El Departamento de Estado les sugirió a los ciudadanos norteamericanos no viajar a Chile, por lo que mi hermana Manuela no pudo ingresar al extraño y ahora revolucionario país de sus padres. El país que fui articulando en mi mente tuvo más que ver con lo que me contaban (y con lo que escuchaba que hablaban) que con el país real.

Debido a la imposibilidad de que nosotros viajáramos («no hay leche, no hay pan, no hay papel confort»), nos comenzaron a visitar sin tregua. Parientes, conocidos, amigos de desconocidos; y al final, el año 73, tuvimos que ayudar a recibir a los *exiliados* que escapaban del régimen. Mis abuelos Niemeyer nos visitaron un par de veces. Mi abuelo Teodoro nunca fue allendista pero tampoco estaba tan en contra; a él le importaba su ciencia y sus temblores. Mi abuela Guillermina, en cambio, decía que si los milicos no hubieran bombardeado La Moneda, ella misma hubiera degollado a Allende con su cuchillo carnicero.

En 1970 viajamos con mis abuelos, mi madre y mi hermana Manuela (mi padre no pudo o no quiso acompañarnos) a lo largo de toda la falla de San Andreas. Tenemos fotos en Parkfield, el sitio donde más tiembla en California, aunque mi favorita es aquella donde salimos los cinco dentro de la falla misma, en medio de un campo de ajos, en las afueras de Gilroy. Mi abuelo hizo su posgrado en Caltech, en Pasadena, y uno de sus profesores fue el propio Charles Richter, que no era tanto mayor que él, y que era conocido por ser no sólo brillante sino autoritario, egocéntrico y un devoto nudista (lo pasamos a visitar en

Altadena y nos convidó leche con Oreos, pero ya estaba muy viejito y tuvo la gentileza de no mostrarnos sus presas). Conocía, por lo tanto, a muchísimos sismólogos y los fuimos visitando, uno a uno, a lo largo del viaje por todas las sedes de la Universidad de California. Una de las razones del viaje era conseguir el apoyo de algunos científicos para lograr que se tradujera *Cataclismo en Valdivia*. De hecho, el propio Richter le escribió esa misma tarde en que lo vistamos un entusiasta prólogo que apareció en la edición final de *The Valdivia Catastrophe: The World's Largest Earthquake*, la lujosa versión norteamericana que apareció dos años después.

Mi abuelo Teodoro era un hombre de mundo y, entre sus muchos hobbies o excentricidades (jugar ajedrez, coleccionar estampillas, escalar cerros, sacar solitarios, resolver crucigramas), uno de sus favoritos era recorrer los caminos interiores de los lugares que visitaba. Creía en los viajes en auto y nada lo complacía más que ir improvisando un viaje, sin tener claro el sitio donde dormiría. En una *stationwagon* arrendada, nos fuimos escuchando conciertos de Beethoven y Brahms que tocaban en la National Public Radio. Mapa en mano, mi abuelo siempre optaba por el camino más largo y, así, entre desvíos y sándwiches de malaya preparados por mi abuela, pasamos por lugares tan distintos como Ojai, Solvang (existe una foto en la que salimos todos listos para ser decapitados por los severos daneses de este pueblito para turistas), el parque de Yosemite, el castillo de San Simeón (nunca he visto *El ciudadano Kane* pero al menos he estado en Xanadú) y Zabriskie Point, en el Valle de la Muerte, el lugar más bajo de todo el continente americano.

A diferencia de mis abuelos Soler, que amaban los sitios procesados, los parques temáticos, como Lion Country Safari, Sea World, Japanese Village y Knott's Berry Farm, a mi abuelo Niemeyer le interesaba la historia y los lugares donde se notaban los cambios geológicos. Mi abuelo Soler filmaba películas caseras y, con el tiempo, esta extraña manía suya de filmar cada ocasión importante terminó convirtiéndose en su mejor legado. En sus películas todos nos vemos felices, siempre estamos celebrando y él, por estar detrás de la cámara, opta por desaparecer; mi abuelo Niemeyer, en cambio, aprovechaba los viajes para enseñarme todo lo que podía. Cada viaje era una lección y en cada sitio existía un museo o una misión, o al menos una placa.

El mejor de los lugares que visitamos fue la California Academy of Sciences en el Golden Gate Park en San Francisco, porque tenían una plataforma en la que los niños podían subirse para experimentar un terremoto. El encargado primero nos hizo sentir un 4,7 y la verdad es que no pasó mucho, pero cuando lo apagó y lo encendió para que alcanzara una magnitud de 5,7 un niñito canadiense que hablaba francés se puso a gritar. Yo quise que siguieran aumentando la potencia 5,7 era lo máximo.

Cuando estaba junto a mi abuelo (y esto fue hasta el final, o hasta que lo vi por última vez), me transformaba, por arte de magia, o porque en rigor le temía, en un niño monosabio, experto en geología, geografía y sismos. Mi abuelo —que me hablaba en inglés— me relataba historias en el viaje, con lujo de detalles científicos que luego debía memorizar. A la hora de comida, me interrogaba para verificar cuánto había asimilado («¿qué es una fisura, qué es una falla?»).

En Palo Alto, en la Universidad de Stanford, nos alojamos en una casa extraordinariamente moderna, toda blanca y de vidrio, de la profesora de geofísica Ingeborg Lehmann, que tenía cuatro perros siberianos y un mapa del mundo que ocupaba todo un muro. Pasamos dos días enteros estudiando ese mapa y tuve que subirme a un sillón para mostrarle el sitio exacto en México donde había irrumpido de la nada el volcán Paricutín (mi abuelo era fanático de ese volcán, tanto que fue su cátedra cuando estuvo, a fines de los 90, en la UNAM, y fue el nombre de su rotweiler en su casa de Ñuñoa).

Al lado del campus, en un inmenso cine, estaban exhibiendo *Krakatoa, East of Java*, título que a la profesora Lehmann le pareció en extremo intrigante puesto que, en realidad, Krakatoa está al OESTE de Java. A pesar de que no era un hombre muy interesado en el cine ni en la ficción («tu abuela es la artista, y mira cómo es»), me invitó a verla junto a la profesora Lehmann, que conocía Java muy bien. A los seis años ingresé a ver *Krakatoa* sabiendo exactamente lo que iba a pasar.

—¿Y qué sucedió en la isla de Krakatoa en 1883, Beltrán?

—Comenzó a salir lava por tres orificios; durante tres meses, Tata, la ceniza no dejaba ver el sol...

Si hubiese existido un show de televisión y la categoría hubiera sido Krakatoa, hubiera arrasado con el puntaje.

En la película aparecía Brian Keith, que era el papá viudo de la serie *Family Affair* (donde actuaba mi actor favorito, mi suerte de alterego, un colorín de nombre Johnnie Whitaker). Esto no lo esperaba, me sorprendió. Keith hacía de contramaestre del capitán de un barco que llega a la isla antes de que el volcán estalle y una parte de ella desaparezca en el fondo del mar. Tsunamis, olas gigantescas, ahogaron a los más de 3.600 habitantes del pueblito de Menak. *Krakatoa* estaba llena de efectos especiales y ríos de lava y secuencias en que se ve el mar humeando. A la salida, caminando de vuelta al campus, la profesora Lehmann le dijo a mi abuelo:

—Comparado con lo que te tocó vivir en Valdivia, Teodoro, todo esto tiene que haberte parecido una charada.

—Así es, querida Ingeborg. Tú bien sabes que mi carrera —y mi vida— se divide en antes y después del 21 y 22 de mayo de 1960.

Woodstock (*Woodstock,* USA, 1970, 184 min)
DIRIGIDA POR: Michael Wadleigh
CON: Carlos Santana, Joan Baez, Roger Daltrey,
   Jimi Hendrix
VISTA EN: 1970, Burbank, California

Para 1970, ya había pasado mucha agua turbulenta bajo el frágil puente que mantenía a mis tíos Soler a flote. En cinco años pasaron tantas cosas en sus vidas que, reflexionando, la verdadera sorpresa no son las cosas que les tocó vivir sino que hayan continuado con vida. Javi, que había llegado a California un niñito apollerado, virgen, gordito, que en Santiago lo iban a dejar y a buscar al colegio San Pedro Nolasco, un chico simple y puro cuya máxima gloria era comer los sándwiches de ave de La Gallina, había sido reclutado y enviado al frente, a Vietnam, como carne de cañón. Regresó flaco, bronceado y transformado en un hombre. En el hombre que quizás nunca quiso ser. Nunca sabremos exactamente qué vio, qué le tocó vivir, qué no quiso hacer y tuvo que hacer igual. Javi estuvo en Vietnam y regresó, más o menos, entero y en silencio. El tipo bueno para los chistes sobre Don Otto nunca volvió a hablar más de lo estrictamente necesario y, para llenar el vacío, comenzó a ingerir comida chatarra. En dos años, Javi se infló hasta convertirse en lo que mi abuela Valdés describía como «gordo de *mall*». Comenzó a aumentar de talla hasta que se quedó sin tallas. Cambiar de canal con el control remoto lo hacía transpirar. El hospital de los veteranos le consiguió una calcomanía azul de lisiado para que pudiera estacionarse más cerca de las entradas de los restoranes, supermercados y *food courts* donde acudía buscando compensar lo que quizás había perdido.

Carlos también fue reclutado pero no lo enviaron al sudeste asiático sino a Fort Hood, cerca de Waco, Texas. La Yayi, que fue a misa todos los días mientras Javi estuvo en Vietnam, dijo que el hecho de que Carlos no fuera al frente fue un designio de Dios. ¿Por qué Dios salvó a uno y no al otro? Javi regresó ileso, pero no pudo armarse, fue incapaz de transformarse en un adulto; fue víctima de deudas, créditos e intereses, además de las calorías, claro. Teri Mosquera lo quiso pero no pudo tolerar sus celos ni la idea de tener tres hijos en casa. Javi fue padre de dos hijos, mis primos. Dos Soler que, sospecho, no saben ni una palabra de español. Jason y Jennifer Soler, mis primos, esparcidos en algún lugar de California o de Estados Unidos o del mundo.

Carlos, en cambio, era el genio de la familia: tenía un CI altísimo, un año de universidad a su haber y había leído más libros de los necesarios. Lo otro que quizás lo liberó del combate fue que Carlos era rojo, en Chile estaba asociado a las Juventudes Comunistas y en el Pedagógico, donde estudiaba filosofía, apoyaba la revolución cubana y, en especial, a un joven doctor argentino llamado Che Guevara. ¿Cómo un simpatizante de Castro y Allende, un humanista de izquierda, amigo de gente que luego sería del MIR, que luego fue fondeada o tirada al mar, terminó en el ejército norteamericano, en un sitio llamado Waco, Texas? Al irse de Chile, Carlos tuvo que dejar muchas cosas, mutó cada vez que era necesario para sobrevivir. Alguna gente, incluyendo mi madre, sostiene que, dentro de todo lo que le pasó después, de todo lo que sufrió e hizo sufrir al resto, lo de Carlos no fue tan grave. A lo más, pensaba, en Estados Unidos perdió su destino, se perdió a sí mismo, pero al menos no perdió la vida. En Chile, el año 73, Carlos hubiera muerto, cree. Después de haber cumplido con el *Army*, mi tío se casó inesperadamente con Suzette, una vaquera muy rubia de largas piernas pecosas que conoció dos días antes en un bar bailando. Carlos estaba borracho, Suzette estaba drogada y la música era *soul*. Ella vivía con sus padres, dos hermanos y nueve gatos en la única casa que no era rodante en su caluroso barrio de Waco, Texas. Carlos se dejó crecer el pelo y se hizo hippie, pero con el tiempo su hippismo fue mutando en una versión latina de un cafiche sacado de una cinta *blackexploitation*.

Terminó tocando los bongós en una banda que itineraba por los bares de Manhattan y Redondo Beach. En esa época, tiene que haber tenido unos 25, y era flaco aunque no muy alto, al revés, era una suerte de mono de taca—taca con estilo, que caminaba con la pelvis por delante. Usaba botas puntudas, con mucho taco, para verse más alto, y camisas floreadas y collares que se enredaban en los abundantes vellos de su pecho. A veces llegaba a Encino y jugaba con nosotros. Nos enseñó a los chicos de Babbitt a jugar fútbol, o *soccer*, mucho antes de que llegara a California. Carlos aparecía los sábados y se quedaba toda la tarde, con mi madre conversaba de política y de historia, con mi padre discutía y con mi abuelo se agarraba a gritos y le decía que era un cerdo capitalista, a pesar de ser un miserable inmigrante explotado. A veces nos llevaba al Seven Eleven a comprar *slurpees* y en su viejo Mustang, con asientos felpudos de color rojo sangre, escuché un tipo de música que ni mis padres ni mis abuelos ni los padres de mis vecinos escuchaban. Carlos no escuchaba a Elton John ni a The Carpenters. Me acuerdo de la vez que sonó *Purple Haze* y me dijo:

—Este es Jimi Hendrix y toca mejor que Dios.

Otra vez sonó *Fire and Rain*, de James Taylor, y Carlos me explicó la letra, me contó que la novia del cantante salió en su auto a buscar algo y tuvo un accidente, por lo que nunca regresó. Me acuerdo que quedé de lo más impresionado, jamás pensé que una canción podía ser verdad.

Woodstock la vi con Carlos y mi madre nunca supo. Carlos pasó por la casa, un sábado, mientras mi hermana estaba en clases de ballet. Propuso llevarme al cine Fox Van Nuys a ver *Los aristogatos* o algo tan lamentable como eso. Rumbo al cine me dijo:

—¿Quieres ver otra cosa, quieres ver el mejor concierto de todos los conciertos?

Creo —aunque puede ser mi imaginación— que encendió un pito de marihuana y lo fumó dentro del auto. O quizás todo el cine estaba fumando. Carlos me compró un vaso extra grande de Coca-Cola e ingresamos a ese cine viejo de Burbank, lleno de humo y de gente con mucho pelo. Había mujeres a pie pelado y chicos sin camisas y con collares. Nos sentamos al final y comenzó la música; Carlos cantó varios temas mientras tomaba cerveza y le pasaba un pito a una chica negra con un peinado afro que parecía tocar el techo, a la que le decía *babe*. Comenzó a besarla y a meterle la mano dentro del sostén de macramé; nunca supe si ya la conocía o si la conoció ahí. No sé si me dormí con el olor a marihuana, pero recuerdo a una monja que hace el símbolo de la paz y a Jimi Hendrix («mira, Beltrán, ahí está Dios») que tocaba como nunca había escuchado el himno norteamericano, *The Star-Spangled Banner*.

—No le cuentes a tus padres, no creen en la revolución.

Mi tío, Carlos Patricio Soler García, no fue el primer Carlos Patricio Soler García. Hubo otro tipo con ese nombre. No fue una casualidad ni una coincidencia. Nada de azar aquí. No es que abrió la guía de teléfonos y se topó con un tipo del mismo nombre. No es que estuviese mirando *Sábado Gigante* y se rió al ver que un concursante de Puerto Rico se llamaba igual que él. Nada de eso. Se sabe que existen miles de Juan Pérez. Lo que es menos frecuente, casi imposible, es que un tipo tenga los mismos dos apellidos. Juan Pérez Pérez, Juan Pérez Soler, Juan Soler Pérez.

Un año antes de que naciera mi tío Carlos, mi abuela materna dio a luz un niño muy débil al que bautizaron de inmediato como Carlos Patricio Soler García. Una hora después, a las cinco horas de vida, el pequeño falleció. Lo enterraron en el Cementerio General en un ataúd blanco que no era más grande que una caja de zapatos. Luego mi abuelo mandó a tallar una piedra gris muy pulida: *Carlos Patricio Soler García, 1942–1942.* Un año despúes, en la misma clínica, mi abuela dio a luz de nuevo. Esta vez el varoncito exudaba energía y salud. Una semana más tarde, en la iglesia de Santo Domingo, el niñito fue bautizado, y luego inscrito en el registro civil, como Carlos Patricio Soler García.

El verano del 1977, cuando mis abuelos fueron a Chile a visitarnos, yo acompañé a mi abuela al cementerio. Fuimos sin permiso. Mi abuelo, al parecer, luego se arrepentió de semejante error, en especial cuando comenzó a darse cuenta de que Carlos no era capaz de establecerse, que Carlos tendía a desaparecer, no de la faz de la Tierra como un fantasma, pero sí del mundo de ellos. Siempre he pensado que Carlos no luchó por su destino porque su destino ya estaba escrito. Todos sabemos que vamos a morir; lo que es menos común es morir antes de nacer.

En el cementerio nos acercamos a la tumba. Mi abuela no me había preparado. Sólo me dijo que deseaba ir a ver a su «angelito». Cuando vi su nombre tallado en esa piedra no entendí nada.

—¿Pero cómo…? Carlos está vivo.

—Es otro Carlos, no es el mismo.

Llegó a este mundo con una maldición, con un destino, y por eso mismo, porque quizás siempre tuvo claro que estaba en esta horrorosa vida de prestado, por error, que la aprovechó al máximo y no tuvo miedo de alejarse de ella (si es que, en efecto, no está vivo, deambulando por ahí por la orilla oscura). Quizás lo más respetable, lo más entendible, el acto más valiente de Carlos fue justamente romper con todo, desaparecer no del mundo sino de la gente del mundo que lo conocía, que nunca lo conoció de verdad, que nunca lo barrió para adentro.

Después de que dejamos California, Carlos comenzó a errar. Primero fueron cosas pequeñas: una infracción por no tener su licencia de conducir al día, pasarse una luz, estacionarse frente a una vereda roja. Pedía dinero que no devolvía, desaparecía durante semanas. A medida que Carlos cumplía más edad, actuaba como si cumpliera menos. Nunca asaltó a nadie ni tuvo arranques violentos pero, de a poco, la noche se transformó en su día, sus trajes mutaron en disfraces y se volvió adicto al dinero. Cadillacs, Las Vegas, yates, collares, joyas, sombreros, prostitutas. *Only the best.* Carlos fue encarcelado por estafa, por malversación, por robo de tarjetas de crédito, por firmar cheques sin fondos. Estuvo dos o tres años preso en Chino, al noroeste de Los Ángeles. Eso fue, creo, en el 78. Un día dijo que iría a la playa a pensar. Nunca regresó. Nunca, tampoco, los demás hicieron el esfuerzo económico o moral para encontrarlo.

La noche que la tierra explotó (The Night the World Exploded, USA, 1957, 64 min)

DIRIGIDA POR: Fred F. Sears

CON: William Leslie, Tristam Coffin, Kathryn Grant

VISTA EN: 1971, Encino, California

Cumplí los siete años en cama, enfermo, con algo llamado «the London flu» que me tuvo varado por unas dos semanas, con fiebre y vómitos y escalofríos que me hacían saltar sobre la cama como lo haría Linda Blair en El exorcista un par de años después. Teníamos una sola televisión en la casa, una Zenith, que estaba empotrada en un mueble, con radio incluida, y estaba en el den. Cuando ya me sentía algo mejor, mi madre me instaló en el sofá, tapado con frazadas, para que mirara televisión y tomara mucho jugo en polvo Funny Face (yo era fan de Goofy Grape), que era más barato que el Tang. Una tarde vi una cinta vieja, en blanco y negro, sobre un científico que inventa una máquina que puede predecir los terremotos y ésta le indica que en las próximas 24 horas el estado de California se remecerá hasta sus cimientos. Es más: el mundo entero está en peligro. El gobernador y el ejército creen que el tipo está chiflado y el científico, desesperado, huye con su gente a unas cavernas, las cavernas de Carlsbad, que en verdad existen y que siempre quise conocer. Entonces se larga a temblar como nunca ha temblado, y aquí se me diluye la historia porque parece que la cinta me afectó de tal manera que me subió la fiebre y me volvieron los escalofríos.

Cuando ya estuve mejor, le escribí una carta a mi abuelo y le pregunté si era posible predecir los terremotos. Esa vez me respondió:

«Algún día, Beltrán, algún día. Es una tragedia que la sismología no logre predecir los terremotos. Imagínate si la medicina sólo se preocupara de los cadáveres».

Una semana después de esa carta, un mes y fracción después de ver The Night the World Exploded, supe que quería ser sismólogo, que era mi vocación natural aunque después, durante algunos años de rebeldía, intenté escaparme de mi solitario destino.

La noche del 8 de febrero de 1971 fue una noche en extremo tranquila, como son por lo general las noches antes de que ocurra algo trascendente. Me acosté temprano porque tenía colegio al día siguiente. Lo más probable es que con la Manuela y mi madre viéramos algo de televisión; nos encantaba el show de Carol Burnett. Mi padre, que se acostaba antes que todos, salió de la casa en su horario habitual: las tres de la mañana. Hasta aquí una típica noche de invierno en la residencia Soler, en la calle Babbitt, 5708 Babbitt («el número antes de la calle, al revés que en español, recuerda, en inglés todo va antes: los meses, las direcciones, los adjetivos»), en Encino, California, 91316, sobre la falla de San Fernando, una extensión de la falla de Santa Susana.

A las 6:00 AM, cuando aún estaba oscuro, los perros de la calle comenzaron a aullar. Algo en mis genes, supongo, me alertó y desistí de seguir durmiendo. Abrí los ojos y escuché atento los aullidos. Reconocí a Pastrami, el perro de los Goldenberg, y, más cercano, en la casa del frente, el extraño ladrido tartamudo de Muhammed Ali, el boxer de Drew Wasserman. Después comencé a escuchar ladridos de perros que aullaban desde la calle Wish. Entonces me levanté de la cama, abrí las cortinas y, en un acto digno de una mala novela de realismo mágico, caminé a la pieza de mi madre, la desperté y le dije:

—Va a empezar un terremoto y va a ser fuerte.

No es que haya tenido una visión, nada de eso, la explicación está en los perros. Eso me lo enseñó mi abuelo Teodoro en nuestro viaje por la falla. Mi madre se sentó en la cama, puso los pies en el suelo y entonces empezó lo que yo ansiaba gozar con todas mis ganas y mi madre no quería volver a sentir en su vida.

He vivido sólo dos terremotos en mi vida, dos terremotos de verdad, y les puedo asegurar que nada, nada se compara con esa maravilla de la naturaleza. Ahora los estudio y los analizo, pero si en algo envidio a los bomberos es que a ellos a cada tanto les toca enfrentar incendios y yo, sin embargo, nunca estoy donde debo estar cuando un fenómeno sísmico ocurre. He vivido quizás miles de temblores pero decir que un temblor es lo mismo que un terremoto es como insinuar que encender un fósforo equivale a una fábrica de pinturas ardiendo. La casa comenzó a remecerse y a ondular y un ruido gutural, profundo, ronco, se escapaba por los alcantarillados. Las puertas se abrían y cerraban como si fueran mecánicas y mi librero, un librero de repisas comprado en Builder's Emporium e instalado por mi padre, que sostenía una Enciclopedia Británica, regalo de mi abuelo, cayó sobre mi cama con todo su peso seco.

De inmediato se cortó la luz y no vimos nada. Mi madre, desesperada, gritando, intentaba llegar a la habitación amarilla de Manuela, pero la gruesa alfombra *shag* se ondulaba como una ola. Mi madre comenzó a llorar y a llamar «Beltrán, Beltrán» y yo, riéndome, porque para mí esto era fabuloso, le respondía: «Aquí estoy, aquí estoy», y ella me dijo: «Tú no, ¿dónde está Beltrán, dónde está Beltrán». Manuela cayó de la cama al suelo por el movimiento y no podía abrir la puerta, se le cerraba sobre sus dedos. «Beltrán, Beltrán» insistió mi madre después de agarrar a mi hermana y arrastrarnos hasta el living, donde nos colocamos bajo el dintel de la puerta de entrada. Ahí nos quedamos, unos segundos, eternos e irrepetibles, escuchando los vasos de las estanterías estallar sobre el suelo de la cocina, escuchando el inolvidable raspeo de los cuadros contra los muros, escuchando atentos cómo las placas de la corteza se lijaban entre ellas.

El terremoto del 9 de febrero de 1971, «el terremoto de Sylmar», fue de 6,6 en la escala del tío Charles Richter y se localizó a 8.4 kilómetros de profundidad. Hubo 65 muertos, nos quedamos sin agua ni teléfono, por poco nos tocó evacuar la casa por miedo a que la represa Van Norman estallara, y faltamos a clase durante tres semanas. Dos hopsitales se derrumbaron y un paso sobre nivel de la autopista se desplomó encima de una camioneta *pick-up*. Mi padre nos llevó a Sylmar a ver las ruinas cuando todavía seguían las réplicas. Hay una foto mía, frente a la parte de atrás de la camioneta, la parte que se salvó. El chofer, más adelante, seguía ahí, aplastado por el concreto. Esa foto es la que siempre tuvo mi abuelo de mí, la foto que imagino conservó hasta el final, hasta el terremoto 7,6 del sábado pasado.

Las veinticuatro horas de Le Mans (*Le Mans*, USA, 1971,
106 min)
DIRIGIDA POR: Lee H. Katzin
CON: Steve McQueen, Siegfried Rauch, Elga Andersen
VISTA EN: 1971, Pacific Cinerama Dome, Hollywood,
California

Mi padre pudo haber trabajado para Wonder Bread («*Helps Build
Strong Bodies 12 Ways*»), repartiendo pan antes del alba, pero nunca se
sintió un panadero a pesar del uniforme celeste y la insignia sobre su
pecho que decía *John*. Mi padre quizás escapó de Chile, pero siempre
fue prisionero de sus gustos burgueses y miraba en menos aquello que
satisfacía los apetitos de la clase obrera. En la casa escuchaba a Claudio
Arrau interpretando a Beethoven (cada vez que Arrau iba al Music
Center o al Hollywood Bowl, mis padres sacaban entradas y lo aplaudían como si fuera un pariente cercano) y a Burt Bacharach. Lo veo, en
el *den*, con su grabadora *reel–to–reel*, tomando un Bloody Mary, con
sus inmensos fonos, canturreando *What the World Needs Now*. Mi
padre ganaba bien y mi madre ahorraba mejor. Sólo en California
podía él tener lo que deseaba: un trabajo en el que no era necesario
usar corbata ni trajes elegantes, para el cual no hacía falta haber estudiado durante años temas aburridos, pero que le otorgaba el dinero necesario para darse los gustos con los que había nacido.

Mi padre decía que un hombre no era lo que pensaba y tampoco era
su trabajo: un hombre, al final, era la suma de sus ansias, amores, ma-
nías y gustos (por los autos, las mujeres, los deportes). Un hombre, al
final, no es más (ni menos) que su estilo. Si eso es cierto, qué soy yo.
¿Un ente? ¿No tener estilo *es* un estilo? Mi padre se la jugaba por el
mar, los cerros, el desierto, su BMW. Creía en su bicicleta de media
pista, con la cual recorría el Valle y se internaba por Topanga Canyon.
Creía en las montañas, en el aire puro, en el esquí, creía en los autos rápidos, en el Ontario Speedway donde a veces nos llevaba a ver correr
los Fórmula Uno bajo el calor del desierto. Los chilenos amigos de mis

padres vivían en el Valle, pero no por eso vivían cerca. Se juntaban cada tanto para subir a esquiar a Big Bear Lake, ir a la playa de Zuma o hacer fiestas donde bailaban y tomaban y, una vez que los chicos nos dormíamos, es probable que pasara algo más, aunque no hasta el día del grado como lo muestran las películas o las novelas ambientadas en esa época.

Mis padres se saltaron la revolución, las drogas, el rock y la liberación sexual de los sesenta y setenta. Mi padre se dedicaba a acostarse con las amigas de mi madre y con las mujeres de sus amigos a escondidas, después del trabajo, entre las doce del día y las tres de la tarde, después de terminar de repartir el pan y antes de que los maridos regresaran a casa. La tía Vicki Casteñón, que era rubia, con inmensos anteojos negros, intentaba seducir a mi padre regalándome chocolates y frascos de *chunky peanut butter*. Al final, yo engordé hasta alcanzar la talla de «*husky*» y mi padre tuvo un *affaire* que casi destroza dos matrimonios al mismo tiempo: el suyo y el de la Vicki con el Pelado Artaza. Ella, con el tiempo, engordó tanto o más que el tío Javi, abrió un *franchise* de *frozen yoghurt* cuando estuvo de moda en Canoga Park y a su marido no le quedó más que perdonarla. Lo más patético de la Vicki es que, a diferencia del resto de sus conquistas, ella sí que se enamoró de mi padre y, por una razón que no entiendo muy bien, me enviaba tarjetas de navidad y de cumpleaños con billetes de cincuenta dólares. Mi madre también perdonó a mi padre pero, al final, el matrimonio igual se derrumbó y todos quedamos deshechos y fallados, pero eso fue después, en Chile, donde nada resultó como creíamos.

—Allá no hay carreras de Fórmula Uno —me dijo una vez mientras echábamos bencina—. No hay ni pilotos ni Ferraris ni Porsches. Hay un solo Jaguar y es del embajador de Inglaterra. Lo único que existe es una mierda llamada Las Vizcachas.

The Vizcachas, me dijo, porque me decía todo en inglés, con su acento que no era denso, ni muy latino, pero claramente era un acento.

Años después, cuando recién habíamos retornado a Chile, nos llevó a *The Vizcachas*, a la entrada del Cajón del Maipo, y, efectivamente, me pareció una mierda. Mi abuelo le transmitió a mi padre una suerte de desconfianza hacia Chile. «Todo en este país se mueve, desde el piso a los cerros, pasando por la gente; todos mutan, todos esconden algo, todos son capaces de lanzarte al suelo y hundirte».

Vi *Le Mans* con mi padre y uno de sus pocos amigos, porque mi padre, como McQueen, no era de muchos amigos, o al menos después no tuvo amigos, lo que tuvo fue mucho trabajo, un horario infernal y una rutina que terminó confundiéndose con su vida. Él me llevó a ver *Le Mans* al Cinerama Pacific Dome, un inmenso huevo de dinosaurio en medio de Sunset o Wilshire. La ida a ese cine fue todo un evento. Fuimos con Max Rodríguez. Max tenía bigote y era un *latin lover* y, ya por esa época estaba separado de la Techy, así le decían a la tía Esther Collins, que también era chilena, aunque de padres misioneros irlandeses que se habían radicado en Valparaíso.

Max vivía en Westwood, lo que lo hacía un tipo urbano, e iba a cada rato a Las Vegas. Su departamento tenía una luz negra que hacía que unos cuadros de mujeres desnudas, pintadas sobre terciopelo, brillaran. Ir al departamento de soltero de Max Rodríguez me hacía sentir mal porque algo me decía que yo no debía saber de esas cosas o estar en contacto con ese mundo; me alteraba porque me parecía que ese sitio tentaba a mi padre. Max Rodríguez le hablaba a mi padre de minas y de sexo y del Pussy Cat Theater y de cosas muy explícitas, que yo no entendía del todo por dos razones: uno, era muy chico, y dos, las decía en español, y a mí me hablaban en inglés; y luego pasaba una chica por ahí y se largaban a reír en español y era obvio que la idea era que yo no entendiera, pero, por desgracia, entendía igual. Max Rodríguez tenía un BMW 2002 azul y se vestía como Tom Jones y escuchaba, en su 8 Track tapes, *She's a Lady, It's Not Unusual*, todos esos temas de su ídolo. Mi padre llegaba al departamento de Max y, conmigo como excusa, llamaba a mujeres por teléfono y Max servía tragos, sobre todo bloody marys, que revolvía con unos inmensos apios que poco a poco iban impregnándose de jugo de tomate. Max me decía «*Don't tell your mom*», y luego me pasaba una docena de autitos Matchbox para que jugara mientras mi padre terminaba de hablar por teléfono. Max no iba a nuestra casa en Encino porque mi madre era amiga de la Techy y consideró atroz que Max le fuera infiel.

Una de las razones por las que nos fuimos al Valle fue justamente

Max, que en un principio vivía en Studio City junto a la Techy y sus hijas. La vez que fuimos a ver *Le Mans* ocurrió algo a la salida: Max llevó a mi padre a ver un Porsche. Él conocía un tipo, en Santa Monica, que vendía autos y tenía un Porsche usado, del año 62 o algo así, a buen precio aunque igual carísimo para un tipo que repartía leche. Pero mi padre quedó loco y, sin pensarlo, embaladísimo, entregó como parte de pago el Volkswagen Beatle. El Porshe era negro y sólo para dos personas; yo me subí atrás, en una suerte de caja para colocar mapas y cervezas, un sitio muy pequeño donde apenas cabía y, como andaba con pantalones cortos, la alfombra, de fibra, me picaba. Recuerdo que pasamos a dejar a Max y volvimos a la casa con este auto, parecido al 917 de McQueen en *Le Mans*, y me acuerdo de la cara de mi madre. No sé lo que le dijo, porque ellos hablaban en español, pero sí sé que fue algo desagradable, mi mamá sin duda lo retó, lo puso en su lugar, seguro le dijo que ése era un auto de lujo, un auto para dos y nosotros éramos cuatro y que tenía que devolverlo. Eso siempre me ha hecho sentirme mal porque el Porsche era *cool*, era muy McQueen, y si yo hubiera tenido dinero se lo hubiera comprado. Pero algo pasó, mi padre sacó a mi madre a dar un paseo por la orilla del mar en el Porsche, conmigo atrás y la Manuela adelante, en los brazos de mi madre, y parece que mi padre estaba como un adolescente con el auto y ella eso lo captó, hizo unos cálculos y le dijo:

—Bueno, quedémonos con el Porsche.

Lo triste es que unos días después se supo que el banco no había aprobado el crédito, hubo que devolver el Porsche y, de paso, por no leer el contrato, perdimos el Volkswagen. No debe ser fácil elegir entre un auto que te hace libre y una familia que quieres pero que, sin embargo, te aprisiona antes de tiempo. Nos quedamos con la vieja camioneta hasta que mi madre comenzó a trabajar en un banco como cajera y juntaron plata para el pie del BMW 1602, nuevo, recién llegado de Alemania, que mi padre compró antes que los BMW fueran caros o de lujo.

Willy Wonka y la fábrica de chocolates (*Willy Wonka and the Chocolate Factory*, USA, 1971, 98 min)
DIRIGIDA POR: Mel Stuart
CON: Gene Wilder, Jack Alberston, Peter Ostrum
VISTA EN: 1971, Westwood, California

Mi padre transportaba *bagels* y *pumpernickel, sourdough* y *onion rolls*, pero lo más importante, lo que me parecía casi mágico, era la cantidad de productos Hostess que distribuía en su camión: Ding Dongs, Twinkies, HoHos y los latigudos SnoBalls que estaban hechos de malvavisco rosado. Mi padre los traía a casa al cumplirse su día de vencimiento y eso alzó mis bonos entre los chicos de la calle Babbitt, para quienes yo era un especie de Willy Wonka local. Mi refrigerador parecía estar conectado directamente a esta fábrica de pasteles baratos para niños. Mi padre detestaba los productos Hostess, prefería los panecillos del monito de masa Pillsbury que mi abuela hacía en el horno de su departamento de Hollywood cuando nos invitaba a comer. Mi abuela Yayi era una excelente cocinera y se trajo de Chile todas las recetas que ella preparaba en su casa de Nuñoa. Esto le sirvó muchos años después cuando trabajó de doméstica, o *housekeeper*, en las casas de los ricos de Orange County.

Domingo por medio, mis abuelos Soler llegaban en su Cougar celeste (que tenía en su antena una bolita naranja que decía «76») para llevarnos de paseo. Nunca nos alojábamos en su casa, porque a mi abuelo le molestaban los niños: nos devolvían a las cinco de la tarde, antes de que comenzaran los shows que a ellos les gustaban. No se perdían los programas musicales de Lawrence Welk, y compraban discos de Ray Coniff, Liberace y las Lennon Sisters, que siempre estaban sonando de fondo.

Una vez mis padres se atrasaron y los abuelos nos dejaron con los Bellin, porque para ellos el tiempo juntos era sagrado y nada podía interferir. A diferencia de muchas familias que lo sacrifican todo por los hijos, mis abuelos lo sacrificaron todo —partiendo por sus hijos— para que nada los molestara. Por lo general, íbamos a un parque de entretenciones llamado Beverly Park, donde había caballos y botes y un carrusel, aunque pasada cierta edad el panorama era ir a cines buenos, en Beverly Hills o en Century City o en Westwood, donde exhibían los estrenos, casi siempre musicales, no los cines con programas dobles, los cine viejos del Valle con olor a cigarrillo y *popcorn* añejo. Para mí esto implicaba que mis abuelos eran ricos, lo que, por cierto, no eran.

Mi abuelo aprendió inglés a una velocidad admirable y, por ser tan ordenado, llevaba los papeles y la contabilidad en la fábrica de textiles que los Zanetti instalaron en la calle San Pedro, *downtown*. Mi abuela, que físicamente terminó pareciéndose a Lucía Hiriart de Pinochet, nunca aprendió inglés, y con el tiempo pagó esta falta de previsión muy cara al quedarse totalmente aislada y sola. No aprendió inglés simplemente porque mi abuelo no toleraba la idea de que asistiera a clases vespertinas. Una vez, a la salida de clases, la vio conversando con el profesor. Mi abuelo dispuso que hasta ahí llegaban las clases.

—No necesitas aprender inglés, para eso me tienes a mí.

Si en Chile eran una pareja unida, en Estados Unidos se volvieron un ente indivisible. Mi abuela, para no hacerlo sufrir, para no ocasionarle un mal rato, aceptó sin chistar. Siempre estuvieron juntos, se tomaban de la mano, se besaban cuando podían. En esa época, esa actitud impúdica escandalizaba un resto. Sólo en eso estaban adelantados. Pero las apariencias engañan. El lazo entre ellos era enfermizo y se tocaban no por placer, sino porque —literalmente— él no podía estar sin ella. Mi abuelo murió antes porque no hubiera sido capaz de ser un viudo. Con el tiempo capté que la razón por la que mis abuelos eran tan fans de este tipo de cine era que mi abuela no sabía inglés. Los musicales eran a prueba de tontos, y las canciones, algunas de las cuales ya famosas, ayudaban al deleite general. También, por cierto, los números de baile, aunque para esa época cada vez había menos cintas que pudieran ser del agrado de estos dos seres que se vestían con unas tenidas iguales, adaptadas para los dos sexos, que se llamaban *his and hers*.

Willy Wonka and the Chocolate Factory es un filme que sugerí yo y, por ser musical, o semi—musical, mis abuelos aceptaron gustosos. Me llevaron a verla un domingo a la matinal. Yo era un fan de las novelas de Roald Dahl, como *James and the Giant Peach;* las sacaba de la biblioteca pública de Encino. Todos en el barrio se sabían de memoria las aventuras de Charlie, el niño pobre que encuentra un billete fabricado con una lámina de oro en una barra de chocolate (barras que, en efecto, existieron; se llamaban Wonka Bars, pero fueron descontinuadas).

En el auto, rumbo a la función, comenté que la película debería llamarse *Charlie and the Chocolate Factory,* porque así se llama la novela. Mi abuelo ya tenía el pelo totalmente blanco, lo mismo que el bigote, y era flaco y huesudo como un mal actor en una producción amateur de *El hombre de La Mancha.* No sonreía ni poseía sentido del humor, y jamás se le podía contradecir. De inmediato me dijo que estaba errado, el título era Willy Wonka y no Charlie. Yo le dije sí, sí sé, pero debería llamarse *Charlie and the Chocolate Factory* porque así se llama el libro, porque Charlie es el protagonista. Mi abuela zanjó la discusión comentando que estaba entusiasmada porque iba a ver a Sammy Davis, Jr. cantar *The Candy Man,* algo que, por cierto, nunca ocurrió en la película porque el cantante no aparece ni un segundo. Mi abuela, que llevaba chocolates See's en la cartera y olía profundamente a colonia Jean Naté, me decía «ñato» y dos o tres palabras en inglés: *What do you want, ñato?,* o *You all right, ñato?* El diálogo con ella, entonces, era sólo afectivo, de caricias, dulces y comida. Ella me compraba lo que quisiera. Una abuela siempre entiende lo que quiere un nieto, no importa el idioma.

Willy Wonka and the Chocolate Factory trata de un abuelo afectuoso y su nieto. Un abuelo querendón —Grandpa Joe— que hace lo posible para que su nieto conozca la legendaria fábrica de chocolates. La Yayi encontró que la película era, como todas las que veía, *beautiful* o *wonderful.* Mi abuelo, que sabía mi idioma, no hablaba mi lenguaje. Salió de la película tenso, en silencio:

—Me extraña que Wonka no castigara a Charlie, tal como lo hizo con los otros niños. Ahora que esa fábrica de chocolates está en manos de Charlie, seguro que va a quebrar. La va a llevar a la ruina y, de paso, va a arruinar a toda su familia.

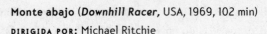

Monte abajo (***Downhill Racer,*** USA, 1969, 102 min)
DIRIGIDA POR: Michael Ritchie
CON: Robert Redford, Gene Hackman, Camilla Sparv
VISTA EN: 1972, Encino, California

Mi padre era un esquiador nato. Se crió en la nieve, puesto que sus primos tenían un refugio de piedra con capacidad para treinta personas, incluyendo varias cocineras. «Lo único bueno de Santiago es que Farellones está a 45 minutos de la Plaza Italia. Uno esquía mirando los edificios», ostentaba ante los vecinos.

Downhill Racer, con Robert Redford, está entre los filmes favoritos de mi padre. Ésta la vimos en la tele, en la casa en Encino, quizás la noche de su estreno en televisión. Ese mismo año tuvimos mi padre y yo una extraña experiencia de alta montaña. Los miércoles él no trabajaba, era su día libre, *his day off*, y muchos miércoles de invierno se levantaba a las 3:00 AM y manejaba cinco horas hasta el centro de esquí de Mammoth, al norte de California, al final del valle de Owen, que es de donde Los Ángeles saca su agua. A veces iba con algunos de los Zanetti, pero casi siempre partía solo; manejaba cinco horas de ida, esquiaba seis, manejaba cinco de vuelta, dormía dos o tres, se duchaba y partía a su trabajo.

La ocasión que importa fue la vez que me llevó, la vez que no llegamos. Después de eso mi padre nunca más me llevó, así a solas los dos, como padre e hijo, comercial de Nescafé, a ninguna parte. El camino a Mammoth pasaba por varios pueblitos como de cuento, y en uno, el último, llamado Bishop, nos detuvimos en un *coffee shop* donde paraban todos los esquiadores que venían de Los Ángeles. Al lado del BMW se detuvo una van VW pintada a lo sicodélico, llena de hippies, pero hippies esquiadores, *ski bums*. Algunos de estos hippies se sentaron al lado de la butaca donde estaba mi padre conmigo, comiendo huevos y panqueques. Una de las chicas tenía el pelo más largo que yo haya visto, un pelo casi verde; tan rubia que, por el cloro, o el sol, por usar quillay y no champú, ahora estaba casi verde. Mi padre no pudo seguir comiendo cuando ella osó sentarse en la butaca con nosotros. La chica era aún más bella de lo que ella misma aceptaba. Le sobraba pelo y sonrisa. Se comió mi panqueque, me hizo cariños, habló de las flores y dejó el café porque no consumía cafeína. Luego nos regaló un incienso y se despidió besándome en la boca. Nunca antes una mujer me había besado en la boca. Me gustó y mi padre se puso celoso, seguro. *«Bless the beasts and the children»*, nos dijo. Eso, al menos, cree mi padre que dijo. Luego iniciamos el ascenso.

Estaba nevando (esto no estaba previsto, en esa época los informes meterológicos eran apuestas). Mi padre aún no cumplía los treinta y, si nos vamos para atrás, a ese día, vemos que es un tipo que sólo quiere esquiar. Decide continuar, una nevazón no iba a atajarlo. Hasta que, de pronto, el auto se detiene. Mi padre logra empujarlo hasta la berma, bajo unos inmensos pinos. Como era un día de semana, y además estaba nevando fuerte, el tráfico era mínimo. Mi padre abrió el motor y miró, pero no vio nada malo. Hasta que se fijó en que no teníamos bencina.

Esto sí que era extraño porque en Bishop, antes de pasar al *coffee shop*, había llenado el estanque. Eso fue unos treinta kilómetros atrás, no muchos, insuficientes para vaciar todo el estanque con no sé cuántos galones. Cómo. Revisó el estanque, por si estaba roto, pero nada. Yo tenía frío y abrí un termo con sopa de cebollas Lipton que mi madre me había preparado en mi lonchera H.R. Pufnstuf. No había un teléfono público cerca y faltaban al menos treinta años para que los primeros celulares comenzaran a aparecer. Finalmente —y esto es lo que mi madre no le perdona— pasó un auto con un tipo con pinta de vaquero. Se detuvo y mi padre le contó lo que nos pasaba y él, que era del área, le preguntó si habíamos estado cerca de unos hippies.

—¿Por qué?

El vaquero le explicó el *modus operandi* de unos hippies que estaban en contra de la sociedad y de Nixon, pero no de la nieve. En esa cafetería estacionaban al lado de un auto con una parrilla de esquí y, con una manguera, succionaban la bencina y vaciaban los estanques.

—Se creen *fuckin'* Robin Hood.

El vaquero llevó a mi padre hasta un almacén que tenía balones de emergencia y un teléfono. Ahí aprovechó para llamar a mi madre a Encino.

—¿Y Beltrán, está con mucho frío?

—Lo dejé en el auto, enrollado en una frazada.

Mi madre casi se volvió loca. Mi padre me dejó a mí—un niño de ocho— cuidando el BMW, en medio de un bosque, rodeado de lobos y de quizás asesinos tipo Charles Manson. Mi madre sostiene que esa ida a Mammoth fue decisiva para entender las prioridades de mi padre, un ser inmaduro y completamente irresponsable. Yo creo que sólo confió en mí y, más allá de todo lo que pasó, creo que hice bien el trabajo. Nunca me sentí más grande y, una vez que volvimos, cuando empezaron los gritos y los descargos, nunca me sentí tan chico.

El violinista en el tejado (*Fiddler on the Roof*, USA,
   1971 181 min)
DIRIGIDA POR: Norman Jewison
CON: Topol, Norma Crane, Leonard Frey,
   Paul Michael Glaser
VISTA EN: 1972, Beverly Hills, California

No contar con alguien más que la familia termina por fisurar a la propia familia. Si uno ejerce toda la presión en una sola placa, ésta necesariamente va a ceder. No hay que ser un científico para saberlo. Eso fue
lo que sucedió. La familia se fisuró y la fractura terminó convirtiéndose en una falla. Al quedarse sin clase social, sin un círculo de amigos,
los Soler tuvieron que inventarse nuevos odios, rabias y miedos que mi-
tigaran la razón por la cual se hallaban tan lejos del lugar que les correspondía (¿a uno le *corresponde* un lugar? ¿uno *tiene* que aceptar el
lugar que le toca?). La solución fue tan sencilla como drástica: no sentirse latinos. Esto, al final, los condenó por partida doble al alejarlos de
aquellos a quienes los unía un lazo natural y al no ser capaces de inte-
grarse en forma plena al mundo de los gringos, que nunca los consideraron como parte de ellos.

La paranoia de los Soler era que los confundieran con el resto de
los sudamericanos, que era gente «sin educación y muerta de hambre».
Los Soler tenían *algo* de educación y estaban muertos de miedo de
algún día tener hambre. En Estados Unidos, al no contar con nada,
apoyaron sus frágiles estructuras sobre el dudoso cimiento que suponía
ser blancos.

—No somos indios, que nunca te digan que eres indio, porque no lo
eres —me dijo una vez mi abuelo Soler cuando se enteró de que en el
barrio me habían asignado el rol de indio en un juego de *cowboys and
indians*, por ser mexicano. Si mis padres hablaban español, ¿qué otra
cosa podía ser? Me pareció lógico, no me pareció un insulto. No conocía México, Chile no era más que un borroso recuerdo.

—No eres mexicano, eres catalán —me dijo, furioso—. Por eso es
mejor que este niño no aprenda español.

La única vez que mi abuelo Soler tuvo problemas con la ley se debió justamente al tema de la blancura. Una viejita de 80 años no alcanzó a frenar y lo embistió por atrás mientras esperaba ante una luz roja en la esquina de Fairfax con Beverly Boulevard, cerca del Farmers' Market. Mi abuelo, muy ordenado, tenía seguro; la viejita, una inmigrante checa con un número en su brazo, también. Al rato apareció la policía, comprobaron que no había heridos y, para cursar los seguros, comenzaron a rellenar los informes. Mi abuelo se fijó que el policía no le había preguntado su raza y rellenaba, sin consultarlo, la opción HISPANIC.

—Disculpe —le dijo— pero mi raza es caucásica. "Hispánico" es un invento de ustedes. No existe una raza hispánica. Somos multirraciales y yo, desde luego, soy caucásico. Si me quiere preguntar de qué país soy, nací en el Uruguay, de padres catalanes.

—Uru —¿*what?*

El policía lo miró y le dijo:

—*Believe me*, usted es hispano. ¿Ha esuchado su acento?

Mi abuelo, humillado, le respondió que la señora tenía un acento más notorio que el suyo. Mi abuelo no aceptó ser tildado de HISPANIC y fue llevado detenido por un par de horas hasta que un abogado lo obligó a abandonar sus pretensiones arias y transformarse en hispánico.

Yo, por mi parte, despojado de mis raíces latinas, sin tener cerca a ningún sudamericano, sin tener claro si era blanco, latino, hispano o chileno, opté por ser judío. No fue fácil, aunque por suerte no tenía el enorme peso del catolicismo encima. Aparte de la Yayi, que era católica, los Soler eran ateos, lo mismo que los Niemeyer y los Valdés. Es cierto que mi abuelo Teodoro era de origen judío, pero no le gustaban los semitas, los ritos y el estado de Israel. Yo, en cambio, era un fan y donaba *pennies* para salvar a los judíos soviéticos, y mi sueño era algún día vivir en *kibbutz.*

Fiddler on the Roof (que fue prohibida por el gobierno de Pinochet por razones que hasta hoy nadie entiende) la vi con mis abuelos Soler, que quedaron impactados al ver que me sabía las canciones y empezaba a cantarlas en el cine. Laura, la hermana de Patrick Bellin, quería ser actriz y obtuvo el rol de Tseidel, la hermana mayor, en la producción de *Fiddler on the Roof* que montaron en la Mulholland Junior High School. Cuando por fin la estrenaron, la vi al menos cinco veces, cinco noches seguidas.

Para mi fastidio y vergüenza, los únicos de la calle Babbitt que armaban un árbol de Pascua y, para colmo, colocaban luces de colores alrededor de toda la casa, como guirnaldas, para celebrar el nacimiento del niño Jesus, éramos nosotros. Cuando digo colores digo verdes, rojas, azules, amarillas, naranjas, toda la gama.

Todo el resto del barrio era judío y festejaban Januká llenando sus casas de luces azules y blancas. No bastaba ser un latino en un gueto blanco, además éramos *goyim*. Mi madre, que odiaba al Papa y despreciaba a los monjas, sentía que iluminar la casa con luces de colores no era un asunto de fe sino de estética. Todos mis amigos eran judíos y los viernes me invitaban a alguna casa a celebrar el Shabbat, antes de que empezara *La familia Brady*. Para Pésaj, todo el colegio iba con sandwiches de matzo y, para no ser distintos, yo obligué a mi madre a no enviarme más sandwiches hechos de pan Wonder sino con esas galletas tan delgadas. Mi madre aceptó pero en la tienda *kosher* encontró una caja de matzo no bendecido, que era mucho más barato, y optó por él aunque eso nadie lo supo, y todos creyeron que mi matzo también había sido bendecido por el rabino.

Castillos de arena (*Sandcastles,* USA, 1972, TV—
Movie, 74 min)
DIRIGIDA POR: Ted Post
CON: Jan-Michael Vincent, Bonnie Bedelia,
   Herschel Bernardi
VISTA EN: 1972, La Jolla, California

Este telefilme lo vi un caluroso sábado de agosto del 72. Lo vi junto a
mi hermana Manuela, que tenía seis. Aun así lo vimos. Era muy tarde
(lo más probable es que fueran las nueve, lo que para nosotros era muy,
muy tarde), y nos aterramos de verdad. Mis padres salieron esa noche
a comer y nos quedamos los dos junto a mi abuela Guillermina que estaba con nosotros recuperándose del comunismo. Estábamos de vacaciones, nos fuimos a pasar una semana a un hotel con vista al mar, a
una playa, La Jolla, al sur del California, cerca de San Diego.

La Jolla era un sitio elegante, pero el hotel no lo era tanto: mi padre
conseguía un buen descuento porque la cadena era de los mismos dueños de la compañía que fabricaba el pan. Además, agosto estaba por
terminar, por lo que todo era más barato. O quizás mi abuelo Teodoro
colaboró (nunca antes habíamos veraneado y no todos los vecinos salían en agosto, no era lo acostumbrado, a lo más, a veces, algún vecino
iba de cámping a un Parque Nacional), porque esas vacaciones no se
planearon para que nosotros descansáramos sino para que mi abuela
Guillermina se recuperara. Se recuperara y comiera bien. Me acuerdo
de que antes que aterrizara en LAX, mi madre fue a Gelson's, que era
el mejor supermercado, a comprar filete, mantequilla, el mejor pollo y
cartones de *half-and-half* en vez de leche *non-fat.*

—La Mina tiene que comer y engordar, en Chile no ha comido
nada.

Efectivamente, en 1972, mi abuela Guillermina, al borde de un ataque de nervios antiallendista, llegó a nuestra casa a recuperarse. Había
sido expulsada por mi abuelo, que pensaba, con justa razón, que la vida
de mi abuela corría peligro. Así no más era. La Mina estaba a punto de
autoinmolarse, o colgarse, o envenenarse, con tal de desafiar no sólo a

la Unidad Popular, a la que odiaba con toda su alma, sino a mi abuelo, que le tenía simpatía a Allende y a la causa revolucionaria. Años después supe que en verdad mi abuela había intentado suicidarse, agotada de tantos malos ratos y amargura interna.

La Mina aprovechó el triunfo de Allende para sacar a flote décadas de resentimiento y odio contra mi abuelo, contra su familia y su padre, contra el mundo en general. Mi abuela Guillermina Valdés la pasó mal en su vida —nunca pudo explicarse por qué se casó con mi abuelo, al que nunca quiso— y se tuvo que tragar mucha rabia, mucha pena, demasiados silencios. Cuando las mujeres momias salieron a la calle a exigir la salida de Allende, la Mina sintió que la revolución había llegado. Nadie, al parecer, le explicó que el asunto era al revés. Pero ella no se compró el cuento del comunismo ni de la UP ni la idea de que los hijos de burgueses ahora fueran socialistas. Tampoco iba a permitir que el proletariado gobernara o, menos, le expropiara a sus parientes sus terrenos y su modo de vida. Mi abuela desfiló por la Alameda, golpeando cacerolas vacías, con un pesado jabón Le Sancy dentro de una media, lista para defenderse de «cualquier upeliento concha de su madre» que intentara insultarla o pegarle.

Mi abuelo tenía contactos y dólares guardados, tanto bajo su colchón como en el Wells Fargo de Encino, por lo que no le molestaba pagar más para conseguir alimentos en el mercado negro (yo fantaseaba con el legendario mercado negro; me imaginaba un supermercado donde todo era negro, atendido sólo por negros). Mi abuela, en cambio, hacía las colas, estaba horas y horas en fila, y el desabastecimiento la potenciaba y energizaba. Se levantaba al alba y volvía deshidratada, desquiciada, destronada a su casa, con dos huevos, una chuleta, medio litro de aceite.

—Ésta es tu UP, esto es lo que tú quieres para mí.

Mi abuela es pintora, pero nunca fue famosa, nunca expuso en el museo ni en una galería importante. Iba a clases a los Institutos Culturales de Providencia o de Las Condes y aceptaba los consejos de profesores revolucionarios. Mi abuela pintaba naturalezas muertas, no creía en la pintura moderna y, desde luego, no participaba de la vida bohemia. Detestaba a Neruda:

—Mírenlo, comunista y fanático de la propiedad privada: tiene tres casas y si no tiene más es porque al hijo de puta se le acabaron esos horrorosos cachivaches que usa como adornos.

La Mina no sabía una pizca de inglés y en La Jolla se dedicó a leer novelas de autores latinoamericanos que mi abuelo le compró («este Vargas Llosa es pro Fidel, se nota») y a tejer.

Esa noche vimos *Sandcastles* con mi abuela y ella tejía y miraba, cada tanto, la pantalla a color. Quizás el hecho de estar frente al mar, cerca de tanta, tanta arena, nos traumatizó. La ventana que daba al balcón estaba abierta y la brisa movía la cortina inundando la sala con un intenso olor a sal. Esa misma tarde, además, habíamos estado construyendo castillos y aún teníamos arena en las partes más inverosímiles.

Lo curioso es que la cinta no era sobre un concurso de castillos de arena sino de terror. En rigor, por lo que recuerdo, *Sandcastles* es lo que se llama un *love story*, una suerte de *Ghost* setentera, pero no fue la parte romántica la que me afectó sino la idea del fantasma con aspecto de surfista. Jan–Michael Vincent sufre un accidente automovilístico y muere. Pero después regresa a juntarse con la mujer que lo ayudó, que hizo lo posible por salvarlo. El tipo construye un castillo de arena, pero está muerto. Un fantasma cotidiano, que merodea entre los vivos. El asunto es que se enamora de la mujer.

A nosotros dos nos sobrecogió esto de que un fantasma podía no dar miedo. Eso fue lo que más miedo nos dio. Eso, y haberla visto al frente del mar. Mi abuela algo entendió, entre el tejido y su ignorancia del inglés:

—Ese fantasma no puede descansar porque tiene que arreglar un asunto que dejó sin resolver. A pesar de que yo no creo en estas tonteras, a veces mi hijo Beltrán, que murió en la playa por ir a mirar el *tsnunami*, regresa y visita a su novia.

Le traduje lo que entendí a mi hermana (ella entendía más de lo que yo mismo entendía, aunque no era capaz de responder, no era capaz de conversar en español) y de inmediato, de puro terror, la Manuela se puso a llorar. Ninguno de los dos durmió esa noche, por miedo a que mi tío Beltrán saliera del mar y nos visitara. No nos visitó pero, tal como en la película, a veces siento que está conmigo, para bien o para mal, vigilándome, acompañándome cuando me faltan las fuerzas.

Mi amigo el león (*Napoleon and Samantha,* USA, 1972,
92 min)
DIRIGIDA POR: Bernard McEveety
CON: Michael Douglas, Johnny Whitaker, Jodie Foster,
Will Geer
VISTA EN: 1972, Van Nuys, California

El verano del 72 mi hermana y yo hicimos lo que nos daba la gana. El
barrio lo permitía: calles tranquilas, *cul de sacs,* un parque cercano.
Todos nos conocíamos, no existían rejas, los que tenían piscina habían
asumido qué rato que eran públicas. Ese verano fundamos un club de
espías en la casa de Eric Brotman, tuvimos una competencia de saltos
mortales en bicicleta a la Evel Knievel (construimos una rampa de madera y saltábamos arriba de nuestras respectivas hermanas) y organiza-
mos un carnaval, con ayuda de un material que nos envió Jerry Lewis
(vimos un aviso al final de un cómic y nos decidimos) para juntar dinero para su teletón (juntamos exactamente 97 dólares, una fortuna
para esa época; a vuelta de correos nos llegó un certificado firmado por
el cómico).

Ese año, además, los rubios y adinerados mellizos Cohen (uno de
ellos, Stuart, a veces nos hacía de *babysitter* y se instalaba en la cocina
con cervezas y hablaba durante horas por teléfono con sus novias) es-
candalizaron a todo el barrio al hacer un *streaking* por toda la cancha durante un importante partido del Pony League, de Mid Valley
Baseball Little League, en el que jugaba the Cubs, el equipo de Patrick
Bellin e Ira Goldman (nunca fui capaz de pegarle a la pelota con el
bate, nunca fui capaz de patear la pelota con el pie). Ese año triunfaba
La Familia Partridge en la tele y hubo al menos tres bandas de *covers*
en el barrio.

A mi amigo Patrick, que tenía pantalones de cotelé de todos los colores imaginables, le habían regalado una Panasonic Portable Cassette
Recorder, donde grababa el disco de los Partridge para que luego nuestra banda pudiera imitar las letras (por mi pelo rojo, tocaba el bajo,

como Danny). Esta desviación pop asqueaba a mí tío Carlos, que soñaba con que nos transformáramos en una banda más como Led Zeppelin. Ese verano mi tío Javi juntó dinero trabajando en un hotel como cocinero y una cálida noche de agosto invitó a sus padres al Teatro Griego a ver a Neil Diamond, algo que mi tío Carlos consideró «un mitin de poseros sin nada adentro».

En el 72 íbamos mucho al Topanga Plaza Shopping Mall; alguna madre nos llevaba en auto y ahí nos dejaban, todo el día. En Topanga patinábamos en el hielo y almorzábamos las hamburguesas del Carl's, Jr. Mark Spitz era el ídolo del momento y, para complacerlo, todos tomábamos leche.

Ese verano hubo otro dos hitos: se escapó una manada de loros parlanchines de Busch Gardens (un aburrido parque de entretención tipo Parrot Jungle, que no era más que un inmenso *arborium* construido al costado de una cervecera que dejaba todo ese sector de Van Nuys oliendo hediondo a cebada), y Tyrone Acosta llegó a pasar unos días con nosotros. Tyrone, al que nunca volví a ver, era un primo de mi madre que no era su primo pero era casi su primo porque era el casi hijo adoptado de la tía Chilaca. En rigor, era el hijo de una empleada mapuche que trabajó por décadas con mi tía; ella lo apoyó mucho y, puesto que nunca tuvo hijos, le pagó su educación (la tía era arsenalera) y movió todos sus contactos (trabajaba con uno de los pocos cirujanos plásticos de la época) para que Tyrone triunfara en la vida.

Ese verano, además, se estrenó *Napoleon and Samantha* con el gran Johnny Whitaker, Jodie Foster (una chica pecosa de diez años) y un actor hippiento llamado Michael Douglas que se parecía un poco, por su modo y por su barba, a mi tío Carlos. *Napoleon and Samantha* la vi con mis amigos Patrick Bellin, Ira Goldman, Craig Bluman y Nathan Shapiro, además de con Tyrone Acosta, quien fue quien nos llevó en la *station wagon* de mi madre. Él —que tiene que haber tenido unos veintiséis años— hablaba perfecto inglés, pero con acento británico; se había ganado una beca que le permitió estudiar en Londres y en Oxford. Tyrone quedó fascinado con estos inmenos loros verdes que se instalaron por todo Encino y el resto del Valle. Tanto, que les hablaba con su acento tipo *Oliver!* y los loros, al atardecer, gritaban *fuck you*, *motherfucker*, lo que provocaba la histeria de todos los niños de la cuadra.

En la película *Napoleon and Samantha*, Johnny Whitaker es un chico de once años que vive con un abuelo más parecido a mi abuelo Teodoro (el actor era el mismo abuelo de *Los Waltons*) que a mi abuelo Soler. Pero al poco de empezar la película el abuelo se muere y Napoleon se escapa del servicio de menores que desea llevarlo a un orfanatorio internándose en una cordillera parecida a los Andes (deben haber sido las Rocallosas) junto a una amiga, Samantha, y a un león, que es su mascota. Michael Douglas anda en una moto y, de puro buena onda, porque era como Carlos, porque era antisistema, los ayuda. Yo me hallaba inmerso en un mundo de chicos, pero la idea de huir con una chica como Lori Shapiro, por ejemplo, la hermana de Nathan, ya me estaba pareciendo interesante. Si Napoleon huía con Samantha, quizás yo podría arrancarme con Lori. Como en una buena película de aventuras de Disney, los dos chicos y el león deben enfrentar una serie de aventuras, algunas divertidas, otras peligrosas.

A Tyrone no le gustó nada la cinta, le pareció «*reactionary*» y «*more Disney than necessary*». Años después supe que Tyrone había sido alumno y discípulo de Ariel Dorfman; su tesis versó justamente sobre *Para leer al pato Donald*. Ahí entendí por qué prefería los loros garabateros a Rico McPato, y por qué se negó a llevarnos a Disneylandia.

Tyrone Acosta era un tipo bastante peculiar y elegante. Nunca habíamos visto a alguien así, así de bien vestido, como un *dandy*. Llegó a Encino con dos trajes de tres piezas: uno de mezclilla celeste y el otro blanco con rayitas negras. Le gustaba tomar champaña y fumaba cigarrillos negros franceses que olían muy raro. Partió al Trader Joe's y trajo cosas que nunca habíamos comido antes en la casa (*macadamia nuts*, caviar, queso brie, sake). Tyrone venía de Japón, donde era agregado cultural, e iba rumbo a Santiago. Era amigo personal, o novio, de una de las hijas de Salvador Allende y le habían ordenado la misión de incorporarse al Departamento de Comunicaciones y Cultura. Su meta, le dijo a Carlos, con quien congeniaron bastante y salieron una noche a emborracharse, era «dar la batalla cultural».

Mi abuela Guillermina por suerte no estaba; justo había ido a conocer Nueva York en tren. Tyrone Acosta Acosta se fue a trabajar a la editorial Quimantú y su meta era lograr que cada familia chilena tuviera una biblioteca en su casa. Antes de que lo fueran a buscar, antes de que nunca más supiéramos de él o de su paradero, Tyrone pasó su último día corrigiendo las pruebas de la edición popular de *Cataclismo en Valdivia*. El libro nunca se publicó; sólo nos enteramos de la suerte de Tyrone el día que publicaron el Informe Rettig.

La aventura del Poseidón (*The Poseidon Adventure*,
   USA, 1972, 117 min)
DIRIGIDA POR: Ronald Neame
CON: Gene Hackman, Ernest Borgnine, Shelley Winters,
   Eric Shea
VISTA EN: 1972, Encino, California

Ésta bien puede estar entre las películas más importantes de mi vida. Es lejos la película que más he visto. Me la repetí varias veces, me la sabía tan de memoria que, cuando llegó la hora de filmarla en el garage de Drew Wasserman, los parlamentos me salieron sin esfuerzo alguno, aunque tampoco importó tanto porque la versión que hicimos era muda.

The Poseidon Adventure fue calificada como «PG» o GP como se estilaba entonces, mayores de trece, aunque perfectamente podías ingresar, nadie te decía nada si aún no habías cumplido esa edad. Cero parientes, cero guardián, sólo tenías que comprar tu *popcorn*, poner cara de grande, yo me las sé todas, no hay nada que vaya a aparecer en esta pantalla que yo no haya visto antes, nena, nada que yo no haya hecho. Ésa fue la mayor de las sorpresas, la verdad es que yo no estaba preparado para lo que vi. Cuando apareció la película en la pantalla quedé paralizado: lo soez del lenguaje, la voluptuosidad de la ex prostituta (Stella Stevens) con su vestido azul semitransparente, toda la sangre y la tragedia, toda la muerte (mueren casi todos, partiendo por las estrellas) que surge una vez que la ola gigante, un *tsunami* provocado por un terremoto, da vuelta el barco justo la noche de año nuevo.

Hay dos sacerdotes, uno joven, otro viejo, y ambos se enfrentan. Hay que tomar una decisión. El joven es Gene Hackman, que de inmediato me pareció de fiar. Este sacerdote es poco convencional y le falta fe, se rebela ante el destino, no entiende cómo Dios puede provocarle tanto sufrimiento a un grupo de inocentes. El sacerdote viejo, en cambio, acepta lo que le toca. Cuando todos están atrapados en el salón de baile, el sacerdote viejo decide quedarse abajo, con los heridos, consolándolos. No escala el árbol de Pascua. Gene Hackman es de armas tomar y obliga a la chicas a sacarse la ropa. No pueden escalar con vestidos ni tacos. Pamela Sue Martin queda en shorts rojos de terciopelo mientras que Stella Stevens se saca el vestido e intenta escapar por las entrañas humeantes del barco, tapada sólo con la camisa de su marido Mike, que era Ernest Borgnine. Cuando el grupo llega arriba, el barco se mueve, algo cede y entra agua al salón. Todos los que no siguieron a Hackman se ahogan, incluido el sacerdote viejo. Por años me sentí como Eric Shea, el chico de diez años que sobrevive a la tragedia, que alcanza *la mañana siguiente* (la pegajosa canción de Maureen McGovern no paró de sonar ese año).

Vi *The Poseidon Adventure* por recomendación de Drew Wasserman. Prácticamente nos obligó a verla. Y nosotros le hacíamos caso a Drew porque, entre otras cosas, de toda la gente de Encino, nadie estaba más ligado al cine que Drew Wasserman. Su madre era peluquera en la NBC y trabajaba en shows de variedades como *Laugh–In* o el de Dean Martin. El padrastro de Drew, a quien Drew detestaba, aunque no más que a su verdadero padre, era maquillador de la Warner.

—He's *a fucking loser*.

El verdadero padre de Drew era un maquillador de cintas de terror, de películas que necesitaban efectos especiales sobre las caras de sus actores. Drew admitía que, a pesar de ser un hijo de puta (en esa época yo no podía concebir que un hijo tratara a su padre así), el tipo tenía talento. Era uno los maquilladores de las películas de la saga de *El planeta de los simios* y, quizás por eso mismo, Drew nunca vio alguna de las cinco partes. Y si las vio, nunca nos habló del tema, no se deleitó relatándonos cada secuencia y, a medida que fuimos creciendo, refocilándose con los detalles sexuales. Nada en la casa de Drew indicaba que su padre tenía un lazo tan cercano con los simios más famosos del mundo: ningún afiche, ninguna foto, ni siquiera una máscara de latex cubierta de pelos.

A diferencia de otras cintas para mayores (en especial aquellas que eran clasificadas con una R y que jamás podríamos ver, como *El padrino* o *Willard*), Drew no nos relató *The Poseidon Adventure*.

—Ésta la tienen que ver por sí mismos, no hay palabras para describir lo que se siente —nos dijo.

Siempre estaré agradecido de que fuera capaz de quedarse callado; entendió que uno sólo tiene una oportunidad para disfrutar las cosas por primera vez. Para Drew todo era cine: su vida era el cine, fuera del cine su vida no tenía mucho sentido. Quizás por eso intentaba recrear sus películas favoritas antes de que se escaparan. Antes del video y de esto que ahora llaman DVD. La películas se mantenían vivas de dos modos: contándoselas a otros y, en el caso de Drew, recreándolas. Su padrastro le regaló luces y tenía la mejor cámara Super8 disponible en el mercado, pero Drew no estaba realmente interesado en filmar «sinopsis», sino en recrear películas. Lo pasaba mejor inventando las maquetas, consiguiéndose el vestuario, ingeniándoselas para lograr los efectos especiales.

Para *The Poseidon Adventure,* reclutó a todo el barrio. Drew tiñó con anilina el agua de la tina de su madre y ahí colocó un modelo del Queen Mary que compró en Toys-"R"-Us. Filmó a un amigo ahogándose en una piscina, la que llenó de tazas y vasos y copas de champaña de plástico que flotaban. Patrick tuvo el rol de Hackman, a mí me dio el rol de Borgnine, mi hermana era Pamela Sue Martin, Leslie Melnick hizo el rol de la puta y se vistió con una camisa del padre de Drew y, al mojarse, todos quedamos impactados con lo duro, grande y notorio de sus pezones.

Donde Drew se lució fue al crear la ola que destroza el salón de baile. Frente a su casa, en la entrada de autos, construyó una plataforma de madera de unos seis por cuatro metros; en una de las puntas colocó dos gatas hidráulicas. Llenó la plataforma con tres mesas, sillas, adornos, un árbol de navidad, comida, vasos y todos los chicos del barrio con sus mejores trajes. Arriba del garaje, Drew amarró seis tarros de basura formando algo así como un muro de tarros. Luego los llenó de agua con una manguera larga que se consiguió. Al tirar de la cuerda, los tarros caerían al unísono, derramando desde el techo una cantidad formidable de agua que caería pareja, como una ola. Dos amigos de Drew se dedicaron a levantar las gatas. Drew lo filmó todo: nosotros comiendo, bailando, celebrando el año nuevo, luego caras de temor, de terror, sentir que el suelo se estaba moviendo, no como en un temblor sino que se estaba levantando; los vasos comenzaron a deslizarse, luego los platos, las sillas, nosotros, y justo entonces sentí los tarros caer y al segundo una inmensa ola nos cubrió y tiró al suelo.

—Corte —dijo Drew—. Se imprime.

Saludos, amigos (*Saludos Amigos,* USA, 1943, 43 min)
DIRIGIDA POR: Norman Ferguson y Wilfred Jackson
CON: Walt Disney y dibujos animados de la Disney
VISTA EN: 1972, Encino, California

Uno de los programas que siempre veía los domingos antes de ir a acostarme era *The Wonderful World of Disney.* Una noche, ahí estábamos, frente al televisor, en el *den,* con nuestros pijamas con patitas, comiendo granola, que era un cereal nuevo para hippies, cuando comenzó una película corta, mitad animada, mitad documental, que se notaba muy antigua.

El título era *Saludos, Amigos,* así en español, sin traducir; mi español no era inmenso, pero entendí lo que significaba. Cuando vi el mapa de Sudamérica y al viejo Walt Disney joven, subiéndose a un avión, supe que esta película venía potente, esta película podría ser sobre mí. A medida que avanzaba la película (toma del lago Titicaca, imágenes de Río), capté que esto era más que una curiosidad, no todos los días uno veía una película de Disney ambientada *Down South.* Me acordé de Tyrone Acosta y de su teoría de que el Pato Donald era capitalista y odiaba a todos los niños socialistas.

De inmediato le avisé a mi madre, que llegó con mi abuela Guillermina, que seguía alojada con nosotros, no se iba nunca, le faltaban un par de semanas antes de irse donde mi tía Luisa, la hermana de mi madre, su otra hjia, que ahora vivía con su marido y mis primos en Caracas, Venezuela. Chile, por lo general, nunca aparecía en el radar de la cultura pop. Borremos *por lo general.* Antes del golpe y de Pinochet, si la palabra Chile se mencionaba en la tele, en un 20 por ciento tenía que ver con el clima («*It's gonna be chilly tonight*», el pinguino Chilly Willy, «*All of a sudden you've become sort of chilly with me*»); el otro 78 por ciento se refería a los *chile peppers,* al chili con carne, a los *chili dogs* de Wienerschnitzel.

—No tolero que asocien Chile con lo picante. Nuestra comida no hierve con ají. Por Dios, qué se creen —opinaba mi abuela Guillermina. Ella insistía que todo el mundo conocía Chile, creía a pie juntillas que el mundo entero se había comprado el cuento de nuestra civilidad republicana y, por eso mismo, nos admiraba y tomaba como ejemplo.

—Vienes de un país culto —me dijo mi abuela, seria—. Allá, a diferencia de acá, donde no saben lo que es un mapa, todos saben donde está Estados Unidos. Incluso la gente pobre sabe que la capital es Washington.

En la pantalla apareció Tribilín como un gaucho que cabalga y se enreda con sus boleadoras por la pampa argentina. Luego el grupo de los animadores Disney toma un avión en Mendoza y cruza la cordillera de los Andes. Esto despertó el ojo de la Mina, en especial cuando las imágenes dejaron de ser documentales y se volvieron animadas.

La razón por la cual saltó mi abuela Guillermina es que ella se sentía, con justa razón, dueña de la cordillera. Ella, después de todo, diseñó, como un favor para su hermano ingeniero forestal, la caja de fósforos Andes. Es un diseño simple, básico, que con el tiempo ha ido adquiriendo un estatus casi pop. Es curioso pero, al final, mi abuela pasará a la historia por esa caja de fósforos. Pocos conocen el nombre de quién la diseñó (muchos deben creer que no se diseñó, que es una foto, que nadie se dio el trabajo de inventar y pintar esa cordillera) pero es probable que no exista un chileno que no haya mirado ese cuadro.

—Es, supongo, mi venganza. Terminé siendo harto más famosa que la Henriette Petit, que era parienta mía y nunca le gustaron mis naturalezas muertas.

A fines de los noventa, unos pintores jóvenes reprodujeron el diseño de la caja de fósforos y contruyeron, en medio del salón central del Museo de Bellas Artes, una caja gigantesca en la que, por un lado, estaba la cordillera de mi abuela y, por el otro, una reproducción de una foto de Pinochet con sus anteojos oscuros.

—Querían decir que eso es Chile, algo así; me imagino que lo decían en forma irónica, en contra, pero salí en todos los diarios y ellos, a pesar de ser raros, de tener ideas comunistoides, eran encantadores; el cóctel, la verdad, estuvo espléndido.

El trozo de *Saludos Amigos* dedicado a nosotros, a mí, comienza con un mapa de la zona central y la voz del narrador diciendo:

«*Once upon a time, in a little airport near Santiago, Chile, there lived three airplanes...*»

Yo quedé sin habla, impactado, orgullosísimo, tanto que no podía concentrarme en la trama. Por suerte era bastante simple. Hay tres aviones chilenos: Papá avión, Mamá avión y Pedrito, un avión bebé. Los padres de Pedro están tremendamente resfriados y no pueden volar. Pedro, entonces, se ofrece a salvar el honor familiar porque los aviones del correo chileno cruzan los Andes invierno o verano. Lo importante, le dicen, es que no se acerque mucho al altísimo y peligroso monte Aconcagua que, en rigor, no es parte de Chile sino de Argentina, al menos la cumbre. No pasa mucho en el corto: el avioncito es tierno y vuela por los cerros. Llega a Mendoza, recoge el bolso con las cartas, se acerca como buen niño travieso al Aconcagua, casi se viene abajo y, finalmente, cuando todos lo daban por muerto, llega sano y salvo.

—Mis hermanos murieron en un avión así —dijo mi abuela—. Estaban promocionando Alas para Chile. Se estrellaron contra otro avioncito, en la Cordillera de la Costa. Esto fue en 1941. En un avión iban mis hermanos y en el otro los hermanos Yáñez. Fue un tragedia atroz. Al funeral fue todo el mundo, incluso don Pedro Aguirre, porque mi hermano era el secretario personal del Presidente. Ahora creo que es mejor que me vaya a acostar.

Entonces se levantó, apagó el televisor y, sin darse cuenta de que estábamos ahí, dejó la pieza a oscuras.

Una luz al final del túnel (A Short Walk to Daylight,
USA, 1972, TV-movie, 90 min)
DIRIGIDA POR: Barry Shear
CON: James Brolin, Don Mitchell, Brooke Bundy
VISTA EN: 1972, Encino, California

A Short Walk to Daylight despertó en mí una de las fantasías que todo sismólogo debe superar: que ocurra un sismo en un sitio asísmico y todo se venga abajo. Con el tiempo, con la edad, he ido perdiendo este deseo apocalíptico. Ya no me divierto imaginándome un 7,2 en São Paulo, un 6,8 vertical en Miami, un 8,1 en París. La otra fantasía con la que uno debe luchar es lo que en el reducido círculo de los geofísicos llamamos el síndrome del «vivir para contar». Todos, secreta y no tan secretamente, ansiamos documentar en terreno un cataclismo mayor.

Mi abuelo tuvo esa experiencia en Valdivia; en términos estrictamente geológicos, yo no he tenido la suerte de pasar por una experiencia tan avasalladora como ésa. Tampoco sé, a estas alturas, si deseo enfrentarme a una experiencia tan limítrofe. Supongo que sí. Es, finalmente, una de las razones por las que he vivido, acaso lo único por lo cual me he jugado; es, acaso, la luz al final del largo, oscuro y solitario túnel que yo mismo construí con tanto esfuerzo. Que el mundo se venga abajo, que las fallas se abran, que la corteza humana se fracture y deje entrar algo de vida.

Antes, en cambio, era un afán por contar con más vida, con más energía instantánea. A los ocho años se apoderó de mí la urgencia de volver a sentir un terremoto. Era una necesidad casi física, hormonal. *Necesitaba* un nuevo terremoto, *quería* volver a sentirlo, soñaba con que todo Los Ángeles se viniera abajo y yo fuera uno de los pocos sobrevivientes. No era un afán de venganza. Quería volver a pasarlo bien, volver a vivir tan intensamente de nuevo. Esos treintaitantos segundos de febrero de 1971 (¿tan pocos, por qué recuerdo cada segundo y, sin embargo, he olvidados meses eternos de rutina intrascendente?)

no me fueron suficientes. No. Quería más, algo más puro, lo quería a la vena.

A Short Walk to Daylight, una película hecha especialmente para la televisión, la vi la noche de su estreno con mi amigo Patrick Bellin, a quien dejaban quedarse hasta tarde donde los amigos y podía volverse a su casa a pie, aunque fuera a las once de la noche. La premisa del filme es del tipo que sólo un chico de ocho años puede inventar: Nueva York sufre un gran terremoto (luego se sabe que es un atentado terrorista, causado por bombas colocadas en puntos estratégicos bajo la isla). La película se concentra en un carro del metro, que está todo sucio y cubierto de grafiti, donde ocho personas quedan atrapadas, entre ellas James Brolin, el héroe. A mí esto me pareció una gran idea: una cosa es que tu casa se te caiga y otra, muy distinta, es estar dentro de la tierra, la misma tierra que decide comenzar a rugir y menearse para recordarle a todos que está viva.

Un par de semanas después que emitieran esta película me tocó pararme al frente de la clase y hacer mi presentación de *show and tell,* que no era más que un ejercicio para los egos en formación («mi viaje a Israel», «mi acuario con peces tropicales», «mi gato que salta»).

Cuando me tocó a mí, tenía claro que todo el curso había sentido el terremoto del 9 de febrero y que buena parte de los hombres, al menos, había visto *A Short Walk to Daylight.* Mi madre me ayudó a hacer un mapa de Chile en una cartulina («en el mapa parece un poroto verde») y mi abuelo me envió por correo, en un tubo de cartón, tres metros de los registros originales captados por el sismógrafo de la Quinta Normal de los terremotos de Valdivia de 1960. Como si eso no bastara, llevé tres copias, en inglés, del libro de mi abuelo. A todos los hice ver la dedictatoria: *A Beltrán Niemeyer Valdés, que iba a ser sismólogo; a Beltrán Soler Niemeyer, que lo será.*

Mis compañeros observaron las fotos y sus caras me indicaron que la presentación podía salir bien. Sabía que los récords mundiales nunca fallan. Todos éramos fans de libro de Guinness. Y me sabía bien los récords que ostentaba Chile: mayor salto a caballo (el capitán Alberto Larraguibel, arriba de *Huaso,* saltó 8 pies y una pulgada y cuarto, en Viña del Mar, en 1949), país más largo del mundo, mayor terremoto registrado en tiempos modernos.

Así es: los terremotos de Valdivia no se distinguieron por haber matado a la mayor cantidad de personas ni por dejar a millones sin techo. Eso les expliqué a mis compañeros del colegio público Magnolia. Valdivia no es un terremoto célebre entre la gente común (el de San Francisco, en 1906, fue más traumático por el incendio posterior) más bien es el terremoto de los terremotos para aquellos que, como yo, dije, queremos ser sismólogos. La razón por la cual decir que uno tiene algo que ver con Valdivia sirve de rompefilas donde haya más de tres geofísicos es que, contradiciendo toda la data que indica que los temblores o réplicas que siguen a un terremoto importante tienden a descender en forma exponencial, el sismo que volvió a atacar Valdivia y la región cercana fue, en efecto, aterradoramente superior al terremoto grado 7,7 que despertó a todo el país el día sábado 21 de mayo a las 6:02 AM. El domingo 22, a las 3:11 PM (19:11 GMT), la ya trizada ciudad de Valdivia fue devastada por una réplica que no era tal, sino un sismo intensamente superior. El terremoto duró diez minutos (eso siempre me impactó: diez minutos de horror, diez minutos de placer) y alcanzó entre XI y XII en la escala de Mercalli. En la escala de Richter registró nada menos que 9,5.

Luego, como si eso no bastara, se produjeron tres *tsunamis*. Los ríos cambiaron su curso, los cerros se cambiaron de sitio, aparecieron nuevos lagos. El mar se recogió tanto que los peces se quedaron sin agua y, como si se tratara de un bumerán, el océano regresó a su sitio de una manera muy poco pacífica: una gran ola se levantó destruyendo a su paso casas, animales, puentes, botes y, por supuesto, muchas vidas humanas. Algunas naves aparecieron a kilómetros del mar, en medio de tupidos bosques. Valdivia de pronto se convirtió en el centro de operaciones del mundo y, como consecuencia, se originaron *tsunamis* que arrasaron las costas de Japón, Hawai, Filipinas, y hasta California. Cinco mil personas perdieron la vida ese 21 y ese 22 de mayo de 1960 en Valdivia, entre ellas Beltrán Niemeyer Valdés, hijo de mi abuelo, hermano de mi madre, tío mío. Beltrán tenía dieciocho años, estudiaba ingeniería, pensaba ser sismólogo y se lo llevó el mar. Nunca encontraron su cuerpo, nunca pudieron enterrarlo.

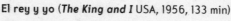

El rey y yo (*The King and I* USA, 1956, 133 min)
DIRIGIDA POR: Walter Lang
CON: Yul Brynner, Deborah Kerr, Rita Moreno
VISTA EN: 1974, Encino, California

A mis padres les gustaba invitar gente a comer: asados cuando iban los Soler o los Zanetti, fiestas hasta la madrugada para el grupo de amigos chilenos de su edad, comidas más preparadas para visitas del extranjero. Un año tuvimos una visita inesperada a comer, una visita que revolucionó no sólo la casa sino el barrio entero. Y eso que la gente de Encino no se impresionaba demasiado con la gente ligada al cine. Erin Murphy, que interpretaba a Tabitha en *La Hechizada*, por ejemplo, iba a Lanai Elementary School, que era un colegio público para gente más rica que nosotros, y la veíamos siempre en la cancha de patinaje sobre hielo o en Plaza de Oro, donde nos cortábamos el pelo. Pero Tabitha era Tabitha, Edward Everett Horton era Edward Everett Horton. Que Yul Brynner apareciera por Encino en un Mercedes dorado, con un sombrero de vaquero blanco en la cabeza, era otra cosa. Que Yul Brynner le regalara un ramo de flores a mi madre y dos botellas de Casillero del Diablo a mi padre es un acontecimiento mayor.

Si dos años antes Yul Brynner hubiera ido a cenar a mi casa, quizás no hubiera pasado mucho. *The King and I*, la famosa película musical que lo consagró, se había reestrenado un año antes; mis abuelos Soler, por cierto, me llevaron a verla. A mí me pareció eterna y «para chicas», y me dio vergüenza que mi abuela canturreara «*Shall We Dance?*» en su pésimo inglés. Pero algo pasó después que hizo que Yul Byrnner se convirtiera en un héroe entre mis amigos.

Durante la temporada televisiva 72–73, Brynner estelarizó *Anna and the King*, una serial que, para mi desgracia y la de todos los chicos de la calle Babbitt, fue cancelada antes de tiempo. No era más que *The King and I* adaptada para la tele, en formato de media hora, sin canciones. Eric Shea, el mismo chico de *The Poseidon Adventure*, protagonizaba la serie y, en el fondo, era sobre cómo llega a Siam con su madre, una institutriz, y cómo debe adaptarse a las raras costumbres locales (la serie fue, sin querer, premonitora de mi destino). En el palacio, el chico, además, debe enfrentarse al rey, que era Brynner, un rey que andaba a pie pelado, era calvo y muy enojón, aún más que mi abuelo Soler.

La razón por la que llegó Yul Brynner a cenar a mi casa es, dentro de todo, simple. En esa época estaba casado (más bien se estaba separando, pero eso no lo sabíamos) con mi tía abuela Nora Niemeyer, prima hermana de mi abuelo Teodoro, una señora alta y delgada que nunca se sacaba su collar de perlas. Mi abuelo estaba alojado en mi casa por unos días, luego de haber dictado unas conferencias en Pasadena. La tía Nora, que casi nunca iba a Los Ángeles, porque le cargaba, también estaba ahí y aprovecharon de juntarse. La idea, me contó años después mi madre, era ir a cenar a un restorán de La Brea o algo así, pero Brynner no quería ir a un sitio público y él mismo propuso comer en Encino, en la casa. Mi madre se puso nerviosa y llamó a mi abuela Soler para pedirle su célebre receta de lengua fría con salsa de perejil. Mi padre partió a Gelson's a comprar la mejor comida y un litro de vodka, puesto que Brynner era ruso y seguro tomaba eso.

Mi madre me prohibió «hacer pública» la inminente visita, por lo que me demoré exactamente tres minutos en contárselo a todo el barrio. Primero se lo conté a Patrick y Patrick se lo contó a su hermana, la que quería ser actriz, y también se lo informó a Drew Wasserman, quien cruzó la calle, tocó el timbre y me dijo que era un mentiroso, que si no era verdad me iba a dejar sangrando en la vereda.

Bastó que Yul Brynner se bajara de su Mercedes para que, al rato, se apostara una veintena de vecinos frente a nuestra puerta. Los Roth, que eran gordos y aún no se recuperaban de la muerte de su hijo, llegaron con sillas plegables y malteadas del Dairy Queen. Drew Wasserman apareció con su afiche de *Westworld*, donde Brynner interpretaba a un robot malvado que empieza a volverse loco. *Westworld*, que era para mayores, aún estaba en cartelera y se había convertido en un éxito sin precedentes. Drew Wasserman se la había repetido hasta el hartazgo y nos la relató con lujo de detalles.

En la cena, Brynner conversó en castellano y, cuando me habló a mí, en inglés, su acento era tan denso como el de mi padre.

—*What's your favorite movie?* —me preguntó. Yo le dije, sin pensarlo dos veces:

—*The Poseidon Adventure.*

—*I was offered the role of the captain. I should've said yes.*

La tía Nora comentó que su marido no era un gran lector de guiones y se equivocaba la mayoría de las veces.

—Todos lo hacemos, pero en el caso del pobre Yul, sus errores quedan guardados para la eternidad.

Las revistas del corazón chilenas intentaron convertir a la tía Nora en una testigo privilegiada del jet set internacional y una suerte de reina del glamour. Insistieron en que había sido modelo de no sé qué fotógrafo famoso y por eso Brynner había caído rendido ante ella. La verdad es que la tía Nora era una simple arsenalera del Hospital Salvador. Bastante menor que mi abuelo, había cumplido los treinta y estaba dispuesta a quedarse sola. En una rifa de fin de año obtuvo un viaje a Europa. En París, alojó en el departamento del agregado cultural, que era un amigo de su familia, y asistió a varias fiestas. En una de ésas, de casualidad, porque alguien era amigo de alguien que era amigo de alguien, la tía conoció a «este exótico señor calvo». Brynner era mayor que ella y estaba casado, pero el romance comenzó igual y la tía se casó con este actor ruso ganador de un Oscar sin saber bien en lo que se estaba involucrando.

La tía Nora nunca fue cinéfila y, después de su divorcio, no volvió a pisar un cine y se negó a tener un televisor. Ambos se radicaron en Suiza por la tranquilidad y por la exención de impuestos. Aún vive ahí, creo, a orillas del lago Ginebra, donde cultiva copihues en un invernadero. La prensa chilena de la época, fascinada con el noviazgo, omitió el hecho de que Nora estaba embarazada de Natacha, mi prima en algún grado, dos años mayor que yo. El país entero se obsesionó con esto de que una chilena fuera parte del mundillo de Hollywood.

Mi madre sirvió de postre arroz con leche y, junto con el café, conversaron —en español— sobre Chile. La tía Nora contó que pensaban comprarse una casa en Zapallar.

Luego se levantaron y se despidieron, cariñosos. A la salida, en la calle, las madres de mis amigos le pidieron autógrafos a Brynner. Drew Wasserman estaba lívido, impactado, y le abrió su afiche de *Westworld* para que se lo firmara. Brynner me levantó en sus brazos, me abrazó y me regaló su sombrero de vaquero. Por un leve instante fui el chico más envidiado de todo Encino.

Los doberman al ataque (*Trapped,* USA, 1973, 90 min,
  TV–movie)
DIRIGIDA POR: Frank De Felitta
CON: James Brolin, Susan Clark, Earl Holliman
VISTA EN: 1973, Encino, California

Un domingo por la noche, en el verano de 1973, mi padre encendió el
televisor y, al ver que anunciaban un programa sobre Chile, le sugirió
a mi madre que todos comiéramos la cena de *macaroni and cheese*
arriba de los mesas plegables en el *den*. El programa (quizás fue un
reportaje de *60 Minutes*) se llamaba *Chile in the Red,* y mostraba imágenes de la inmensa mina de Chuquicamata («es la más grande del
mundo, Beltrán»), y tomas de Fidel Castro en el Estadio Nacional, y
otras de miles de obreros marchando por calles con edificios que parecían antiguos y pobres.

La conclusión del locutor era clara: Chile ahora era un país comunista. Le pregunté a mi padre si eso significaba que Chile era el ene-
migo, y me dijo «sí».

—¿En Chile hay Vietcong?

—Algo parecido —me dijo—, pero son estudiantes, hijos de ricos,
amigos de Carlos.

—¿Es Tyrone Acosta malo?

—No —interrumpió mi madre—. Tyrone es un soñador y, de tanto
soñar todos esos chicos están transformando ese pobre país en una pesadilla.

Luego se fue a la pieza a llorar.

—¿Por qué llora?

—Porque Chile ahora va a ser como Cuba —me respondió mi
padre mientras hundía su mano en un envase de Planter's Roasted
Peanuts—. No sé cómo Nixon y Kissinger permiten que esto suceda.

Por esa época empezaron a llegar a Los Ángeles docenas de familias
de chilenos (algunos parientes, otros amigos de amigos) que venían es-
capando de Allende.

—Son exiliados —me explicó mi madre—. Hay que ayudarlos.

Después de ese especial exhibieron *Trapped*. Las cintas de dobermans estaban de moda a comienzos de los setenta, pero eran para mayores y yo, a pesar de que me moría de ganas, no había visto ninguna. Patrick, mi amigo y vecino, que tenía un mes menos que yo, sí las había visto porque sus hermanas lo llevaban al *drive-in* e incluso a cintas «PG» como *The Last of Sheila* y *American Graffiti*. Patrick era un experto en cintas de dobermans y era capaz de recitar la más insólita trivia perruna.

Supongo que *Trapped* fue realizada para aquellos que no pudieron ver las *verdaderas* películas de dobermans en el cine. James Brolin, que por esa época actuaba en todas las películas que me gustaban, es un tipo que va a una tienda de departamentos tipo Sears o Fedco a comprar un regalo para su novia y se queda encerrado; tiene que esperar hasta la mañana siguiente para que regresen los empleados. Unos maleantes adolescentes (¿por qué todos los maleantes adolescentes son latinos?) lo atacan en el baño dejándolo inconsciente o algo así, no estoy seguro. A lo mejor simplemente se desmaya. El asunto es que ahí se queda, atrapado, nadie se da cuenta porque en esa época no existían cámaras secretas y rayos ultrasensores. Brolin despierta, mira el reloj, capta que son como las once de la noche y sale del baño. Antes de siquiera pensar robar o al menos utilizar todos los productos que están al alcance de la mano para su deleite personal, comprueba que la maldita tienda es custodiada por seis rabiosos, babosos, asquerosos perros doberman que quieren sangre fresca y carne blanda. Todo a partir de ahí es persecución y, obviamente, no tiene tiempo para llamar por teléfono a la policía.

En septiembre, al final del verano, nos sucedió algo con un perro que me hizo recordar de inmediato *Trapped*. Ocurrió en un sitio llamado Chula Vista, que estaba por San Diego, tan, tan cerca de la frontera que uno veía, desde el: rancho al que nos invitaron, la inmensa bandera mexicana que flameaba en la plaza principal de Tijuana. Chula Vista era, además, el nombre de una canción que estaba de moda en el oscuro, alternativo y marihuanero programa nocturno dominical de Dr. Demento, en 93 KHJ, la radio que todos escuchaban en Encino por órdenes expresas de Drew Wasserman.

En Chula Vista, California, vivía Alejandro Álvarez, un argentino canchero que importaba cerveza de México y se las vendía a los restoranes latinos de todo Los Ángeles, mucho antes de que Dos Equis o Corona fueran parte de la cultura popular yanqui. Álvarez usaba sombreros de gaucho y se había construido un rancho en el que se levantaban cinco o seis casas, un par de piscinas, un establo con caballos, una laguna con patos y decenas de perros de todas las razas, tamaños y edades. Alejandro Álvarez estaba casado con una chilena hermana de la tía Vicki Casteñón. Cuando Álvarez invitaba, invitaba con todo: alojamiento, niños, asado al palo, baile, juegos de salón. Álvarez tenía dos nanas mejicanas que cuidaban a los niños, y *coolers* con toda la cerveza imaginable.

La vez que pasó lo que pasó fue en septiembre, al final del verano; era un domingo, en la tarde, y creo que era *Labor Day*, un fin de semana largo, íbamos a estar dos o tres días. La tarde estaba cayendo y hacía mucho calor. Como Álvarez tenía dos piscinas, yo estaba en la que tenía un tobogán curvo con un montón de niños que no conocía y que hablaban español (sobrinos argentinos de Álvarez que estaban de visita, supongo), y con algunos de los hijos más chicos de la gente del grupo (nací con la maldición de no sólo ser el mayor sino además, de ser el mayor de todos los hijos de los amigos). Los grandes chapoteaban tomando cerveza y margaritas y tortillas con guacamole en la piscina grande, que Álvarez construyó con un bar adentro y asientos de agua.

Mi hermana Manuela estaba con los otros niños pero, en un arranque de curiosidad, salió a explorar el jardín. Los Álvarez tenían un gran danés enorme, de nombre Evita, que recién había parido, y estaba con sus cachorros descansando. Manuela quedó impactada al ver tantos perritos juntos e intentó tocar uno de los perritos o bien le quitó un hueso de plástico y la perra, que estaba nerviosa y paranoica, la mordió en la mejilla con sus colmillos filudos. Fue algo muy Stephen King. El grito fue tan grande que los otros perros comenzaron a aullar; yo pensé que se avecinaba otro terremoto. Manuela llegó tambaleando a la piscina, su mejilla colgaba como si fuera un bolsillo descosido y debajo se veía el hueso. Los litros de sangre se deslizaron dentro del agua hasta dejarla rosada. De pronto, Manuela se quedó callada y rodó al suelo. Todos se miraron y pensaron lo peor. La hermana de la Vicki dijo:

—Está en *shock*.

Mis padres y Álvarez partieron al hospital con la Manuela envuelta en una sábana. La tía Vicki le dijo al jardinero que le pegara a Evita, pero ésta andaba tan brava que nadie se atrevió a acercarse.

Mi hermana estuvo todo un día internada y fue dada de alta el martes por la tarde con ocho puntos bajo el ojo derecho. Durante meses tuvo todo el ojo en tinta, como si mis padres le pegaran con el taco del zapato cada que vez que no comía. El viaje de regreso a Encino fue eterno y silencioso. En la radio tocaron tres veces seguidas «*Midnight Train to Georgia*».

Cuando llegamos, tarde, de noche, el teléfono estaba sonando pero no alcanzamos a contestarlo. Dos minutos después sonó de nuevo. Era mi abuela, desde Caracas, donde estaba visitando a mis primos Bulnes Niemeyer. Estaba eufórica. Mi madre la escuchó distraída y le dijo:

—Ah, bueno, es lo que querías, supongo que es una buena noticia.

Luego colgó y nos dijo que Allende estaba muerto, el palacio de La Moneda ardía y una junta militar estaba en control.

—Ya podemos ir a Chile —acotó.

Manuela se puso a llorar y al mirarla nos dimos cuenta de que seguía sangrando, toda su frazada estaba empapada de rojo.

—Esta herida no va a cicatrizar tan fácil —agregó mi madre—. Tiene para rato.

«And if California slides into the ocean,
Like the mystics and statistics say it will,
I predict this motel will be standing
Until I pay my bill».

—WARREN ZEVON, *Desperados Under the Eaves*

MARTES
16 de enero del 2001
9:23 AM
Los Ángeles, California

—Aló, ¿Manuela?

—Sí. ¿Quién es?

—Beltrán, tu hermano.

—¿Estás en Tokio?

—No. En Los Ángeles.

—¿Qué pasó con Japón?

—No llegué, no más.

—¿Dónde estás?

—En mi habitación. Al lado del aeropuerto de Los Ángeles. Tengo vista a la pista de aterrizaje. Ahora está aterrizando un Air New Zealand.

—¿Estás enfermo? ¿Te pasó algo?

—Sí y no. Nada importante. Perdí el avión. Me quedé dormido.

—¿Tú?

—Sí. Además, se largó a temblar. Estaba aquí, en la cama.

—No entiendo.

—Deberé quedarme un día extra, eso es todo.

—Al menos vas en camino.

—Conseguí asiento para mañana miércoles. Los tres vuelos de hoy están copados.

—¿Y si te cambias de línea?

—El pasaje que me dieron es poco flexible. Además, qué tanto apuro. Quiero estar acá un rato.

—No fue un temblor fuerte, ¿no?

—Suficiente para que a todos se nos moviera el piso.

—No entiendo, Beltrán. ¿Tomaste algo? ¿Estás mal?

—Estoy bien, Manuela. Tranquilo. Muy, muy cansado, pero aliviado.

—¿Y tus maletas?

—Maleta, singular. Aquí conmigo. No se perdió, nadie está perdido. Al revés.

(silencio)

—¿Supiste algo de El Salvador?

—Sí. Pero hablé tres segundos, luego se cortó la línea.

—¿Cuándo será el funeral?

—Mañana, Beltrán. Embalsamaron al Tata por el calor. Me pareció tan... no sé... atroz.

—Un poco raro, sí.

—Me dejó impactada, la verdad. Además, justo después vi una película en que abren a un tipo y dentro se ve... Da lo mismo, no viene al caso.

—¿Qué? Dime. ¿Qué viste?

—Anoche, en la tele, por TVN. No la vi entera. En realidad la estaban mirando los niños. Yo estaba en la cabaña de al lado jugando canasta y cuando volví y vi lo que estaban mirando, los mandé a la cama. Pero la seguí viendo. Nunca la había visto...

—¿Pero qué viste?

—¿Te acuerdas de esa vez cuando Yul Brynner fue a comer a la casa de Encino?

—Mucho.

—La película de anoche era con él. Lo abren y por dentro es un robot.

—*Westworld.*

—No sé, pero esa escena me dejó impresionada.

—Yul Brynner es un vaquero robot, un sheriff pero es malo. Comienza a matar a todos los turistas con balas en vez de salvas.

—Sí. Exacto, esa misma. No puedo creerlo. ¿Cómo lo sabes?

—La vi en Caracas con el Milo. *Vacaciones mortales,* así se llama en español. *Westworld.* Ayer la vi en DVD y casi la compro. La tuve en mis manos. Quizás debí haber comprado todas esas películas.

—¿Te compraste un DVD?

—No, da lo mismo, fui a una tienda y…, no tiene importancia. Así que *Westworld.* Qué curioso.

(silencio)

—Así que te quedaste dormido. ¿Quizás tomaste alguna pastilla?

—No tomo pastillas. No fue eso. Me quedé dormido. Los cambios de horas afectan. Llegué a Los Ángeles, hice mis trámites, me registré en el hotel, y, no sé, no podía dormir. Así que me duché y partí a dar una vuelta.

—¿A Encino?

—No. Arrendé un auto, con un chofer salvadoreño. Me llevó a esta tienda que quedaba muy lejos.

—¿Tú de compras?

—No compré nada, pero estuve casi tres horas mirando estos DVDs. Parecía que allí dentro estuvieran todas las películas que había visto en mi vida. Y las miles que nunca he visto y nunca veré.

—Antes te gustaba el cine. Me acuerdo de eso.

—Después me volví al hotel, comí en la pieza, leí un libro que me recomendaron y nada…, pedí que me despertaran a las seis de la tarde. Tenía más de cinco horas para dormir. Suficiente.

—Dormir de día a la fuerza es fatal.

—Exacto.

—Y después no escuchaste el teléfono.

—Eso. El hotel insiste en que incluso les dije «gracias», pero no me acuerdo.

—Sucede. Uno está tan dormido que no recuerda. O lo borra. Me ha pasado mil veces. He dado pecho cien veces sin acordarme de cuándo ni cómo. Es como para aterrarse.

—Me costó quedarme dormido. Cerré bien las cortinas y miré un poco de tele.

—La tele, tú sabes, te quita el sueño. Te bombardea con tal cantidad de estímulos que, por muy cansado que estés, terminas durmiéndote, en promedio, al menos tres cuartos de hora más tarde que si no tuvieras una tele en la pieza. Acá en el sur me duermo al tiro. La tele está en el living. Leo tres páginas de una revista y adiós, hasta el día siguiente.

—Vi parte de una película.

—¿No me digas que la del tío Yul?

—No. Era sueca, en el canal Bravo. *Fresas salvajes*. Era sobre un anciano, un profesor, que viaja a un pueblito universitario donde será condecorado. Vi el final y me dormí. Y no paré de soñar.

—¿Qué soñaste?

—Soñé con todos nosotros. Fue como si me pusiera a ver una larga serial, capítulo tras capítulo. No podía despertar hasta verlo todo. Entonces escuché los gritos.

—¿Qué gritos?

—De una señora. La señora que hace al aseo del hotel. Estaba en el pasillo y berreaba, Manuela. Sus chillidos eran de alguien que había perdido mucho durante otro terremoto. Eso lo capté de inmediato. Abrí la puerta y todo se movía, caían cosas al suelo, los cuadros, los vasos... Y esta mujer, con su uniforme, en el suelo del pasillo, paralizada, se encomendaba al Señor.

—¿Y?

—Y nada, pasó. Al final todo pasa, incluso lo peor. Así que la abracé y juntos esperamos que pasara. El hotel era antisísmico y se mecía de tal manera que parecía que el movimiento era de una intensidad superior. La ayudé a calmarse. La mujer era de El Salvador. Perdió a su madre en el del 65 y a su hijo en el 86, y a su hermana en el terremoto del otro día. Demasiados terremotos para una sola persona.

—Pobre mujer. Qué bueno que pudiste consolarla.

—Eso fue todo lo que pasó. Dormí mucho y perdí el avión. Nada más. Bueno, Manuela, te corto. Intentaré llamarte mañana. Tengo todo el día libre. Lo primero que tengo que hacer es buscar un sitio donde dormir. Éste está lleno.

—¿A dónde vas a ir?

—Ésta es una gran ciudad. Hay sitios que me dan ganas de visitar. Hay gente que no he visto en mucho tiempo.

«Hay que haber experimentado un terremoto de magnitud 7,5 o mayor para entender lo que puede ocurrir. Librar con vida de uno de ellos, perder a un buen amigo, o quizas a la mujer con quien ibas a casarte. Atkins tendía a graduar los terremotos así; esa era su escala personal de magnitudes».

—PETER HERNON, *8.4*

Yo he estado aquí antes. He recorrido esta
autopista. Ciertos hitos del camino vuelven a entrar en foco: el letrero de Hollywood allá al
fondo, arriba del cerro; los interminables cemen-
terios, el dirigible de la Goodyear circulando por
el cielo infectado de smog.

El mismo salvadoreño de ayer es mi chofer.
Ambrosio Peña, un señor bajito, moreno, con el
pelo totalmente cano, una guayabera tipo García
Márquez y unos zapatos de petate. Debe tener
unos sesenta, cree en la libre empresa y tiene una
bandera de los Estados Unidos y una foto de
George W. Bush sonriendo pegada en su visera.

Su empresa («*Salvation Cars: we are your
salvation, somos tu salvación*») tiene tres autos y
los tres son suyos. «Los otros dos choferes son
familiares míos: un hermano y un sobrino». Ofrecen algo asombrosamente simple: recogen inmigrantes ilegales en el aeropuerto y los llevan
donde necesiten; si no saben dónde ir, los ayudan.

«No somos un taxi y cobramos lo que ellos
pueden pagar; incluso fiamos. Los salvadoreños
en El Salvador son todos ladrones, pero aquí son
trabajadores y se desviven por devolver lo que

deben, lo que prueba que es el ambiente el malo, no la gente. Somos una mano amiga que los moviliza y ayuda hasta que entiendan dónde están. Esta ciudad no tiene centro, es tan grandecita que te pierdes; casi todos los compatriotas que llegan no saben manejar. Mi hijito Vicencio, además, tiene una escuelita donde aprenden a manejar un carrito y los ayudamos a comprar un cacharrito a poco precio».

Ayer, rumbo a Huntington Beach, a DVD Planet, casi no conversamos excepto cuando respondió a mis dudas sobre su negocio. Ambrosio tuvo la deferencia de no interrumpir mis pensamientos. De regreso al hotel, al detenernos frente a un Barnes & Noble, lo único que me dijo fue:

—Libros y películas: ¿es usted un artista?

—No.

—¿Chileno o argentino?

—Chileno.

—Como Don Francisco.

—Y Pinochet.

—Dos grandes hombres. Debe estar orgulloso.

—Neruda también era chileno.

—Y comunista, como el arzobispo Romero. Chile... Me gustaría conocer Chile... El suyo es un país tan fracturado como el nuestro.

Me acuerdo de mi abuelo, son sus palabras en la boca del chofer. Así se llamó el libro sencillo y barato, impreso por el Ministerio de Educación con aportes de la UNESCO. *Un país fracturado: los terremotos de El Salvador y las medidas para prevenir futuros desastres*, de Teodoro Niemeyer. Ese libro y los programas en radio y televisión transformaron a mi abuelo en un héroe local. Podría decirle que yo soy su nieto, sin duda quedaría impresionado.

—¿Y usted está aquí por negocios?

—Negocios personales —le dije, sin entrar en detalles.

Evito hacer pública mi profesión ante desconocidos porque inevitablemente, casi como un acto reflejo, el que se encuentra frente a mí me cuenta dónde, cuándo y cómo le sorprendió el terremoto más grande que le haya tocado padecer. Mirando a la persona, determinado su edad, sé que me dirá «recuerdo el de Chillán como si fuera ayer», o «estábamos almorzando cuando empezó el terremoto de Valdivia» o, si son más jóvenes, de inmediato les viene a la memoria el 3 de marzo de 1985:

«Era domingo, fin del verano, y estaba en Reñaca, compadre, y la arena se empezó a mover; huevón, me recagué de miedo».

Los terremotos son hitos, puntos aparte, un momento de inflexión, un megaevento colectivo que nadie se pierde, ni siquiera aquellos que no acostumbran asistir a nada. En los países donde la tierra se mueve, cada generación tiene su propio terremoto, tal como cada presidente sabe que, pase lo que pase, su período tendrá al menos un movimiento sísmico que podrá hundir tanto al país como a su gobierno. Todos recuerdan al menos un terremoto, todos tienen una particular historia, un ángulo distinto, un detalle insólito que les otorga el derecho de relatarnos un cuento que ya sabemos al dedillo, una historia que ya sabemos perfectamente cómo termina.

«Yo estaba vomitando en el baño», «Estaba en la ducha y salí desnuda al pasillo», «Mi nieto estaba de cumpleaños y decenas de niñitos comenzaron a llorar», «Fuimos a misa y, en medio de la prédica, el padre comenzó a rezar por las víctimas y el Cristo que estaba detrás suyo se vino abajo», «Terminaba de envasar una mermelada de frutillas y los frascos comenzaron a caer», «Estaba cagando en la casa de mi polola», «Fui a la oficina a terminar un trabajo: estaba solo en el piso 22», «Estábamos a punto de aterrizar en Pudahuel; el piloto canceló abruptamente el aterrizaje; desde el aire se veía la nube de polvo», «Estaba cruzando el río Maipo en la *pick-up*», «Me estaba pajeando, la dura, y justo estaba a punto de acabar, fue una huevada muy, muy rara, y muy, muy rica, nunca he vuelto a sentir así», «Estábamos en el cine El Golf en una función de *Terminator*», «Con mi marido aprovechamos de ir al Almac y justo nos tocó ahí: olvídate el ruido; fue algo feroz, vimos cómo las repisas con las botellas de vino se desplomaron».

¿Dónde estabas? ¿Con quién estabas? ¿Qué estabas haciendo?

Estaba comprando pan y en la casa de la calle Toesca en, donde vivía, se cayó un muro.

Eso y el golpe: «¿dónde te tocó el golpe?», «¿dónde estabas el 11 de septiembre del 73?» Terremotos y golpes: lo que nos transforma en hermanos, el pegamento que nos une como país.

—Supe que los azotó un terremoto fuerte —le dije para ser amable—. Me imagino que estará un tanto preocupado por sus familiares.

—A los que me importa, me los traje todos; los que se quedaron allá son unos flojos buenos para nada y no me importa lo que les suceda.

—Pero les ha llovido sobre mojado —le dije, intentando cambiar de tema.

—En El Salvador nadie se salva. Es mi país, mi tierrecita, pero está maldito. Dios no nos quiere; al menos, no quiere que vivamos allá. Si no nos azota con la tierra es con el clima o con los políticos.

Nos despedimos en la puerta del Crowne Plaza. Me pasó su tarjeta.

—Para otro viajecito, o por si necesita otro trámite; también podemos hacer un turcito si lo desea.

—Mil gracias, pero parto en un rato. Quién sabe cuándo regrese.

—No pierda la tarjetita. En Los Ángeles, no hay nadie como nosotros.

—Usted de nuevo; qué gusto.

—Perdí el avión.

—Lástima.

—No, para nada. ¿Lo puedo contratar para todo el día? Deseo recorrer la ciudad.

—Cómo no. Usted manda, yo manejo.

—Estupendo. Quizás mañana también necesite un chofer.

—Usted es el patroncito, aquí estoy para atenderlo. Dígame la ruta y yo lo llevo.

Mi destino es el Valle de San Fernando, pero no deseo llegar de inmediato.

—Le puedo pedir un favor... Ambrosio, ¿no? Don Ambrosio.

—Ambrosio Peña Argueta. Si es por respeto o por mi edad, dígame don Ambrosio. Si es por superioridad, porque cree que soy pobre o poco educado, entonces dígame Ambrosio. No tolero a los riquitos que tratan a sus domésticas de señora María.

—Ambrosio, entonces... de tú a tú...

—Prefiero «don», la verdad.

—Don Ambrosio, entonces.

—Dígame, ¿qué favor desea...?

—Un cambio de ruta. No tengo gran apuro... Si usted pudiera entrar al Valle por el este... Por Glendale, digamos. ¿Puede ser?

—La gasolina la paga usted. ¿Lo puedo tratar de usted?

—Sí, claro.

—Perfecto. Un desvío por Los Ángeles, a sus órdenes.

Los rascacielos del *downtown* están a la vista, la misma imagen que uno ha visto en innumerables programas de televisión. Por la radio suena, a todo volumen La Gigante Tropical, 1090 AM; los hiperventilados animadores no han parado de conversar del *terremoto* de la mañana (insisten en definir un movimiento de 5,2 como terremoto) y, cada tanto, entre cumbias de unos tal Hermanos Flores, conectan con su corresponsal en El Salvador que informa acerca de las víctimas y las zonas más afectadas.

—¿Desea pasar por Olvera Street? Es una gringada para turistas, pero algunos lo encuentran gracioso. Si quiere podemos comer alguna cosita en la Whittier o en El Mercadito...

—No, gracias, sigamos en el *freeway*. Luego tome la ruta que le indiqué. Por detrás de Griffith Park y el zoológico.

—Conoce bien la ciudad.

—Esta parte, al menos. Hace muchos años que no vengo. Tengo buena memoria...

—Memoria de elefante.

—Una vez que estemos en el Valle quizás podamos comer algo. ¿Conoce algún sitio?

—En todos los sitios, señor, me conocen. ¿Qué se le antoja ahorita? ¿Unas pupusitas de chicharrón, quizás? ¿O unos tamalecitos de puerco? Lo voy a llevar a Mi Casita Salvadoreña en Van Owen, donde la niña Menchita... ¿le parece?

—Usted dirá. ¿Es bueno?

—Buenísimo y barato. Los platos son muy sabrosos. Verá que lo atenderán como un reicito, señor. Los guanacos somos muy hospitalarios.

...Este sábado, en el Hollywood Palladium, Bailes sin Fronteras. Las puertas abren a las ocho. No faltes. 6215 Sunset... De Santo Domingo, Pochi y su Coco Band... de Colombia, Lizandro Meza... más Los Cumbiamberos de la Costa... Raúl Acosta y Oro Sólido... Más el regreso de los muchachos de La Raza Band... Las puertas abren a las ocho... no faltes a este pachangón de cumbia, merengue y salsa... Sólo mayores de 21 con ai-di. Entradas en Ticketmaster, tu Liborio Market más cercano o en La Tapachulteca, la supertienda... Ven, no faltes...

—Sería tan amable de cambiar la estación.

—¿No le gusta nuestro Alvarito Torres? Este chico está triunfando. Partió de cero y mire...

—Tiene una voz agradable, es cierto, pero prefiero escuchar noticias, si fuera tan amable.

—¿AM o FM? ¿Me cambio de banda?

—Quizás sería la opción más certera.

El *scan* de la radio se detiene menos de treinta segundos en cada estación. Se pasa de los hits que nunca escuché durante los ochenta al pop de los setenta a noticias en algo que me da la impresión que es iraní.

... Mi próxima cinta, que se llamará *Borderline*, es sobre un chico llamado Diego que trabaja en una librería Borders de El Cajón, California. Es una comedia fronteriza muy Kevin Smith. Espero que me vaya bien, el guión está gracioso. Mi meta es demostrar que en la frontera no sólo se sufre, también se vive y hasta se fornica...

—¿Puede volver a esa estación, don Ambrosio?

—¿Cuál?

—La que pasó recién. Dos tipos conversando en inglés.

—¿Eso?

—Sí.

—Haré lo posible.

—Gracias.

Miro por mi ventanilla. Estamos pasando por el Staples Center, a

punto de ingresar al Harbor Freeway. El reflejo del sol en las ventanas
de cristal rebota en mis ojos.

—¿Ésta es?

—Sí, gracias.

—**Estamos con el joven director de cine Lorenzo Martínez Romero.**

—Gracias por lo de joven. Es lo bueno de ser norteamericano: se es
joven hasta muy tarde.

—**Entre las películas de Lorenzo destacan** *César Chávez High,* **una
comedia adolescente que llevaba como subtítulo** *The Breakfast-Burrito
Club; y McArthur Park,* **una filme-coral sobre ese particular enclave
salvadoreño en Los Ángeles. Ahora debuta como escritor con el libro**
Las películas de mi vida.

—Así es, aunque como autor de no-ficción.

—**Esto es** *Shaken, Not Stirred,* **un programa sobre las expresiones
artísticas que son capaces de remecernos, a través de KCRW, 89.9 FM,
Santa Mónica. Hablemos del libro. ¿Cómo surgió?**

—Por una llamada del *L.A. Weekly.* Típica encuesta inocente. ¿Cuál es
la película de tu vida? Les dije: «Dénme un par de horas y se las mando
por mail». Me pidieron que nombrara un filme y escribiera unas siete
líneas al respecto. Al día siguiente me llamó el reportero y yo seguía
escribiendo. Fue como un trance. El tipo de *L.A. Weekly* me preguntó
cuántas llevaba anotadas. Miré mi G4 y vi que eran 128, algunas cintas
las nombraba no más, y en otras tenía dos o tres páginas con un texto
nada de académico y vergonzosamente personal.

—*Las películas de mi vida.*

—¿Cómo dijo?

—Nada. Estaba hablando en voz alta.

«¡En Chile la tierra temblaba cada seis días! El suelo mismo era, por decirlo así, convulsivo. Esto hacía que todos estuvieran sujetos a un temblor existencial. No habitaban en un mundo macizo regido por un orden racional sino en una realidad temblorosa, ambigua. Se vivía precariamente tanto en el plano material como en el racional».

—ALEJANDRO JODOROWSKY, *La danza de la realidad*

De: Beltrán Soler ‹bsn@ddg.u—chile.cl›
Fecha: miércoles, 17 enero 2001 08:47 am
Para: Lindsay Hamilton ‹lhamition@border—
crossings.org›
Asunto: the 50 Movies of my life—(second half—
CHILE/74—80)

Hello again:

Aquí está la segunda mitad, la parte donde estoy más grande. Hay buenas películas pero malos recuerdos.

De verdad no soy un sicópata, aunque es probable que alguna tara tenga, tuve o tendré. Como todos.

No tienes para qué leerla, aunque confieso que me gustaría que lo hicieras. No son para publicar ni para hacer otro libro como el de Lorenzo Martínez (lo compré y me gustó y coincido en varias, como verás; al final, todos hemos visto las mismas películas, sólo que en distintos lugares y con distintas personas). Si algún día nos topamos (y me gustaría y me asusta y desearía que eso sucediera), al menos no tendré que hablar ni aburrirte con la historia de mi vida.

Mejor: soy callado y así podré seguir callado y escucharte.

Si es verdad eso de que uno es lo que ve, bueno, entonces éste soy yo.

Hope to see you soon.

No sabes (no tienes idea) todo lo que te debo,

BEST

—Beltrán Soler

P.S.: Sí vi *Encino Man*. La vi en París. Allá se llamó *L'Homme D'Encino*. Éramos pocos en la sala. Turistas y yo. Me pareció mala y, sin embargo, me encantó.

**Vacaciones mortales (*Westworld,* USA, 1973,
    88 min)
DIRIGIDA POR: Michael Crichton
CON: Yul Brynner, James Brolin, Richard Benjamin
VISTA EN: 1974, Caracas, Venezuela**

El 4 de julio de 1974 pasé cerca del gigantesco donut que vigilaba los techos de la calle Ash y el resto de Inglewood. Entramos a LAX para em-
barcarnos en un 707 de la Pan Am rumbo a Caracas, primera etapa de
unas vacaciones latinoamericanas que resultaron eternas. Ingresé a la
manga sin tener conciencia de que ésa era la última vez que pisaba
suelo norteamericano como un nativo (un *legal alien* con *green card,*
quizás, pero nativo a fin de cuentas). Con el tiempo (¿dieciséis? ¿diecisiete años?) volví a pisar ese suelo, pero ya no era lo mismo. ¿Alguna
vez lo es? No era un nativo: ahora me delataba el acento, ya no tenía
una *green card,* pensaba todo en castellano. Un nativo no necesita traducir lo que piensa, lo que siente. Ya no era de ahí, no había nada más
que discutir. Estaba condenado con la maldición del que sabe dos idiomas y entiende, secretamente, que no domina del todo ninguno de los
dos. Ahora era capaz de comparar; todo se me multiplicaba por dos. En
cada sitio terminaba optando por el punto de vista ajeno. Ahora veo
todo, esté donde esté, como un extranjero.

Ese 4 de julio de 1974, en cambio, era un nativo, un provinciano
suburbano cuyo horizonte terminaba en Sherman Oaks, que no conce-
bía un mundo más allá del *county line.* La idea de conocer América
Latina y Chile me resultaba del todo exótica, mucho más fascinante
que ir al parque Yellowstone o al Gran Cañón. Primero pasaríamos por
Caracas, donde aún vivía mi tía Luisa Niemeyer con su familia; después de una semana seguiríamos viaje, vía Air France, a Santiago. En
Chile estaríamos tres meses. La idea era que mi padre, que sólo tenía
tres semanas de vacaciones, llegara a fines de agosto y, luego de paseos
varios, como ir a la casa de mi abuelo en Valdivia, regresaríamos todos
a Encino justo para el inicio de las clases. Ése era el plan. El plan no se

cumplió. Algo salió mal, *something went terribly wrong.* Yo nunca volví. Pero eso fue después, unos meses más tarde.

La casa de mis tíos en Caracas era un palacio de mármol de varios pisos, rodeado de selva que estaba en un cerro mirando las luces de la ciudad. Caracas me pareció como Beverly Hills pero en español, lleno de *freeways* y malls y hoteles lujosos. Los supermercados ofrecían los mismos productos que teníamos en California, excepto por la leche que se llamaba Carabobo; el nombre era tan tonto que nos daba risa. Cada vez que nos servían leche estallábamos en carcajadas. En la casa de mis tíos había dos sirvientas colombianas y, en el Country Club donde eran socios, todos hablaban inglés y tenían chofer. Si así era Caracas, pensé, cómo sería Chile. Con mis primos no sintonizamos mucho. Por suerte estaban en el colegio (uno privado para diplomáticos donde iban con uniforme), por lo que los vi poco y nada, excepto por la vez que viajamos a una playa llamada Cata.

La tía Luisa se vestía de manera muy colorida y cuando se reía, y se reía mucho, daba la impresión de que más que en los dientes, gastaba una fortuna en hacer que sus encías brillaran. Su marido, el tío Choclo Bulnes, era tan blanco que, en la playa, no podía sacarse la camisa ni los pantalones y andaba con un inmenso sombrero de paja blanco. Mi primo Pedro (aún no le decíamos Milo, como el polvo de chocolate con minerales y vitaminas de Nestlé, porque aún no habíamos visto sus comerciales de Milo, donde salía corriendo como atleta) era rubio y sus ojos eran del mismo verde de las chirimoyas antes de madurar; la gente en la calle y en las tiendas quedaba impactada de lo bonito que era; algo que, con el tiempo, lo dañó más de lo que él mismo sería capaz de articular. Pedro era un año mayor pero yo sentía que me llevaba una década de ventaja.

Mi prima Isidora tenía la misma edad que mi hermana Manuela y era objetivamente menos bonita que Pedro, pero sus ojos grises impresionaban de entrada porque tenían mucho más que esconder. La piel de Isidora olía como el caramelo al final de los potes de leche asada y era del mismo color, pero eso importaba poco a la hora de construir su retrato hablado. Todos, incluso cuando ya tenía esa figura digna de tanga brasileña, se fijaban en su muñón, algo que no era fácil de velar, sobre todo cuando empezó a usar un guante de terciopelo fucsia. Isidora se vinculó después con mi hermana y ambas supieron sacarle partido a sus respectivas heridas físicas. Federica Montt, que luego se unió al dúo, aportó al trío sus heridas internas que, en esa época, aún no saltaban a la vista. Más tarde mi prima Isidora se hizo célebre en Santiago, lo que la ayudó a alcanzar el título de Miss Paula en 1984, aunque no faltaron aquellos resentidos que consideraron que le dieron el cetro por lisiada. «Lisiado serás vos, concha de tu madre», le respondió a un periodista de la farándula.

Los Bulnes Niemeyer no eran exactamente exiliados de Allende; estaban en Caracas porque mi tío era publicista y en esa época Venezuela era un sitio con mucho dinero debido al petróleo. Con el dinero que obtuvo en Caracas, logró instalarse en Santiago como un magnate y ocupar los puestos que aquellos que huían dejaron vacíos. Mi tío tuvo una vida de altos y bajos, pero a mediados de los setenta y comienzos de los ochenta, cuando tuvo a cargo la publicidad de la dictadura, todo lo que los Bulnes Niemeyer tocaban se transformaba en oro.

Una mañana, mi tía Luisa nos llevó a un paseo y subimos en un teleférico a un monte en cuya cima hacía frío y había un pueblito alemán. Camino a casa, me dejaron a mí y a Milo (a Pedro) en un inmenso *shopping center* y mi tía le pasó dinero y le dijo:

—Vean alguna película, tomen un helado y cuando estén listos, llamen al chofer de la agencia para que los pase a buscar; nosotras haremos compras de mujeres.

Caminamos por este shopping sin hablarnos y cuando Pedro me hablaba, lo hacía con un impecable acento británico.

—*What would you care to see, old chap?*

El cine era de los nuevos, cinco o seis salas, como el complejo Theeeeee Movies of Tarzana en Ventura; casi todos los afiches de las películas me eran familiares, aunque los títulos traducidos al castellano me parecieron insólitamente ridículos. *American Graffiti* era *Locura de verano*, *Snowball Express* era *Aventuras en la nieve* y *The Sting* era *El golpe*.

—¿Qué quieres ver? —me preguntó Milo.

—Tu mamá dijo que viéramos *Huckleberry Finn*.

El afiche decía, eso sí, *Las extraordinarias aventuras de Huckleberry Finn*.

—Yo ya vi *Tom Sawyer*, que también es musical, y es buenísima. Ésta es como la segunda parte, con lo que le pasa a Huck cuando se arranca.

—*Fuckin' kid's stuff* —me dijo—. No me interesa ver una mierda musical. Ni siquiera terminé el libro. Veamos ésta, actúa el papá de la Natacha. ¿La conoces? Cuando sea más grande y escupa esa cosa blanca del pico, me la quiero violar. Supongo que la conoces. Yo estuve en su casa en Suiza y no me dejó de mirar. Todas las chicas mayores me miran y me acarician, no lo pueden evitar parece; a veces me lo tocan y se me pone dura. ¿Se te pone dura?

La cinta que Milo quería ver se llamaba *Vacaciones mortales* y de inmediato supe que se trataba de *Westworld* por el afiche y la caricatura de Yul Brynner como vaquero y, más atrás, James Brolin con una pistola.

—Es para mayores de 16 años —le dije.

—¿Y? Estamos en Caracas. Aquí las leyes se hicieron para quebrarlas.

Milo compró las dos entradas, la mujer le puso una cara rara pero sólo por un segundo y luego continuó leyendo una revista. Milo le pasó un billete al acomodador y después fue a comprar una bolsa de *popcorn* que, para mi sorpresa y asco, resultó ser dulce.

En un avión que no es avión viajan James Brolin y un tipo flaco e inseguro que es un actor llamado Richard Benjamin. Ambos son hombres de negocios. Van rumbo a un alucinante parque de entretención llamado Delos. Es el futuro, el 2020 ó 2030, creo, y Delos es mejor que Disneylandia porque es para adultos y uno vive una vida real (mucho antes de que existiera la realidad virtual). Por mil dólares al día puede vivir sus fantasías.

—Estos dos son como mi padre. Mi padre siempre les paga a unas putas. Le vi unos folletos que tenía en la guantera de su auto.

En Delos uno elige el parque: el mundo del futuro, la Roma imperial y el medioevo. Roma ofrece sexo sin límites, pero los dos tipos eligen *Westworld* o, como decían en los molestos subtítulos, *Oestelandia*.

—Yo me hubiero ido a Roma —me dijo Milo con los pies sobre el asiento de adelante.

En el parque todo es como en el *Wild West* y toda la gente que circula por el pueblo son robots. Benjamín se acuesta con una cantante de salón que se va a la cama de inmediato con él.

—Creo que es mejor que nos salgamos. Esta cinta es para mayores —le dije, aterrado de que llegara la policía o nuestras madres o, quizás, asustado de ver algo que no debería ver.

—No pasa nada, ésta es la parte buena, lo mejor del cine son las escenas de sexo.

En eso aparece Yul Brynner y comienza a disparar y el tipo le dispara de vuelta y cae. Yo ya sabía lo que iba a suceder por Drew. Se llevan al vaquero a las salas de comando que están detrás del parque y lo arreglan. Brynner es un robot y, al sacarle la cara, todo su cerebro es electrónico.

—¿Tú crees que la Natacha es así por dentro?

Los robots de Oestelandia están para divertir a la gente y da lo mismo que les disparen y les disparan; son resucitados ajustando algunos circuitos y listo. Los robots, además, no disparan balas sino salvas. Pero Yul Brynner es Yul Brynner y, poco a poco, el robot modifica su conducta. Empieza a volverse humano o, al menos, decide imitarlos. Se roba una pistola de verdad y mata a James Brolin. Algo sale mal. *Something goes wrong, something goes terribly wrong*. En este mundo perfecto, controlado, algo comienza a funcionar de manera inesperada. Algún circuito se ha pelado y nadie es capaz de controlar a los robots. Lo que se inició como unos días festivos se vuelven unas vacaciones mortales. Brynner, al final, sólo es detenido y aniquilado cuando a Richard Benjamin se le ocurre tirarle ácido a la cara y derretirlo.

—Eso estuvo bueno —dijo Milo—. Ojalá tuviera ácido en mi casa para lanzárselo a mis enemigos. Según mi tío Lalo, que es militar, en Chile a los enemigos los tiran al mar y les abren el estómago para que no floten. Eso sí que me gustaría verlo.

Yo partía a Chile al día siguiente. Ese 12 de julio de 1974, después de una semana en Caracas, me subí al avión de la Air France lleno de entusiasmo y felicidad: por fin iba a conocer el famoso Chile. ¿Qué podría salir mal?

What could possibly go wrong?

¿Qué pasa, doctor? (*What's Up, Doc?* USA, 1972,
    94 min)
DIRIGIDA POR: Peter Bogdanovich
CON: Barbara Streisand, Ryan O'Neal, Madeline Kahn,
    Randy Quaid
VISTA EN: 1974, vuelo Air France

Nos subimos al avión al alba y el aire que se coló por la puerta del Air
France antes de que lo cerraran era húmedo y fragante a sal, frutas tropicales pudriéndose al sol y petróleo. Desde la ventanilla vi el sol aso-
marse por el Caribe y, una vez que despegamos, nos sirvieron
anticuchos, lo que nos pareció más que curioso. Mi madre aprovechó
de pedir una copa de vino francés.

—Éste es el desayuno más raro de mi vida —me dijo antes de que
los dos, y luego los cuatro, nos largáramos a reír.

Estábamos bronceados y nuestros dientes blancos contrastaban con
nuestras pieles cobrizas.

En el avión iba una niña chilena de más o menos la edad de mi hermana Manuela. Luego supe que se llamaba Federica Montt y se había
embarcado en París. Al principio su nombre me pareció horrible pero,
con los años, su sola mención era capaz de provocar en mí toda la gama
de emociones posibles. Federica era muy blanca y tenía un ojo color
verde agua y el otro azul claro y usaba aros de perlas. Incluso a esa edad
era capaz de ausentarse de sí misma y transformar en fascinante todo
aquello que no revelaba. «No era misteriosa, era tímida; no tenía qué
decir», me dijo años después en la cama, su cama, mientras yo intentaba
memorizar los minúsculos lunares que descansaban al final de su espalda.

Con sólo observar a Federica pude intuir que el sitio hacia donde
volaba no tenía nada en común con lo que yo conocía o esperaba conocer. Federica, a pesar de ser una chica, y a pesar de estar en la edad
en que a los chicos no les interesan las chicas, me interesó de inmediato. Desde ese instante, Federica alteró mi vida. La alteró con su mi-

rada de dos colores, con su pelo castaño brillando por el sol que se filtraba por la ventana, por la manera como me evitó, incluso cuando me invitó a deslizarme en su particular mundo. Federica Montt era distinta a todas las mujeres que había conocido y que conocería. En rigor, nunca volví a conectarme con otra mujer de esa manera. En el avión, la madre de Federica se puso a conversar con mi madre y al rato descubrieron que tenían mucha gente en común.

—Eso es lo bueno de Chile —comentó la madre de Federica—. Me imagino lo que tienes que haber sufrido en un lugar así. Qué lata estar en un sitio donde nadie te conoce. ¿Para qué? Verás cómo va a cambiar tu vida ahora que te regresas.

Quizás no fue Federica sino su madre la que alteró nuestras vidas para siempre. La señora Constanza («dime tía, leso») remeció nuestra existencia con ese comentario.

—No, no, éstas son vacaciones —le explicó mi madre—. Los niños tienen que volver al colegio. Tenemos nuestra vida armada allá; la verdad es que ya somos parte del barrio. Encino es nuestro mundo, no podríamos tener otro.

Pero ya era tarde, el comentario al pasar se transformó en una pequeña grieta en el inconsciente de mi madre. En Bogotá, nos bajamos en el aeropuerto El Dorado y nos impactaron los cerros verdes que rodeaban la ciudad. Mi madre y la madre de Federica siguieron conversando mientras tomaban café; Federica, que vestía un abrigo color piel de camello y largos calcetines rojos, se unió a mi hermana, quien le mostró su Toot–a–Loop, una radio portátil azul en forma de donut.

—Te van a odiar en Chile por eso —le dijo, con un acento británico—. Allá odiamos todo lo que no tenemos.

Arriba del avión intenté preguntarle cosas a Manuela sobre Federica.

—¿Te gusta? —me preguntó.

—No, no es eso.

—¿Qué es, entonces?

—No sé, quiero saber más sobre ella.

—Eso es lo que sucede cuando alguien te gusta, tonto: quieres saber más sobre ella.

A través de Manuela me enteré de que su inglés lo aprendió en Londres, donde vivió dos años, y porque en su colegio de Santiago los obligaban a hablar mucho. En el altísimo aeropuerto de Quito me lucí ante un grupo de viajeros explicándoles qué eran los husos horarios y qué era exactamente la línea del Ecuador, pero a Federica no le llamó la atención lo que tenía que decir y, después de escucharme dos minutos, se fue a caminar sola por la terminal. Desde ese preciso instante entendí que Federica era más fuerte que yo, era más grande y ya comprendía cómo el mundo funcionaba: no necesitaba que un chico de diez años se lo explicara.

Entre Quito y Lima exhibieron la película *What's Up, Doc?*, que en Encino ya habían dado hace tiempo y que Patrick Bellin vio junto a sus hermanas. Como los audífonos eran muy caros, sólo miré las imágenes. Igual capté la historia: una mujer loca se entromete en la vida de un científico de anteojos que estudia piedras y que está de novio con una mujer muy mandona; hay unas maletas que se intercambian y unos malos que persiguen al científico y a la loca por las calles de San Francisco. Todo es para la risa y al final terminan juntos, en un avión, enamorados. Yo me reí bastante y mucha de la gente que arrendó los audífonos estallaba en carcajadas. Federica no miró una vez la pantalla, sólo leía, uno tras otro, una colección de libros que resultó ser la saga de Papelucho.

Después de la escala en Lima, rumbo a Santiago, el avión estaba más vacío. Federica caminó hacia la parte trasera del avión y regresó con una botella de agua mineral. Yo tenía a las azafatas enfermas pidiéndoles gaseosas. Federica se sentó al lado mío y, sin que le preguntara, me dijo:

—En España, donde fuimos unos días con mi abuelo en tren, esa película se llamaba *La chica terremoto*.

Me lo dijo en inglés: «*The Earthquake Girl*».

—El nombre apropiado —le respondí— sería «*The Seismic Girl*».

—¿Por qué sabes tanto de terremotos?

Le expliqué lo de mi abuelo.

—En Chile hay muchos, quizás te toque sentir uno.

—En California también.

Luego me preguntó si había estado en Disneylandia. Le dije que sí, que muchas veces. Eso la impresionó.

—Bueno, Seismic Boy, espero que te guste Chile. Es un lugar extraño.

El avión comenzó a descender y por la ventana no se veía nada excepto oscuridad y nubes. Justo antes de aterrizar, un hombre comenzó a entonar la Canción Nacional de Chile y, poco a poco, se unieron más pasajeros, incluyendo mi madre. No me sabía la letra ni entendía lo que decían, pero se me puso la piel de gallina de todos modos. El avión se posó en la losa del aeropuerto de Pudahuel y de inmediato los mismos pasajeros estallaron en aplausos.

—¡Viva Chile, mierda!— gritó un tipo.

Miré a mi madre y estaba llorando. Mi hermana le preguntó si le daba miedo llegar y ella le dijo que no, que al revés, estaba muy feliz.

—Por fin, estamos de vuelta —dijo—. Por fin.

Cuando el destino nos alcance (*Soylent Green*, USA,
  1973, 97 min)
DIRIGIDA POR: Richard Fleischer
CON: Charlton Heston, Leigh Taylor-Young,
  Edward G. Robinson
VISTA EN: 1973, Tarzana, California

Del avión bajamos por una escalera resbalosa por la densa niebla que lo
encubría todo. Más que un país tercermundista, la escena parecía el comienzo de una vieja película B. La pista olía a frazadas húmedas y a
vino barato. El aeropuerto de Santiago era poco menos que un hangar,
mal terminado, extremadamente frágil y básico. Mi madre nos hizo
abrigarnos antes de descender, pero el frío era superior al esperado. Era
un frío que yo nunca había sentido; éste era el frío de la pobreza y lo
invadía todo.

Lo que más nos llamó la atención fue la cantidad de soldados que
patrullaban el aeropuerto. Estaban en la pista, detrás de las columnas,
al lado de la fila de policía internacional. Al bajarnos del bus que nos
trajo desde el 707 me fijé que sujetaban metralletas.

—*Mom, is there a war here?* —preguntó mi hermana. Antes que ella
le respondiera, le dije:

—*Shut up, stupid, you wanna get killed?*

La duda de Manuela me asaltó: si no había una guerra, ¿por qué
tantas armas? En contraste con Venezuela, todo aquí era en blanco y
negro. Al menos me parecía que era así; lo recuerdo así. Yo creo que,
en efecto, *era* así. Los pocos canales de televisión, que comenzaban a
transmitir a eso de las cuatro de la tarde, transmitían en el más con-
trastado *black and white*. Todo era antiguo, arcaico, de otra era.

¿Estaba en el Santiago de 1974 o en una ciudad enemiga durante la
segunda guerra mundial?

Mis abuelos estaban ahí esperándonos, detrás de una puerta de vidrio biselado donde apenas se podía distinguir las siluetas de las personas. Había mucha gente y se agolpaban ante el vidrio; parecía que ellos

querían ingresar a la sala y escapar en el avión que estaba por partir. Cada vez que un pasajero salía, tras ser revisado minuciosamente por los agentes de la aduana, las puertas se abrían por un instante y la muchedumbre gritaba los nombres de las personas que esperaban.

Una vez afuera nos abrazó mucha gente que no conocíamos y de nuevo mi madre se puso a llorar. El Tata le miró la cicatriz a Manuela y me tomó la mano y, en inglés, nos dijo:

—Ustedes se van conmigo.

Caminamos unos metros entre la oscura niebla y nos acercamos a un antiquísimo taxi que parecía una carroza. Un señor de bigote comenzó a guardar nuestros bultos en el inmenso maletero; antes de subirnos, llegó corriendo una señora alta y canosa que resultó ser la tía Marta, hermana de mi abuelo.

—Tú no me conoces, pero yo estuve el día que tú naciste. Te conté los dedos de los pies y las manos para ver si estaban todos.

Mi madre se fue en otro auto, uno de forma muy extraña, de nombre Peugeot. Todos los autos en Santiago eran raros, con nombres impronunciables y formas ridículas. En la casa de los tatas me encontré con un auto minúsculo, redondo, naranja, de nombre Fiat 600, que no poseía ningún extra en su interior, apenas los asientos. Mi abuelo, quizás consciente de lo espartano del vehículo, me comentó después:

—Éste es para que lo utilice tu madre; en Santiago yo me movilizo a pie o en micro, como la gente civilizada.

Las micros eran buses y había miles de ellas, cientos de miles quizás, de todas las formas y de todos los colores, dependiendo del recorrido. Todas, además, iban repletas, no cabía un pasajero más adentro, la gente incluso colgaba de las pisaderas, tanto adelante como atrás, y si alguien se caía, la micro seguía su viaje y no se preocupaba de si el tipo había sido atropellado o no.

La ciudad era fría y oscura y las calles angostas estaban llenas de hoyos o pavimentadas con huevillos de piedra. Santiago estaba lejos del aeropuerto, nos demoramos mucho en llegar, y, cuando lo hicimos, no podía creer la cantidad de peatones que circulaban a esas horas de la noche. En Encino, donde los únicos peatones eran los niños, las tranquilas calles se vaciaban cuando caía el sol y las regadoras de pasto se encendían. Aquí la gente cruzaba en medio del tráfico y en las esquinas había carros donde unas mujeres de blanco freían algo que después supe que se llamaban sopaipillas.

A pesar de lo oscuro, miles de niños con uniforme escolar, tal como en las películas inglesas, caminaban en manadas arrastrando pesados bolsos de cuero. La avenida por la cual ingresamos parecía bombardeada y tenía un inmenso hoyo del cual salían, como hormigas, obreros con cascos blancos.

—Es el Metro —me dijo mi abuelo—. En un país sísmico deciden construir bajo tierra. Esperemos que los cálculos estén bien hechos.

En un semáforo, un adolescente moreno sin dientes gritaba ¡La Segunda! ¡La Segunda! El Tata abrió la ventana y compró el diario y me acuerdo que el titular decía algo así como:

«PINOCHET: AL QUE NO LE GUSTA LA MANO DURA, QUE SE VAYA».

Por la ventana del taxi vi un inmenso cine, altísimo, que decía «Cinerama». Era el afiche más grande que jamás hubiera visto. Tenía, al menos, seis o siete pisos de alto. De inmediato entendí que se trataba de *Soylent Green,* aunque el título era mucho más largo y no fui capaz de comprender qué significaba: *Cuando el destino nos alcance.*

—*¿What does it mean?* —le pregunté a mi abuelo.

—*When your destiny finally reaches you.*

La película ocurre en el New York del 2022 (qué edad tendría para esa fecha, pensé) y la ciudad está devastada, abandonada a su suerte y sobrepoblada de gente que no tiene dónde domir. Son millones y millones y duermen en las escaleras. New York es como uno cree que es Calcuta y casi no se puede caminar, menos andar en auto. Todo está contaminado y siempre hace calor porque el planeta se recalentó. El protagonista era Charlton Heston, quien tiene un romance con una modelo, o algo así, que es Leigh Taylor–Young, que come mermelada a cucharadas y eso que la mermelada vale como diez mil dólares el frasco. Heston es un detective y busca a una persona que desapareció pero, poco a poco, descubre algo que ni él ni el público se imagina.

Vi *Soylent Green* en los recién inaugurado Theeeeee Movies of Tarzana, en Ventura, que eran seis salas de cine bajo un mismo techo

(«¡seis salas bajo un mismo techo!»). Lo bueno de ese cine era que era fácil entrar a las películas para mayores con la entrada para una de niños. Creo que nunca me ha impresionado más una película. Tanto que en un instante me salí de la sala. Fue después de la escena de sexo: Heston y la modelo se duchan juntos y me acuerdo que tuve una erección inmediata. Ahí capté que esa cinta era para mayores (yo tenía nueve), no era algo que deberíamos ver, aunque a Patrick eso le daba lo mismo.

Lo que vi después me impresionó aún más: *Soylent Green* se refería a las barritas nutritivas energéticas. La gente se alimenta de Soylent Red, Soylent Yellow y Soylent Green. Se supone que Soylent es una fusión de lentejas y soya pero al final Heston se entera de que el Soylent Green se fabrica con los seres humanos que sobran, aquellos que son recogidos al azar por unos camiones basureros y llevados a depósitos gubernamentales donde los cadáveres son procesados para convertirlos en alimento.

—Tata, aquí no se llevan a la gente. ¿no? Uno puede caminar sin tener miedo a desaparecer —le pregunté a mi abuelo pensando en la película.

Yo no conocía Nueva York pero el Santiago de 1974 se parecía al Manhattan decrépito del 2022.

—No —me dijo—. Aquí por suerte no pasa nada. Las cosas están muy tranquilas.

Andrea (Argentina, 1973, 108 min)
DIRIGIDA POR: Carlos Rinaldi
CON: Andrea Del Boca, Angel Magaña, Raúl Aubel,
    Paquita Más
VISTA EN: 1974, cine Real, Santiago de Chile

Mis padres, para protegernos y no hacernos sentir extranjeros, o quizás para quedar bien ante mi abuelo Soler, no lo sé, nunca nos hablaron en castellano. Crecimos, por lo tanto, en inglés. Cuando aterrizamos en Maiquetía todo me pareció raro pero al rato comprendí que la gente que nos rodeaba sabía inglés, por lo que Venezuela se transformó en un país con subtítulos: daba lo mismo el idioma en que hablaban, yo igual comprendía lo que decían.

En Santiago era muy poca la gente que era capaz de entender inglés y menos aún los que podían expresarse en mi idioma sin hacer el ridículo. El país entero parecía de otra era, de otro hemisferio. No entendía, por ejemplo, si mi familia era rica o pobre. Mi abuelo era director del Instituto Sismológico de la Universidad de Chile («no hay geofísicos de derecha; a los milicos no les quedó otra que dejarme ahí»). La familia de mi abuela tenía un par de calles bautizadas en honor a sus parientes. Aun así, en la casa faltaba de todo: los pisos de la inmensa casa de tres plantas eran de madera y sólo tenían alfombras en el living; no había ni lavadora ni secadora de ropa y menos lavadora de platos; tampoco contaban con calefacción central.

En el segundo piso existía un inmenso aparato de marca Comet en el cual uno vaciaba litros y litros de un áspero líquido llamado parafina azul dentro de un orificio cubierto con un panty viejo que hacía de filtro. Luego se encendía un papel y se lanzaba dentro de otro orificio que estallaba en llamas; poco a poco, el pasillo se iba temperando. Pararse al lado de la Comet era como estar cerca de una chimenea, pero si te alejabas unos pasos podías ver cómo el aliento se transformaba en humo. En el baño había un aparato que nunca había visto que también se encendía con los fósforos Andes diseñados por mi abuela. El calefont (en Encino era automático y estaba fuera de la casa, por eso nunca me fijé que existía) era para calentar el agua, aunque el agua nunca se calentaba del todo y apenas salía. El baño era verde claro y parecía un hospital, y al lado de la taza había una piscinita ideal para bañar mascotas que nunca entendí para qué servía hasta años después cuando mi prima Isidora, que tenía una sola mano, me informó que lo usaba para masturbarse.

En Santiago no nevaba, pero la nieve de los Andes parecía al alcance de la mano; eso era lo que me parecía lo peor de la ciudad. El frío era paralizante y ni siquiera le permitía a los niños patinar en el hielo o armar monos de nieve. Ese invierno hizo tanto frío que la leche, que era traída en un carretón empujado por un caballo y dejada en la puerta, se congeló, lo que hizo que se trizaran las botellas de vidrio.

En la casa había dos empleadas. La más importante se llamaba Lina y era de un lugar llamado Teno y habrá tenido en esa época unos 25 años. La Lina tenía una pieza al fondo, más allá de la cocina, y su pieza olía a humo y a crema Lechuga, y en su velador tenía unas calugas de colores muy fuertes que yo quise comer, y cuando lo hice, de inmediato las escupí, lo que provocó la risa de la Lina. Luego entendí que eran shampoo. La pieza de la Lina era oscurísima: la única ventana casi minúscula daba a una pared. No podía comunicarme con Lina porque ella no sabía inglés, pero en su radio escuchaba canciones en inglés todo el día, que ella cantaba intentando imitar la letra.

—Ésta es de *Música Libre* —le decía a su hermana Isabel, que tenía dientes como de caballo.

Todo el día cantaban canciones como «Calentame los pies», que era, suponía, una suerte de himno no oficial puesto que todos dormían con calcetines, además de usar unas bolsas de goma forradas en lana que rellenaban con agua hirviendo. Les decían «guatero» y una vez me quemé con uno de ellos.

Un sábado en que mi madre iba a salir fuera de Santiago con mis abuelos a ver a unos parientes que tenían una parcela, dejaron estipulado que la Lina nos llevara a mi hermana y a mí al cine. La Lina se puso unos pantalones rojos con pata de elefante, muy apretados, con el cierre a la vista. Nos fuimos caminando hasta del viejo y terremoteado

Hospital Salvador, donde esperamos la micro que nos llevaría al centro. Nos bajamos primero en un cerro pequeñito que estaba en medio de la ciudad, justo al frente, me fijé, del cine donde daban *Escalofrío*. Pero luego de subirlo a pie y de saludar a un tipo que no conocíamos y con el cual la Lina se daba besos, bajamos del cerro y seguimos caminando por unas calles vacías hasta llegar al cine Real, que era precioso, impresionante; nunca había entrado a un cine así en mi vida. Parecía un castillo por dentro y el techo tenía estrellas pintadas.

La película que exhibían se llamaba *Andrea* y la protagonista era una niña llamada Pinina, que tenía un programa en la televisión donde lloraba mucho; lo daban antes de que los monitos de la familia Telerín marcharan cantando: «Vamos a la cama, que hay que descansar...».

Pinina era muy famosa y además hacía comerciales para unos dulces muy malos llamados Calaf. «¡Calaf! ¡Y no hay maf!» decía el comercial. El cine estaba repleto de niños y casi todas las niñas usaban chapes y trenzas y vestidos con vuelos para parecerse a esta insoportable niña argentina.

De la película me acuerdo de unos eternos paisajes de campo, y muchos caballos que corren y esta niñita, esta Pinina, que habla y habla, y gesticula y hace morisquetas y a veces hasta llora con pucheros pero todo lo hacía en castellano. Nos miramos con mi hermana pero no dijimos nada. Al rato me quedó claro: la cinta era en español y no había nada que hacer. Traté entonces de quedarme dormido pero no pude. En vez de concentrarme en la pantalla, pasé el resto de la función viendo cómo el tipo que recogimos en el cerro le bajaba el cierre a los pantalones de la Lina e insertaba, poco a poco, sus dedos mientras la Lina no paraba de mascar sus caramelos Calaf.

**Hermano sol, hermana luna (*Fratello sole, sorella
luna*, Italia–GB, 1972, 122 min)**
DIRIGIDA POR: Franco Zeffirelli
CON: Graham Faulkner, Judi Bowker, Alec Guinness,
Peter Firth
VISTA EN: 1974, cine Oriente, Santiago de Chile

Santiago estaba plagado de militares y las señoras en la calle aplaudían
cuando pasaban los camiones con los soldados apuntando sus metralletas hacia los edificios. Mi abuela contaba orgullosa que había donado
su collar de perlas para ayudar a los militares a rehacer el país. Todos en
Santiago hablaban de la reconstrucción nacional, aunque, mirando a
mi alrededor, parecía que más bien lo estaban botando a patadas. Un
día, en el centro, al acercarse el primer aniversario del golpe del 11 de
septiembre, mi abuela compró un afiche de los miembros de la Junta y
lo colocó a la entrada de la casa. Los integrantes de la Junta eran cuatro
y había uno por cada rama, incluyendo a los carabineros, a los que les
decían pacos, aunque a ellos no les gustaba que les dijeran así. Los
pacos, me explicaron, eran muy amigos de las nanas, por lo que la Lina
y las otras empleadas de la casa también querían mucho a la Junta. En
Encino, todo el barrio odiaba a Nixon y decían que era un ladrón y un
mentiroso; en Chile, parecía que todos amaban a Pinochet y conside-
raban que era un salvador. Pinochet usaba anteojos oscuros incluso
cuando estaba nublado y no había sol.

Lo mejor de Santiago era el centro; a las doce en punto, un cañón
que estaba en el cerrito chico disparaba una bola que, la verdad, no sé
dónde caía. Pero si uno estaba en el centro a esa hora y sentía el caño-
nazo, le daban ganas de tirarse al suelo. Los cristales de los edificios re-
tumbaban como en un terremoto y las aterradas palomas de la Plaza de
Armas emprendían vuelo en masa y tapaban el sol por un instante. Nos
tomamos muchas fotos frente al palacio de La Moneda. El edificio, que
no era muy grande ni tampoco bonito, nada comparado con la Casa
Blanca, estaba totalmente quemado; había sido destrozado por los mi-
siles que los aviones lanzaron desde lejos.

—Ninguno falló su blanco; es admirable la precisión de nuestros aviadores —nos comentó Raúl Sáenz Villalba, un pariente de mi abuela que había luchado contra los comunistas en una organización llamada «Patria y Libertad» y que luego fue premiado por sus actos al ser nombrado alcalde de la fascistoide y geriátrica comuna de Providencia. Cada vez que Sáenz Villalba escuchaba la canción «Libre» se le llenaban los ojos de lágrimas.

—Ustedes no saben lo que pasamos —se excusaba.

Cada familia y pariente que visitábamos nos contaba historias alucinantes de la época de la UP y de Allende, llenas de misterio y aventura y violencia y heroísmo. Una vez comenté que era una lástima que nos hubiéramos perdido eso, todo parecía mucho más entretenido entonces, como si el país hubiera estado en una extraña fiesta.

—Nunca vuelvas a decir una estupidez así —me dijo mi abuela en castellano. No le entendí lo que dijo pero el tono de su voz me aterró. Ése tono de aquella gente culta y civilizada que estaba dispuesta a hacer cualquier cosa o, al menos, tolerar cualquier cosa, con tal de no perder lo que ellos sentían que les pertenecía.

Había tanto que ver en Santiago que ir al cine resultaba innecesario. En California, la vida era tan apacible que las películas te otorgaban todo aquello que no encontrabas en tu barrio. En Chile todo era tan intenso, tan absolutamente raro e inexplicable, que la gente iba al cine sólo cuando necesitaba relajarse y descansar. En Santiago, además, mi impresión era que los niños no elegían las películas que iban a ver. Los niños, en rigor, no podían elegir nada y siempre estaban rodeados de nanas y escondidos detrás de las inmensas rejas de las casas. Los niños chilenos, era indudable, eran mucho más niños que los de Encino.

Una tarde que llovía mi abuela nos llevó al cine. Fuimos a ver *Hermano sol, hermana luna*, que por suerte era en inglés aunque abajo tenía esos molestosos subtítulos, tal como *Westworld*. La cinta era muy larga y era sobre un tipo, Francisco, que es un príncipe en la época antigua, la época en que los hombres andaban con mallas de ballet. Francisco al final se convierte en San Francisco y, por él, la ciudad de California se llama como se llama. Francisco se aburre de ser millonario, de ser príncipe, y en una plaza se saca toda la ropa y muestra el trasero y todos los niños en el cine nos reímos. Después Francisco se pone una túnica hecha de saco de papa y recorre Italia o Francia o un país así y se hace amigo de todos los animales y ayuda a los leprosos y se deja el pelo largo y le crece barba y, al final, termina pareciéndose a Carlos Soler.

Al lado del cine había un sitio llamado Villa Real donde ingresamos a tomar «onces», una costumbre muy rara que los chilenos practicaban para sentirse más civilizados de lo que realmente eran. La gente más sofisticada le decía a este rito «la hora del té», y la gran diferencia era que el té era con queque y las onces con Milo y pan con palta.

Mi abuela dijo que la película era comunista, que era raro que la hubieran dejado entrar, que una cosa es ayudar a los pobres y otra muy distinta regalar todo lo que uno tiene.

—Cómo uno va a pretender generar riqueza si no tienes nada para generarla —creo que dijo, o quizás esto lo estoy inventando; en esa época no entenía nada de lo que me decían y, sin embargo, a veces lo comprendía todo.

Manuela comentó que San Francisco se parecía a Tyrone Acosta por la barba y el pelo largo y recién ahí me di cuenta de que en Chile nadie usaba barba ni pelo largo. Le pregunté entonces a mi abuela acerca de Tyrone, si lo íbamos a ver, y me dijo:

—Tan inteligente ese chico y, a la vez, tan tonto; yo le advertí que no se metiera en problemas pero no me hizo caso.

No dijo nada más. En la familia nunca más se habló de él, casi como si Tyrone Acosta nunca hubiera existido.

Infierno en la torre (*The Towering Inferno*, USA, 1974, 165 min)
DIRIGIDA POR: Irwin Allen y John Guillermin
CON: Steve McQueen, Paul Newman, Faye Dunaway, Fred Astaire
VISTA EN: 1974, cine Imperio, Santiago de Chile

Dos meses habían transcurrido desde nuestro aterrizaje en Santiago y lo que antes me había parecido horripilante ya no me chocaba tanto. Al revés: el pequeño y atrasadísimo país había mutado con la ayuda de mi fantasía en un largo y angosto parque de aventuras. Las costumbres eran raras (los niños no pueden comer con los grandes, a la empleada se la convoca con una campanita, la gente vieja vive en las casas junto a los jóvenes), pero tenían la gracia de subrayar la idiosincrasia del lugar. Lo que más me motivaba era que ninguno de mis compañeros de Encino iba a tener las anécdotas con las que iba a llegar yo. Mis vacaciones, no cabía ninguna duda, resultarían las más exóticas de todo el curso.

Septiembre, y la primavera, y los volantines llegaron y con ello el inminente regreso. El ciclo se estaba terminando; ya lo conocíamos casi todo, era hora de partir. Me había prometido recordar cada instante: la cima del cerro San Cristóbal y el alucinante funicular y el horroroso y maloliente zoológico donde los animales estaban encerrados en jaulas minúsculas; el restorán El Bote del puerto de Valparaíso donde comimos camarones y locos con «mayonesa de verdad», que nada tenía que ver con la Hellman's de tarro que comíamos en USA; la ida a la playa de Concón donde nos deslizamos por las dunas como si fueran un tobogán; las parcelas y los fundos de los parientes con pollos, patos, caballos, chanchos y hasta vacas que daban leche que uno podía tomar tibia. La ida a Valdivia superó mis expectativas y recorrer con mi abuelo, en barco, el río Calle Calle y ver las casas hundidas en el agua me pareció una experiencia insuperable, un par de puntos menos que alcanzar la boca del cráter del volcán Osorno.

En Santiago conocí el Instituto Sismológico y acompañé a mi abuelo a dictar una clase en una inmensa sala de la facultad en Beaucheff, la misma Q–10 donde años más tarde me sentaría como alumno y miraría por la ventana a los escolares cimarreros que gritaban arriba de los juegos de Fantasilandia. Mi abuelo me dijo que me sentara al final del hemiciclo, en lo más alto de la gradería. Ahí, rodeado de los alumnos que lo anotaban todo, hizo una pregunta sobre la teoría de deformación viscoelástica. Yo no sabía aún la respuesta, pero él me la había soplado; al comprobar que ninguno sus alumnos respondía, me preguntó a mí, en inglés.

—*Beltrán, what do you think would happen to a rock under this sort of pressure?*

Mi respuesta dejó a la sala muda.

Mi abuelo entonces dijo:

—Este chico está terminando su doctorado en Stanford; su *approach* a la Placa de Nazca nos ha dejado a todos muy estimulados. Está pasando sus vacaciones acá y, si todo sale bien, muchachos, quizás termine trabajando para el Instituto. Está un poco adelantado, sin duda; espero que no lo corrompan o lo lleven a esas fiestas de toque a toque.

Después, un par de alumnos que me parecieron altísimos me llevaron hasta las catacumbas, donde me mostraron el inmenso computador IBM 360 que estaba escondido allá abajo como si fuera un monstruo al que le salía humo. A continuación, mi abuelo me llevó al centro, al Café Santos, a tomar un café helado con mucha crema, y nos reímos con la broma.

—Varios me preguntaron si ahora tú serías mi ayudante.

Jamás iba a olvidar Chile. Chile era el mejor sitio del mundo para ir de vacaciones: todos los chicos deberían pasar una temporada aquí. Pero la llegada de la primavera no sólo cambió el aire sino algo en mi madre. Poco a poco comencé a notar su deseo de quedarnos, de volver, de regresar. Toda la familia le hablaba del tema.

—Por qué no te vienes, ahora es la oportunidad.

—Pinochet te ha brindado la oportunidad de tu vida.

—Vente, no seas tonta.

—Estando Allende, yo entiendo, hubiera sido demente venirse a una nueva Cuba, pero ahora, ¿por qué no?

Al principio no le di importancia y, desde luego, tampoco me dio miedo. Era, mal que mal, conversación de adultos. Soñar no costaba nada y mi madre tenía todo el derecho de soñar, tal como mi padre soñó con tener un Porsche.

La celebración del 11 de septiembre de 1974, el primer aniversario de lo que aquí llamaban la Liberación Nacional, se realizó cerca de la casa de mis abuelos, en el Parque Bustamante. Muchos amigos de ellos, y amigos de mi madre, y la extendida familia Lobos, llegaron a almorzar ese día, estacionándose bajo los viejos plátanos orientales que transformaban las calles del sector en verdaderos túneles. La idea era partir a pie a la celebración.

Durante ese almuerzo empezó a fraguarse la conspiración. Ahí una tía (en Chile todos eran tíos y tías, más allá de si lo eran o no) le explicó a mi madre de un decreto–ley que Pinochet iba a anunciar ese mismo día, y al cual podía acogerse.

—La idea es muy simple: se trata de ayudar a los que huyeron y facilitar su regreso. Mucha gente capaz, roja pero capaz, se está yendo; no podemos quedarnos sin nadie. Esa ley te permite internar todo lo que quieras sin pagar nada. Nunca tendrás una oportunidad así de nuevo.

El consejo que más escalofrío me dio fue el del tío Enrique Lobos:

—Aprovecha que tus niños todavía son chicos. No seas tonta. En un par de años ya tendrán novias, autos, trabajos *part–time*. Tú sabes cómo es Estados Unidos. Van a ganar un poco de dinero y luego jamás podrás arriarlos. Se van a creer independientes. Si esperas mucho, partirán y después no te vas a atrever a dejarlos allá aunque seguro que no los vas a ver ni para Thanksgiving. Sabes que tengo razón. Tráelos antes de que sea tarde.

Sin que le preguntaran, Sáenz Villalba, con formidable doble papada, dijo:

—Hace poco estuve en Cleveland, en la casa de mi hermana. Está embromada, no podrá volverse la pobre. Además, no tiene empleada. Qué quieres que te diga: quedé choqueado al comprobar que allá ya no existe la familia. Todos separados, todos. Las niñitas duermen con sus amigos como si nada. Mi sobrino pasa drogado, escuchando música, con el pelo hasta acá; mi pobre hermana no se atreve a entrar en su pieza. ¿Eso quieres, Angélica? ¿Para eso criaste una familia, para que el ambiente la liquide? Piénsalo.

Entonces el tío Enrique Lobos le ofreció una suerte de salvación:

—Acá todos te vamos a tender una mano. Le buscaremos algo a tu marido. Acá estamos al fin del mundo, lejos de toda contaminación moral. Aquí hay otros valores: somos más sanos, aquí la familia es el pilar que sostiene el país. Chile, Angélica, no tiene nada que ver con Estados Unidos. Chile nunca será como California. Acá vas a estar protegida. Acá no les va a pasar nada.

Estaban errados, claro, pero la gente tiende a esuchar lo que quiere escuchar, tal como ve lo que que quiere ver.

Mi madre no fue al Parque Bustamante porque nunca le gustaron las muchedumbres. Nosotros fuimos con mi abuela y saltamos para demostrar que no eramos de la U.P. Cuando volvimos esa tarde, capté que el asunto se estaba volviendo serio. Mi padre estaba por llegar y mi madre estaba elaborando un plan. Entré a su pieza y estaba sentada sobre la cama mirando nuestros pasajes de la Braniff, nuestros pasaportes, nuestras tarjetas verdes. Vi sus ojos rojos.

—¿Te da pena irte? —le pregunté.

No me respondió pero no era necesario. Al salir al pasillo, yo ya era otro; me volví su aliado. La idea era convencer a mi padre, la meta era obligarlo a regresar. Comencé a hablar como el muñeco de un ventrílocuo, a decir las cosas que ella quizás no se atrevía. Partí elogiando los lugares que habíamos visitado pero, una vez que mi padre estuvo aquí, yo no paré de publicitar Chile y de atacar Encino.

En un almuerzo dominical, en el cual sirvieron alcachofas y habas y espárragos y otras verduras primaverales, yo apoyé, sin entender del todo por qué pero sintiendo que no me quedaba otra, la causa de mi madre. En la casa de mis abuelos los niños podíamos sentarnos en el comedor con los grandes y, aprovechando que Manuela no estaba (mi hermana tenía el don de la sociabilidad, de hacerse de amigas en forma instantánea), conté la siguiente historia. Al almuerzo estaban invitadas la tía Marta y la tía Nena, que eran hermanas de mi abuela.

También estaba la tía Chilaca Valdés y Gregorio Niemeyer, que vivía en Valdivia.

Mi tía Marta me preguntó si tenía ganas de volver a Encino.

—No —le dije.

Le expliqué que allá me miraban en menos por ser «moreno». Luego le conté sobre uno de los hermanos Cohen, que a veces se quedaba en la casa como *babysitter*. Conté que fumaba un cigarrillo que él mismo se fabricaba y quedaba raro, como ido. Una vez me ofreció pero le dije que no. Otra vez, pasé por la pieza de mi hermana y ahí estaba ella, sin calzones, con las piernas abiertas, mostrándole lo que Stuart quería ver.

Todo esto era verdad. Pero tampoco era para tanto. Al menos, no creo. Quiero creer que no. Yo salí asustado de la pieza y no dije nada, sabía que de eso no se hablaba, pero al contarlo en el oscuro comedor de la calle Dr. Ignacio Echaurren Arismendi entendí que esa revelación causaría el efecto deseado.

Es probable que yo poco y nada tuviera que ver con la decisión final de quedarnos, dudo que esa anécdota sobre Stuart Cohen sea la razón por la que me transformé en otra persona. No fui yo el que nos hundió, no fue por un capricho mío que nos vinimos. La culpa, sin embargo, persiste, la angustia de haber contribuido a la debacle no se disipa. No así los recuerdos que simplemente ya no están, muchos ya se han ido.

La tía Chilaca me llevó a ver *Infierno en la torre* al día siguiente que mis padres partieran de regreso y me dejaran a mí y a la Manuela con mis abuelos. No recuerdo haber ido al aeropuerto a dejarlos, mi impresión es que no nos despedimos; no recuerdo —o no puedo recordar— en qué momento nos anunciaron la decisión. Quizás nunca lo hicieron. Sólo partieron. Tampoco recuerdo cartas o llamadas telefónicas.

Yo llevaba esperando meses y meses para ver *Infierno en la torre*. Había visto la sinopsis en Encino y jamás esperé que llegara con tal rapidez a Chile, donde, si uno miraba con detención la cartelera, parecía que el país estaba viviendo en una realidad paralela. Pero ahí estaba, mirando esta torre, pensando en qué pasaría si temblaba antes de que se incendiara. La torre se desplomaría. A la salida, la tía Chilaca me preguntó si me había gustado.

—Me hubiera gustado estar en el último piso y quemarme —le dije.

—Entrar al colegio te hará bien.

Estaba totalmente errada. Entrar a ese colegio, y después al otro, y finalmente al definitivo, no me hizo nada de bien, pero qué iba a hacer. Ya estaba acá y nunca más iba a volver. Todo se fue a negro, el mundo entero hizo *mute*.

Por tres meses el transcurso del tiempo se detuvo. Al no poder hablar, observé y escuché muchas cosas. No me gustó demasiado lo que descubrí. Mis abuelos creían en la familia, pero no creían mucho en sí mismos y no era fácil convivir con dos personas que no se querían y, pronto lo deduje, nunca se habían querido.

Mi abuelo era maniático de la puntualidad y se bañaba sólo los domingos y en la tina. Usaba gomina Brancato y se afeitaba con una espuma que salía de un tubo que yo una vez confundí con pasta dental. Incluso cuando estaba en California y, años después, en el D.F. o en San Salvador, no dejó de usar traje y corbata todos los días del año. Para mi abuelo, andar de sport era usar una camisa celeste o, quizás, color caqui. Mi abuela Guillermina no confiaba en las empleadas y tenía todo con llave; sus bodegas estaban repletas de mercadería que fue almacenando durante la U.P. Esos meses en que nos quedamos solos no comimos otra cosa que una carne en conserva llamada Chancho Chino, que era peor que el Spam. La casa, además, pasaba llena de «hombrecitos», como les decía mi abuela, que enceraban o hacían el jardín o limpiaban los delgados vidrios por donde se colaba el frío.

El horror del desarraigo se amortiza cuando la promesa de vida *allá*, en el otro sitio, es ostensiblemente mejor. Cuando el otro país te ofrece algo que el tuyo no te ha podido dar: dinero, trabajo, libertad, amor, conocimientos superiores. Pero Chile no ofrecía eso. Al menos, no para mí.

Cuando mis padres llegaron a Encino, mis amigos me estaban esperando con un letrero que decía «*Welcome home*». Mis abuelos paternos, con el tío Javi y la Teri, fueron a LAX a recibirnos y quedaron atónitos al ver que ni Manuela ni yo nos bajamos del avión. ¿Dónde están? ¿Qué les pasó? La Yayi pensó que habíamos muerto y se desmayó.

Mi madre regresó un día antes de la navidad de 1974; mi padre apareció un año después, casi al mismo tiempo que llegó el contéiner a Valparaíso. Se quedó más tiempo para vender la casa, liquidarlo todo, juntar más dinero. Lo despidieron con una fiesta y una torta que decía *Good Luck*. No la tuvo. Cuando aterrizó en Chile, ya era tarde, él ya era otro, todos éramos otros, y la posibilidad de comenzar de nuevo era inexistente. Ellos aún no lo sabían, pero yo sí.

Melody (*Melody,* GB, 1971, 103 min)
DIRIGIDA POR: Waris Hussein
CON: Mark Lester, Tracy Hyde, Jack Wild
VISTA EN: 1975, cine Gran Palace, Santiago de Chile

El primer semestre de 1975, mientras mi padre seguía en California, tuve que soportar el infierno de The Bristol Academy, aunque todos los alumnos —todos hombres, hijos de militares y asesinos en potencia— lo llamaban El Bristol. Tres veces me molieron a patadas en un juego de bestias llamado «la camotera» o la «peladilla», no me acuerdo. Me decían «gringo culiado» y pronto capté que si no hablaba, si no les respondía, eventualmente me iban a dejar tranquilo. Todos los ritos de los nativos me parecían impresentables, sobre todo la práctica bestial del caballito de bronce que consistía en quebrarle la columna vertebral al más débil del curso.

Aldo Zolezzi, el hijo de un carnicero, llevaba las cabezas de los chanchos o los corderos en unas bolsas y los animales las usaban como pelota de fútbol. Como yo no sabía jugar fútbol y al rato entendí que tampoco me interesaba aprender, me daban más patadas. Al carecer de tecnología (nada de grabadoras para jugar al locutor de radio, nada de cámaras de 8mm), la entretención de los niños chilenos era intentar dejar impotentes o estériles a sus compañeros, impulsados quizás por la extraña misión de lograr la desaparición de la especie, algo que, me imaginaba, les fue inculcado por sus padres, que se dedicaban justamente a eso. En Encino bastaba ser rápido de palabra, manejar la mayor cantidad de información; en Santiago había que ser capaz de aplastar al compañero y ojalá dejarlo sangrando.

Tuve que desplegar todos mis recursos internos para sobrevivir ese primer y único semestre en el Bristol. Vomité tanto y me inventé unas jaquecas tan espantosas que se transformaron en realidad. Me sacaron del Bristol y me llevaron directo al oculista, donde para mi sorpresa detectaron una severa miopía que solucionaron con unos gruesos anteojos con marcos negros que mandaron a hacer a la Óptica Losada. El haberme condenado a usar anteojos me pareció que era la puñalada final.

Mi hermana Manuela entró de inmediato al Saint Luke's, un colegio mixto, de clase media/alta, ligado a la derrotada «izquierda civilizada». Las familias que enviaban a sus hijos ahí no eran beatas pero tampoco se atrevían a colocar a sus hijos en un colegio laico. El Saint Luke's, además, no exigía certificado de bautismo ni discriminaba a los hijos de padres separados, póliza que intentaron revertir cuando captaron que el 81 por ciento del alumnado procedía de matrimonios fallidos y que los niños de padres que vivían juntos eran acosados y ridiculizados por el resto. Yo no pude matricularme en el Saint Luke's porque llegué a dar el examen de ingreso fuera de plazo. Además, lo di mal. No sabía español, me tensé, entré en un estado de mudez. Mi hermana, en cambio, que sabía el idioma menos que yo, los conquistó a todos y entró sin problemas.

El Saint Luke's estaba en un rincón apartado, al pie de un cerro, al otro lado del escuálido río, y era un pequeño paraíso aislado de toda distracción. El colegio no era barato (con el tiempo, los alumnos lo rebautizaron «San Lucas», debido a las miles de «lucas» que costaba la mensualidad) pero, según todos, era un inversión de por vida porque la red social que se formaba era tan apretada que, en caso de que cayeras, estaba siempre ahí para protegerte.

Más allá de si eso era cierto o no, el Saint Luke's parecía asegurar una felicidad instantánea y, a la vez, eterna. La confianza en ti mismo que te otorgaba estar ahí al parecer penetraba el sistema sanguíneo y te acompañaba por el resto de tu vida. Todos en esos colegios (el Saint Luke's, el Andover, el *fucking* Saint Martin's–in–the–Fields) eran sanos, abiertos, simpáticos, con lindos dientes y pololeaban entre ellos. Yo, desde luego, odiaba a los del Saint Luke's con ese odio que se inflama cuando uno no logra lo que desea con fervor. En Santiago probé el sabor del resentimiento cuando se te queda atravesado en tu garganta. Yo quería lo que los otros tenían: asistir al Saint Luke's, vivir en Vitacura cerca del colegio, ser socio de un club, tener casa en la playa. Más adelante, además, quise ser alto, flaco, guapo; tener un padre; pololear con una chica del Saint Luke's.

Para colmo de males, para hacerme sentir aún más intrascendente, Federica Montt resultó estar en le curso de mi hermana. Así, la veía desde la ventana del auto cuando íbamos a recoger a la Manuela a la salida del colegio, escuchaba su voz cuando llamaba por teléfono, la atisbaba llegando a las casas donde se celebraban los cumpleaños. Una vez, transpirando, nervioso, toqué la puerta de su casa. Antes de preguntar por mi hermana le pregunté a Federica si se acordaba de mí.

—No, lo siento.

Me puse rojo, murmuré que venía por Manuela y entonces me djio:

—Ah, espérate que la llamo.

La semana en que inaguraron el Metro, mi tía Marta, que vivía frente a un letrero luminoso en el que un corcho saltaba de una botella de champaña, nos llevó a andar en el nuevo tren subterráneo. Nos llevó a mí y a mi hermana a pasear hasta la estación San Pablo; allá nos cambiamos de andén y no pudimos salir a la calle, porque ella nos dijo que «había muchos pobres y era peligroso».

De vuelta en la estación Moneda, caminamos hasta un cine llamado Gran Palace que tenía la gracia de tener sus paredes como de agua de color, cada tanto cambiaba la tonalidad, iba del verde más intenso al naranja más ardiente y luego a un amarillo limón. Me pude haber quedado todo el día mirando esos colores mientras mascaba esas calugas escocesas que mi tía Marta siempre tenía en su cartera.

Melody es sobre una chica de diez años llamada Melody, pero en realidad la película habla de un chico de la misma edad que la ama. Melody era Tracy Hyde, a la que nunca había visto y a la que aún hoy no dejo de recordar sin sentir un escalofrío. Daniel era Mark Lester, el mismo de *Oliver!*, que, a pesar de parecerse a mi primo Milo, era un gran tipo y de inmediato quise ser como él, porque ya me estaba quedando claro que las cosas les eran más fáciles a aquellos que se veían mejor que el resto.

A los cinco minutos de iniciada la película, ya había tomado la decisión de que yo era Daniel y Federica era Melody. De eso no había duda. La película planteaba, como nunca había visto en una película, que los chicos de diez o de once pueden estar enamorados y casarse. Melody y Daniel van a un colegio muy severo y ambos visten uniforme, tal como los que teníamos que usar nosotros. Sus padres no entienden nada. Ambos escapan a la playa con la ayuda de Ornshaw, el amigo de Daniel, que también era el amigo de Lester en *Oliver!* Mark Lester cae rendido ante Melody y uno, en el cine, también. Lo que sentí esa tarde fue tan intenso que, años después, a veces despertaba y recordaba esos momentos como si me hubieran ocurrido de verdad. Veía a Federica bailando ballet y a mí atisbándola por la ventana; me veía corriendo por el Club Hípico al son de «To Love Somebody»; me imaginaba a los dos arrancándonos a un balneario decrépito como Cartagena.

Salí del cine con los temas de los Bee Gees en mi mente y la certeza de que no sólo no tenía una novia como Melody sino que ni siquiera tenía un amigo. Lo que me consoló fue entender que tenía diez años y aún faltaba mucho, quizás el mundo me iba a ofrecer muchísimas posibilidades. Lo curioso, lo insólito, lo inesperado, es que me las ofreció; la mañana después de que dormimos juntos por primera vez, Federica encendió una radio transistor y lo primero que escuchamos fue «To Love Somebody». Yo no le dije nada pero, por su mirada, por sus ojos, comprendí que ella también, a los diez, había visto *Melody* y aún no la olvidaba.

Tiburón (*Jaws,* USA, 1975, 124 min)
DIRIGIDA POR: Steven Spielberg
CON: Roy Scheider, Richard Dreyfuss, Robert Shaw,
   Lorraine Gary
VISTA EN: 1975, cine Oriente, Santiago de Chile

Duré cinco meses en el Bristol hasta que, por piedad, y por falsas amenazas de suicidio, mi madre me sacó e hizo que una mujer flaca y aterrada de la vida llamada Estela fuera a la casa por las tardes a enseñarme castellano. Era hija de diplomáticos y había estado destinada en Washington seis años.

—Vivíamos en una casa que estaba dentro de un bosque lleno de ardillas.

Cada vez que iba para la casa Estela me decía lo mismo.

—Deberías ir algún día a Maryland, el lugar más lindo del mundo.

Años después, estando en D.C., me tomé el Metro y me bajé en Bethesda y me tomé un café frente a un parque que me recordó el bosque de Estela. Ella me ayudó con la pronunciación («Unicoop se dice Uni–cop, como paco, «*cop*»; Uni–cop, no Uni–cup») y juntos nos demoramos tres meses en leer *El último grumete de la Baquedano,* con el cual estrené mis nuevos y pesados lentes.

Casi un año después apareció mi padre. Mi madre había decidido arrendar una habitación en el Sheraton para estar juntos esa tarde, después de almuerzo; iban a dormir toda esa noche ahí. De inmediato entendí por qué necesitaban estar solos y el asunto me llenó de angustia, asco y temor. Mi padre ya había desaparecido y, viviendo en casa, con mis abuelos, yo ya no sentía que hacía falta. Para peor, mis abuelos estaban por partir. La mudanza estaba programada para una semana antes de que mi padre aterrizara. El Tata y la Mina se compraron un departamento que daba a la Avenida Providencia a la altura de Antonio Varas. La inmensa casa de la calle Ignacio Echaurren quedaba para nosotros y eso me alteraba. Sin los tatas sentía que quedábamos expuestos a nosotros mismos. A la Lina la habían echado por robar el chancho

chino almacenado, reliquia de la época de Allende, y un tarro de Nescafé, lo que es poco probable porque la Lina odiaba ese chancho lo
mismo que yo, y tomaba té en vez de café.

El día antes de que apareciera mi padre llegó una nueva empleada,
de nombre Betsabé, que tenía aspecto de gitana. Llegó con su hija
Olimpia, que tenía cinco años y unos inmensos ojos verdes y el pelo
crespo como la cantante de The Hues Corporation. Nadie nunca se enteró del pasado de Betsabé, pero tenía uno y no era malo. Cocinaba
platos exóticos inspirados en el Mediterráneo y se pasaba las tardes leyendo diarios, revistas y novelas de Sidney Sheldon o Harold Robbins
que un par de años después heredé para satisfacción de mis urgencias
masturbatorias.

Mi padre salió de la aduana de Pudahuel bronceado, con gruesas
patillas, anteojos de aviador y una chaqueta de safari. La Betsabé debutó con un plato de cuscús con alchachofas, piñones y cordero que yo
no fui capaz de comer. Todos brindaron con vino, incluyendo la Betsabé, que decidió siempre comer el postre con nosotros en el oscuro
comedor principal.

—Por nuestra vida en Chile —dijo mi padre, no del todo conven-
cido.

Tres días después, y como no iba al colegio, fui con mi padre en el
Fiat 600 a Valparaíso a ver llegar el barco. En el camino él no supo qué
decirme ni yo supe qué contarle. En el contéiner venían todas aquellas
posesiones y artefactos que podían recordarnos California. Había una
lavadora color caramelo y una secadora Westinghouse que se quemó
porque el transformador de la Casa Royal estaba averiado. Mi padre
nos trajo esquís para todos, además de botas, guantes y bastones. Nunca
subimos a esquiar, nunca estrenamos los esquís. El bote inflable con
motor y el equipo de camping Coleman sí se usaron, pero una sola vez.
Fuimos a Pichidangui y todo resultó tan mal, hubo tanta pelea, tanto
sol, tanta arena en las carpas, que nunca volvimos a ir. La carpa se rajó
por culpa de un adolescente borracho que se cayó encima a las cinco de
la mañana, y el inmenso bote se dio vuelta en medio de la bahía y por
poco nos ahogamos todos. De vuelta a Santiago, cerca de Longotoma,
el viento se llevó el bote —que mi padre había amarrado mal— y,

como en ese instante iba manejando mi madre, no paró a recogerlo. Nos dimos vuelta y vimos cómo el inmenso bote, de unos tres metros de largo, volaba como un tiburón por encima de los autos hasta posarse en la ladera de un cerro.

El contéiner se demoró en bajar, lo mismo que el BMW azul petróleo que mi padre se trajo. El agente de aduana nos explicó que recién podríamos tener nuestras cosas en una semana. A mi padre no le importó, sólo le interesaba ver su BMW, el cual llegó en un estado lamentable, cubierto de una gruesa capa de grasa oscura antioxidante.

—Ya lo lavaremos y estará nuevo y sano —me dijo como si el auto fuera un perro.

Después de despedirnos del BMW fuimos a almorzar al hotel Miramar, que daba, claro, al mar, y mi padre pidió locos, centollas y camarones. No sabía de qué hablarle, él tampoco tenía tema. Con mi hermana habíamos tomado la decisión de conversar en inglés por el resto de nuestras vidas, pero una vez que fue devorada por el Saint Luke's comenzó a insultarme con toda la parafernalia del lenguaje *lolo* (palabra del todo patética; eso capté de inmediato: jamás sería un *lolo*, pasara lo que pasara). Con mi padre intentamos conversar en castellano, pero luego pasamos al inglés. Tomó una copa de vino, miró las olas y me dijo:

—¿*Did you see* Jaws? *Everybody up there saw it.*

—No —le dije—. Además acá se llama *Tiburón.*

—Tiburón, ¿*huh? I guess it's a good name. Better than* Teeth.

—*Mandíbulas.*

—*Yeah, I guess you're right. We gotta see it. Is it playing?*

—*Not until Christmas* —le expliqué—. Navidad.

—*Wow, I guess we really are the asshole of the world.*

El 25 de diciembre mi padre me sorprendió con entradas para la matiné del estreno de *Tiburón.* La película era para mayores de catorce y aún me quedaba un mes y medio para cumplir doce, pero entre el tumulto entré igual, lo que hizo que mi corazón no parara de latir durante la función. No creo que haya sido el tiburón o la pulsante música de John Williams sino el miedo de estar con mi padre y no saber mucho qué decir. Pero en el cine no hay que hablar demasiado, a lo más: «Estuvo bueno, ¿no?», y los dos nos reímos harto con la parte en que Robert Shaw y Richard Dreyfuss compiten por cuál de los dos tiene más cicatrices. A la salida del cine, todo el público transpiraba por el calor de la sala y la tensión acumulada.

Puedo jurar que sentí una brisa salina mover los árboles de la calle Pedro de Valdivia Norte una vez que salimos del cine. Camino a buscar el BMW, que ya había sido desaduanado, mi padre se topó con un gringo que había conocido en el avión. El gringo era mucho más alto que mi padre y andaba con sus hijos, uno como de mi edad, el otro algo mayor. Ellos también venían de ver *Tiburón*.

—*Fucking A* —dijo el gringo.

En el auto mi padre me contó lo que le había pasado a Alf, el menor de los hijos: había perdido un testículo en uno de esos deportes bestiales que jugaban en los colegios de hombres.

—Pobre cabro —dijo—. Es un gringo y no estaba acostumbrado.

No fui capaz de responderle nada. Por qué ese niño era un pobre gringo y yo un chileno que tenía que entender cómo funcionaba todo. Casi un año después, mi padre se enteró que ese gringo tan alto, tan buen padre, era Mike Tanner y había colocado una bomba bajo un auto en el suburbio de Bethesda, Maryland, el sitio que Estela, la profesora que me enseñó castellano, quería tanto.

Qué ejecutivo tan mono (*The Barefoot Executive,*
USA, 1971, 96 mins)
DIRIGIDA POR: Robert Butler
CON: Kurt Russell, Joe Flynn, Wally Cox, John Ritter
VISTA EN: 1971, Reseda, California, y en 1976, Santiago
de Chile

The Barefoot Executive se estrenó en Santiago en un cine llamado Huelén, una sala del centro ubicada en un subterráneo cuyas paredes estaban cubiertas con las figuras de Disney. Duró pocos días en cartelera
porque en Sudamérica las cintas de Disney que no eran animadas
pasaban sin pena ni gloria. Hasta entonces sólo me había repetido
dos películas (*The Poseidon Adventure*, cuatro veces; y el musical *Tom
Sawyer*, tres). Cuando vi el aviso de *Qué ejecutivo tan mono* y la caricatura del chimpancé y de Kurt Russell, de inmediato supe que tenía
que verla. Russell era uno de mis actores favoritos por su saga de co-
medias Disney para adolescentes que, la verdad de las cosas, eran más
para niños que soñaban con ser *teenagers* y ser libres de una vez por
todas. Russell interpretó el rol de Dexter Riley en a lo menos tres películas que para mí fueron claves: *The Computer Wore Tennis Shoes*,
The Strongest Man in the World y, la mejor de todas, *Now You See
Him, Now You Don't*.

Era verano, enero, y todo Santiago estaba de vacaciones, partiendo
por mi hermana Manuela, que dividió todo su verano entre Reñaca,
junto a la Sofía Basterrica, nuestro fallido camping en Pichidangui, y
Cachagua, en la casa de Federica Montt. Yo no tenía amigos y aún no
ingresaba a mi colegio definitivo, el McArthur Institute, que estaba en
la calle Seminario, cerca de la casa, donde no me hicieron ningún examen o test.

—Aquí te quedas, al menos es mixto y no es católico —opinó mi
madre, que justo ese verano entró a trabajar.

O faltaba dinero o quería salir a la calle, porque, con la Betsabé y
sus recetas, la presencia de mi madre no hacía falta, por lo que se

consiguió el puesto de secretaria ejecutiva del gerente general de la Goodyear en Chile.

Mi madre no era experta en mecanografía pero era cien por ciento bilingüe y tenía «buena presencia», que es un requisito que las empresas en Chile siempre exigen. El inoportuno y oportunista tío Enrique Lobos cumplió a medias su palabra y colocó a mi padre a cargo de una empresa de exportación de frutos del país. Mi padre entendía poco y nada de frutos, menos de cómo exportar o lidiar con las coimas y la falta de transparencia del mundo de la Vega. Le pasaban cheques a fecha y al llegar la fecha de pago mi padre se sorprendía de que no tuvieran fondos. Aun así, había esperanza y el país estaba creciendo. El patio de la casa estaba atestado de obreros que, a pala, cavaban un hoyo para una piscina. La idea era que la piscina hubiese estado lista para ese verano pero se inauguró en mayo, bajo una fuerte tormenta.

En la calle Doctor Ignacio Echaurren Arismendi había más niños de lo esperado, aunque la cantidad de ancianos que vivía en la cuadra era algo un tanto repugnante, excepto por la Chichi Irarrázaval, una viejita pituca que salía con Cognac, su perro dálmata, al almacén de la esquina a comprar aceite litreado. Cuando la Manuela vio a Cognac sufrió convulsiones y no paró de llorar.

Un par de casas más allá vivía un tipo pecoso, como de mi edad, que era de Punta Arenas y tenía un pingüino que su padre, un marino, le había traído. El padre seguía en Punta Arenas y el chico vivía con su abuela. El pingüino se llamaba Petete, como un personaje que leía un libro en la tele, y ese verano pasaba dentro de una piscina inflada. Su dueño se llamaba Sebastián Germaine y me pareció que, ya que necesitaba un amigo, él podría ser un candidato ideal por venir de otra parte pero nunca supe cómo acercarme, mi acento me delataba y la vez que le toqué el timbre para ver si quería hacer algo me dijo:

—No, yo sólo me junto con mi pingüino, pero gracias por preguntar.

Sebastián Germaine no salía de su caserón y, al parecer, no se aburría. Yo sí. Los libros de geología que me pasaba el Tata comenzaban a hastiarme. Una tarde de enero, desesperado, decidí ir al cine, aunque fuera solo. Necesitaba volver a ver *Qué ejecutivo tan mono*. Todavía no conocía bien Santiago y me aterraba tanto peatón, tanta micro, pero había ido muchas veces al centro, con el Tata, a buscar la correspondencia que le llegaba a su casilla del Correo Central de la Plaza de Armas. Sabía que la micro que pasaba por Salvador, en la esquina, continuaba directo al centro. Sin pensarlo le dije a la Betsabé, la empleada, que me iba a la casa del Sebastián a ver televisión y a jugar con el pingüino. Partí al centro con mi dinero bien escondido en el bolsillo, rumbo al cine Huelén. En la micro comenzó a sonar el tema número uno del año anterior: *Un millón de amigos*, de Roberto Carlos. A mí, con uno me bastaba.

Qué ejecutivo tan mono fue la primera película que vi por mi cuenta y la experiencia fue tan intensa que a partir de entonces empecé a ir al cine solo, a veces por opción, la mayoría de las veces porque no tenía con quién. Estrictamente, esta encantadora comedia subversiva y antisistema no es una cinta de Dexter Riley, el gran personaje creado por Kurt Russell, aunque es del mismo período, del mismo estudio, del mismo director. Russell esta vez se llama Steven Stone y es algo así como primo hermano de Dexter Riley. Stone es un joven que maneja un escarabajo y trabaja en un canal de televisión repartiendo el correo. Steve está frustrado, siente que está dando vueltas en vano. Entonces sucede una de esas cosas que no siempre ocurren en la vida pero que en las películas sí pasan, porque si no pasaran no habría película. La novia de Russell le pide que haga de *baby sitter*, aunque no de un *baby*, sino de un mono. Un chimpancé domesticado llamado Raffles. Kurt Russell capta que el mono es un genio al momento de elegir los shows que más funcionan. Su olfato es sinónimo de rating. Russell, siguiendo los consejos del mono, empieza a entregar sus ideas y va escalando puestos hasta convertirse en un ejecutivo de programación.

El Huelén estaba prácticamente vacío. Nadie se rió cuando yo me reía, quizás los subtítulos no decían lo mismo. De pronto, en la parte más cómica de la película, un sentimiento de nostalgia completo y total se apoderó de mí. Me sentí de vuelta en el Valle, en el decadente y ajado cine Reseda, y la emoción, las emociones encontradas, el terror de hallarme en Santiago, tan lejos, con la certeza de que nunca iba a volver, me hicieron llorar como nunca había llorado en mi vida, como

nunca lo he vuelto a hacer. Fue algo tan intenso, tan doloroso e inesperado, que pensé que no sería capaz de salir de ese estado y fue ahí
cuando pensé que me iba a morir viendo *Que ejecutivo tan mono* y no
pude sino sonreír. Quizás había perdido mi vida, mi contexto, mi
idioma, pero al menos tenía este refugio. El cine estaba a oscuras, en el
cine casi todas las películas eran gringas, en el cine todo era en inglés,
en el cine podía llorar y nadie se iba a dar cuenta.

Me volví a pie a mi casa, por el Parque Forestal y luego el Bustamante. En el camino, secándome las lágrimas, ensayé un plan para que
me compraran un perro. Al pasar por la Plaza Bernarda Morín me topé
con Petete, que deambulaba perdido por entre las plantas, buscando
agua en forma desesperada. De inmediato supe que algo le había pasado a Sebastián, el tipo de quien nunca pude ser amigo. Sebastián
había echado a andar el Peugeot 404 de su padre, que estaba de visita,
durmiendo siesta, y no abrió la puerta de la cochera. Bajó las ventanas
y encendió la radio. Cuando llegué con el pingüino, había una vieja
ambulancia del Hospital Salvador estacionada delante del caserón. Más
tarde llegó una carroza con un ataúd. La Betsabé me dijo que no
podíamos quedarnos con el pingüino porque era hediondo y estaba
maldito. No sabía qué hacer. Al día siguiente, mi padre me llevó al Parque O'Higgins donde, subrepticiamente, dejamos a Petete dentro de la
laguna.

El atleta más grande del mundo (*The World's Greatest Athlete*, USA, 1973, 94 min)
DIRIGIDA POR: Robert Scheerer
CON: Jan-Michael Vincent, Tim Conway, John Amos
VISTA EN: 1976, cine Olimpo, Viña del Mar

Vi *El atleta más grande del mundo* con mi tío Choclo Bulnes y mis primos Milo e Isidora en Viña del Mar, un domingo a las once la mañana, después de tomar desayuno en el Samoiedo. Mis tíos y primos estaban recién llegados de Venezuela y no encontraban una casa a su gusto, aunque los niños ya estaban matriculados en el Saint Luke's. Mi abuelo Teodoro insistió en que lo acompañara a pasar un fin de semana a la playa donde «la tonta de la Luisa», había arrendado una vieja casa en Reñaca. Yo no quería ir porque ya había decidido que odiaba la playa (había que sacarse la polera) y no toleraba ni a mi tía Luisa y sus creaciones paisajísticas ni a mi primo Milo, de quien, ahora que yo vivía en Chile, comprendía el grado de su celebridad (¿por qué uno no puede evitar odiar a la gente famosa?). El tío Choclo, sin embargo, era imposible de detestar; lograba hablarme en forma directa, como si fuera una persona y no su hijo. Quizás por eso: los tíos se comunican más fácilmente con sus sobrinos que con sus hijos. Milo consideraba que mi padre era lo máximo. Yo consideraba que el tío Choclo era un perdedor simpático con millones en su cuenta.

Mi abuelo no quiso acompañarnos al cine por una discusión que tuvo con el tío Choclo el día antes, cuando yo, en vez de acompañar a Milo a la playa de Reñaca (en rigor, no se le pasó por la mente convidarme), seguí a los mayores a ver terrenos. Mi tío deseaba invertir y construir. «Un hombre no puede vivir sólo de inventar frasecitas». La casa que arrendó ese verano luego la compró para demolerla y construyó un edificio residencial con funicular. A medida que su agencia de publicidad fue creciendo y consiguió no sólo clientes transnacionales sino al propio gobierno («Vamos a salir adelante; usted también póngale el hombro»), el tío comenzó a construir edificios, desde galerías comerciales en forma de caracol a departamentos de lujo en Santiago y en la costa.

El que más le gustó a mi tío fue un sitio baldío en la punta norte de los altos de Reñaca, en la ruta que va a Con Con. De ahí arriba parecía que uno estuviera volando.

—Imagínese, suegro, la vistita desde aquí. Creo que lo voy a comprar. Llamaré a mi socio. Me imagino un edificio alto, en forma de faro, que se vea incluso desde el mismo puerto —dijo—. Además, es una ganga.

—No me cabe ninguna duda —le replicó mi abuelo—. Este terreno es pura arena. Las fundaciones tendrían que ser tan profundas que podrías aprovechar de exportar mariscos a la China. Podrías enviarlos por un tubo. Ningún calculista serio podría aceptar una construcción de más de un piso.

El atleta más grande del mundo es otra cinta de Disney con humanos en vez de dibujos, aunque los humanos actúen como monos. A los cinco minutos de iniciada la película entendí por qué Milo quería verla en forma tan desesperada: era casi un documental sobre sí mismo. Un entrenador de un *college* viaja a África a buscar un corredor de primera. Está aburrido de perder. Pero en vez de encontrar a un atleta nigeriano de raza negra se topa con una suerte de Tarzán pero moderno. El socio del entrenador se llama Milo (lo que provocó la risa de Isidora, que me pedía que le abriera los envoltorios de unos dulces llamados Mix Soda, que tenían sal de fruta adentro y te llenaban la boca de espuma), pero el rubio atleta (Jan–Michael Vincent) se llama Nanu (hubiera sido el colmo de la coincidencia). Nanu no sólo corre sino que corre como un tren supersónico. Les gana a todos y se convierte en un héroe aunque, como Tarzán, echa de menos África y, prefiere las cosas sencillas en vez de las comodidades que le ofrecen en los Estados Unidos.

—Puta el huevón tonto. Debió haber firmado un contrato con FILA —opinó Milo a la salida.

Mi primo Pedro Bulnes era admirado y envidiado en partes iguales por todos los tipos de su generación mucho antes de que aterrizara en Chile a comienzos del 76, con sus zapatillas Adidas, sus Levi's origina-

les y el álbum *A Night at the Opera* bajo su brazo. Milo era el chico de
«Milo te hace grande», la imperdible campaña creada en torno a un es-
logan inventado por mi tío Choclo.

La frase genial la inventó durante una fiesta de fin de año en la
agencia que tenía en Santiago. Cada integrante de *Imagina, Ideas y Publicidad* tenía que disfrazarse e inventar un lema que nunca podría salir
al aire. Mi tío inventó un comercial sobre un tipo traumatizado por el
tamaño de su pene, que luego de tomar varias pílsener va a un cabaret
y se da cuenta de que la cerveza es milagrosa. Pílsener, te la deja
grande. En Caracas, sin embargo, vio que aquellos que están obsesio-
nados con crecer son los niños hombres y, si bien el tamaño del pene es
un tema que, a partir de los quince, puede interesarle a unos pocos, lo
cierto es que, a los seis ó siete años, la mayor de las obsesiones de un
chico sano es que todo le crezca (a punto de cumplir doce, yo me estaba
aterrando al ver que engordaba y seguía petiso) y eso es lo que ofrecía
Milo, un alimento integral que parecía ser sólo chocolate. De ese
insight salió «Milo te hace grande». Esto me contó décadas después
el tío Choclo en su asilo de anciano cerca de la playa de Cavancha, en
Iquique. Estaba solo, olvidado, y su habitación estaba tapizada de afiches y tarros de Milo.

Al tío no se le ocurrió nada mejor que ilustrarlo con un niño que va
creciendo a lo largo de distintas competencias deportivas («cada prueba
representaba una de las pruebas que te pone la vida, porque la vida,
Beltrán, y tú esto lo sabes bien, te pone vallas y no todos somos capaces de saltarlas con éxito»). En un acto de nepotismo que dejaría a un
miembro del PRI avergonzado, escogió a su hijo para ser el niño símbolo. Pedro fue elegido porque era rubio («los *spots* deben ser aspira-
cionales; todos los niñitos morenos latinoamericanos desean ser rubios,
para conquistar a las rubias», sostenía) y en ese entonces tenía pinta.

La campaña de Milo era para toda Latinoamérica y, en un principio,
se filmaba en Puerto Rico. El contrato era hasta que cumpliera los dieciocho años y lo iban filmando todos los años para que cuando Milo
fuera ya un hombre se armara un comercial especial que lo fuera mos-
trando crecer. Como Milo firmó contrato a los siete años, un niñito ho-
landés de Curazao aparecía en los primeros segundos del comercial,

antes de fundirse a mi primo Milo corriendo como por la pista de re-
cortán.

El rostro de Milo estaba en todas partes. Se volvió inevitable. Milo
auspiciaba desde *El club de los bochincheros* hasta *El hombre nuclear* pasando por el clan infantil de *Sábados gigantes*. Su voz salía en la radio,
su cara en las etiquetas del tarro de leche. A nivel masivo, su nombre
no era conocido pero el tipo no podía ir a tomarse un helado al Cop-
pelia o a pasearse por la Avenida Perú, en Viña (dos de sus sitios favoritos antes de que se inaugurara, claro, el Plaza Shopping de Vitacura,
alias Los Cobres, que se convirtió en su territorio exclusivo), sin que lo
reconocieran. Las minas se le tiraban a los brazos y los tipos reacciona-
ban de dos maneras: o intentaban hacerse amigos de él regalándole fichas para los juegos Delta o prestándole sus patines, o, los que eran más
inseguros, querían pegarle. Mala idea: Pedro (todos le decían Milo,
«cáchate, ahí va el Milo») era «seco» para el karate.

Por contrato, debía jugar tenis, nadar y participar en campeonatos
de bicicross. Milo nunca fue campeón de nada, no volaba por los cielos
impulsado por la garrocha ni batía récords en los 400 metros. Lo que sí
había que reconocer era que no era malo para ningún deporte; yo, en
cambio, que sigo descoordinado, era malo para todos. Lo único que teníamos en común, aparte de nuestro abuelo, era que ambos éramos
nulos en el fútbol. Cuando tuvieron que filmar los comerciales en
color para el Mundial del 78, las tomas de Milo dominando la pelota
junto a Caszely (o el correspondiente *crack* de cada país sudamericano)
se hicieron con un doble de cuerpo.

En marzo, el país se paralizó con la Copa Davis, en la cual por mila-
gro Chile le ganó a Argentina, y eso que Guillermo Vilas estaba del
lado de los transandinos. Milo auspiciaba el evento y ahí, en la tele, co-
deándose con Julio Martínez, Pedro Carcuro y Jaime Fillol, estaba mi
primo Milo, disfrazado de tenista, con raqueta Wilson, tomándose
fotos y repartiendo vasos de leche Milo helada junto a unas chicas
bronceadas enfrascadas en minifaldas verdes.

—Me la chupaban en el camarín mientras Cornejo jugaba. Yo y el
Belus Prajoux le dimos como caja a dos promotoras. Llámalo si no me
crees.

Estábamos en el cumpleaños de mi abuela y comíamos torta de merengue con lúcuma.

—A lo mejor tú me vai a cagar en inteligencia, pero yo voy a tener más plata, más minas, más amigos.

—¿Y?

—Que nunca me vas a perdonar por eso. Pase lo que pase, siempre voy a ser un ganador, no como tú.

Terremoto (*Earthquake,* USA, 1974, 123 min)
DIRIGIDA POR: Mark Robson
CON: Charlton Heston, George Kennedy,
    Geneviève Bujold
VISTA EN: 1976, cine Lido, Santiago de Chile

Una vez, en el departamente de la tía Chilaca, que estaba en el décimo
piso de un edificio de la calle Lyon, toda la familia cenaba un plato llamado lengua nogada, que yo me negué a probar, cuando se puso a temblar. A diferencia de la vez que sentimos un temblorcito en el Bristol y
la profesora de matemáticas nos hizo escondernos bajo nuestros des-
vencijados pupitres, la familia siguió conversando, comiendo sus trocitos de lengua, sorbiendo su vino. El edificio se meció de un lado a otro,
los adornos de la repisa se deslizaron un resto, la luz del centro osciló
hasta crear una pequeña brisa pero no hubo ni un atisbo de lo que podría llamarse un estado de conmoción.

Una vez que el temblor pasó, la Mariquita, la empleada de la tía
Chilaca, una viejita muy pequeña y muy canosa, que nunca usó un de-
lantal de otro color que no fuera blanco, dijo «grado tres», y luego preguntó si alguien deseaba café.

—Sabes cómo lo supo —me preguntó mi abuelo—. Mira la taza
del té.

El líquido estaba tan agitado como cuando un chico lanza una piedra a un lago en calma. Miré cómo, poco a poco, los anillos concéntri-
cos iban desapareciendo.

—Cuando los líquidos son sometidos a una vibración tal que re-
basan incluso el contenedor en que se encuentran, entonces, Beltrán,
estamos superando los ocho grados y es hora de ir pensando dónde protegerse.

Mi abuelo Teodoro no toleraba los chistes de doble sentido ni permitía que se hablara de sexo o de «cosas degeneradas» en la mesa. Aprovechaba la ocasión para enseñarme algo sobre el universo y la tierra. A
pesar de leer muchísimo, sus lecturas eran científicas o a lo más histó-

ricas. Una comida podría partir con él relatándonos la famosa anécdota de Arquímedes en la tina o narrándonos la caída de Constantinopla. Me obligaba a ver el programa educativo de Jorge Dahm donde, con la ayuda de su lápiz y su monito Roscapumpa, el tipo dibujaba momentos claves de la historia del mundo.

Con el tiempo me di cuenta de que mi abuelo prácticamente no iba al cine y que la ficción, aparte de parecerle una pérdida de tiempo, a menudo tocaba temas emocionales, algo que él prefería evitar. Es probable que las pocas películas que vio en su vida las haya visto conmigo. *Terremoto* fue una de ellas. Era inevitable. Cómo no verla, cómo no ir juntos, cómo perderse una película que parecía haber sido realizada especialmente para nosotros.

Ese año, tres meses antes, para mi cumpleaños número doce, mi abuelo Teodoro me regaló *The Book of Lists*. Era un libro inmenso, pesado, de casi quinientas páginas, y dentro encontré un sobre y un papel carta que decía:

«VALE POR DOS ENTRADAS A LA PRIMERA FUNCION DE *TERREMOTO*».

Esta no era una simple película, era un evento.

Mi obsesión con *Terremoto* comenzó por la época del estreno de *The Poseidon Adventure*, cuando Drew Wasserman nos sorprendió un día en el Seven Eleven con datos de las películas del futuro.

—Las catástrofes siguen —partió.

Lo dijo de un modo tal que parecía un informante de la CIA comunicándole a sus superiores que la ola de grupos terroristas en América Latina no va a desaparecer así como así.

—La Universal destrozará Los Ángeles y seguirá accidentando aviones. En el futuro quieren rehacer *Los pájaros*, pero con abejas.

Terremoto me iba a gustar sí o sí. Me había propuesto gozarla incluso si era mala. Pero a los dos minutos ya estaba entregado, fascinado a más no poder porque la ciudad que iba a venirse a abajo (y eso es lo que me daba nervios: que sabía lo que iba a pasar, lo que no sabía era cuándo) era Los Ángeles. Y cuando muestran la represa, y al tipo que muere ahogado dentro del ascensor después del primer temblor, supe que *Terremoto* era la recreación del sismo del 71, el de Sylmar, sólo que —era obvio— iban a aumentar la energía liberada.

En la primera parte, presentan a los personajes, entre ellos a un joven sismólogo que cree que el temblor matinal fue un anuncio e intenta convencer a su jefe de contactarse con el alcalde. Mi abuelo estaba entusiasmado. Lo estaba pasando bien, se estaba dejando llevar por la historia.

Entonces comenzó *the big one.*

Quizás mi abuelo nunca entendió lo que era el *sensurround,* quizás no leyó los artículos o no vio el *making of* que mostró María Romero en el programa *Estudio Abierto,* donde los expertos en sonido explicaban cómo reprodujeron el rugido de la tierra. Uno de ellos dijo que para sentir toda la gloria del *sensurround* era recomendable sentarse al centro del centro de la platea, que era donde estábamos.

En la pantalla, la ciudad de Los Ángeles se estaba viniendo abajo; en la platea del Lido temblaba. Parecía, al menos, que temblaba, y fuerte, siete, ocho, nueve grados. El ruido intolerable que emergía de los parlantes lograba que las butacas vibraran. Mi abuelo me agarró la mano y lo que sentí fue el mismo frío que uno siente al tomar un tarro de manjar del refrigerador.

Mi abuelo se levantó. Unos tipos le gritaron que se sentara pero él comenzó a correr hacia la salida y, al hacerlo, tropezó en la oscuridad. Intenté seguirlo. En la pantalla, las autopistas comenzaron a caer y los edificios a desplomarse. En medio del ensordecedor ruido abrí las gruesas cortinas de terciopelo y salí al *foyer,* donde vi a mi abuelo sentado en una banqueta, llorando de pánico, con un hilo de sangre bajando por su frente. Su tez se veía transparente y, por primera vez, capté lo viejo que era. Todo su cuerpo tiritaba; sus piernas saltaban de tal modo que por un instante me pareció que de verdad el suelo se estaba moviendo.

Un acomodador se acercó y le preguntó si estaba bien, que podría llamar a la posta. Mi abuelo no le respondió. Entonces el acomodador me dijo:

—En la otra función le pasó algo similar a una señora. Vamos a tener que colocar un letrero y pedirle a la Cruz Roja que tenga a alguien en todas las funciones.

No me atreví a acercarme a mi abuelo, que se tapaba los ojos con las manos. Dentro del cine, el temblor continuaba. Abrí la cortina y miré cómo la ciudad se nivelaba, cómo estallaban los incendios y se reventaban las cañerías.

—Tata, ¿por qué no paramos un taxi? Yo ya me quiero ir.

La novicia rebelde (*The Sound of Music*, USA, 1965,
  174 min)
DIRIGIDA POR: Robert Wise
CON: Julie Andrews, Christopher Plummer,
  Peggy Wood
VISTA EN: 1976, cine Santa Lucía, Santiago de Chile

Mi madre quería que yo tuviera amigos en Santiago tal como los tenía
en Encino. No es que yo no quisiera tener amigos: no los encontraba.
El principal problema era mi nuevo barrio: contaba con pocos chicos
de mi edad y cada uno iba a un colegio distinto. En Santiago vivía
menos gente que en Los Ángeles; la ciudad, además, era mucho menos
extendida. Sin embargo, para mí Santiago era la ciudad más grande del
mundo. Todo quedaba lejos. El barrio no era suficiente, era necesario ir
más allá.

Pero uno no puede echarle siempre la culpa al empedrado, aunque
la tentación nunca desaparece del todo. Había dominado el castellano,
pero aún no me sentía parte, ni menos bienvenido. Yo ya no era yo y el
nuevo yo que era al parecer no necesitaba gente a su alrededor. No deseaba sentirme parte porque tampoco iba a estar mucho tiempo. Chile
era un lugar de tránsito, un sitio de paso, una experiencia que el día de
mañana fascinaría a mis colegas de Caltech. Mi padre no se sentía a
gusto; no era necesario ser adivino para captar las señales y oler su
arrepentimiento. Cada día iba desapareciendo dentro de su cuerpo,
hasta que fue incapaz de comunicarse no sólo conmigo sino con el
mundo entero. Mi padre, no cabía duda, se quería volver. Y cuando lo
hiciera, pensé, me podría llevar de vuelta, aunque eso implicara dejar al
resto de la familia atrás.

Después del suicidio de Sebastián Germaine, el chico del pingüino, el único tipo del barrio que, por edad al menos, podría ser
amigo mío era Remigio Echaurren Stevens, que vivía al frente. Tenía
exactamente mi edad, era gordito y bajo y usaba anteojos. Pero me
negué en forma rotunda a establecer lazos por temor a parecerme a

él. Mi hermana ya había mutado en una chilena del Saint Luke's; no quería correr ese riesgo. La gente termina pareciéndose a sus amigos, por lo que es clave elegirlos bien. Es probable que Remigio Echaurren fuera un buen tipo, aunque nunca pude averiguarlo del todo. No teníamos mucho en común y, a medida que fui conociendo su particular familia, tampoco quería que nos uniera algo más que la calle en la que vivíamos, que, por lo demás, llevaba el nombre de su abuelo, uno de los fundadores del recién demolido Hospital San Borja.

El padre de Remigio Echaurren era un ex diputado del Partido Nacional que estaba por cumplir ochenta años y prestaba asesoría legal a la gente sin recursos, lo que nos parecía insólito puesto que ellos tenían cero recursos a excepción de la deteriorada casona y una vieja camioneta que se parecía a la que tenían los Waltons en la tele. En realidad, todo en esa casa era como en *Los Waltons*. No tenían tele y utilizaban papel de diario en vez de papel higiénico. Cada dos semanas, los parientes del viejo les enviaban bolsas de frutas y verduras del fundo de sus parientes en Nancagua. Constanza Stevens, la madre de esta prole, que era bastante menor que el viejo, iba a misa todos los días con tres o cuatro de sus once hijos. Debido a la edad del patriarca, la familia Echaurren Stevens no era del todo sana. Todos los hijos sufrían algún mal: uno era sordo, dos padecían algún grado de retardo, tres eran diabéticos, uno era ciego, dos obesos y la mayor tenía un problema en las caderas, por lo que cuando caminaba daba la impresión de que, en cualquier instante, su cuerpo entero se desplomaría. Remigio, dentro de todo, era el más sano de sus hermanos, hasta que un par de años después, cuando se trasladaron a vivir al campo, quedó claro que ya no seguiría creciendo. Se quedó en el metro cuarenta y nueve y se llenó de pelos.

La primera vez que vi *La novicia rebelde* fue en un elegante cine de Beverly Hills con mis abuelos Soler. La segunda vez fue en el cine Santa Lucía, en una función de matiné dominical, con mi abuela Guillermina y la tía Chilaca. Para nuestra sorpresa, nos encontramos con toda la familia Echaurren Stevens, que ocupaban una fila entera.

—Es la única película que han visto los niños —le confidenció la madre de Remigio a mi abuela.

La cinta me pareció aún más relamida de lo que la recordaba, y «para niñas en el día de su cumpleaños». Lo que nunca me imaginé fue que los Echaurren Stevens se supieran las canciones de memoria (en un inglés que no era sino una aproximación fonética). De improviso, se largaron a cantar.

—Disculpen —dijo la señora Stevens durante el intermedio—. Es que estamos ensayando para la televisión.

Un par de semanas después, despertamos una mañana al son de «My Favorite Things», seguido de «Edelweiss». Otro domingo, mientras la Betsabé tostaba el pan, abrimos las ventanas para que entrara el sonido de «Climb Every Mountain». Eran los Echaurren Stevens y, al escucharlos, uno podía jurar que se trataba de ángeles anglosajones. No había nada que cuestionar: cantaban como si todos fueran sanos y creyeran en tiempos mejores.

El programa para el cual estaban ensayando era del Canal 13 y lo exhibían los domingos en la tarde, cuando ya estaba oscuro. Se llamaba *Fa–Mi–La en Familia* y, según me enteré después, era un programa «recomendado» por los cerebros del régimen militar para apoyar a la familia «que es el sostén y la piedra angular de este gobierno», como una vez comentó Raúl Sáenz Villalba antes de ser nombrado alcalde.

Los Echaurren llegaron al Canal 13 y se presentaron ante Benjamín Mackenna, el animador del programa, que también era el líder de Los Huasos Quincheros, un grupo de *cowboys* criollos que admiraban las viejas tradiciones y la labor del general Pinochet. Dos familias competían por programa y luego los preseleccionados competían entre sí hasta llegar a la final. Para nuestra sopresa, los Echaurren arrasaron, desbancando a cuanta familia cantora se puso por delante; cuando vieron que ya no podían continuar con *La novicia rebelde*, cambiaron su repertorio a los temas de *La pérgola de flores* y el público y el jurado se rindieron a sus pies.

La tesis del programa sin duda era fascista, pero lo más probable es que también fuese cierta: «La familia que canta unida se mantiene unida». Nostros éramos sanos y no estábamos tan mal económicamente, pero quizás el hecho de que tuviéramos mala voz, de que nunca fuimos capaces de entrar en armonía, nos condenó. Vimos el programa en silencio y, una vez que los Echaurren ganaron, mi padre se subió al BMW y salió a dar un paseo. Llegó, me acuerdo, pasadas las tres de la mañana.

Fuga en el siglo veintitrés (*Logan's Run,* USA, 1976,
120 min)
DIRIGIDA POR: Michael Anderson
CON: Michael York, Jenny Agutter, Farrah Fawcett,
Peter Ustinov
VISTA EN: 1977, cine Olimpo, Viña del Mar

El verano del 77 había más dinero y las cosas parecían marchar bien.
Estábamos acostumbrándonos. Mi madre parecía que nunca hubiera
partido de Chile y le dio la espalda a todo lo remotamente norteamericano. Los negocios de mi padre con sus socios fructiferaban y ya no
era víctima de súbitos dolores de cabeza que lo hacían vomitar, hundir
su cabeza en lavamanos atestados de hielo o pegarse contra el muro
(una vez se pegó tan fuerte que lo dejó manchado de sangre). Tampoco
se escapaba por ahí sin aviso. Los fines de semana hacíamos paseos en
el BMW a lugares cercanos. Santiago no era Encino, pero tampoco era
el infierno. Todos estaban bien, yo no podía hacer el ridículo y desen-
tonar.

Mi primer año en el McArthur —séptimo— había terminado sin
novedad: no era presidente de curso, pero estaba lejos de ser el más
odiado. De alguna manera me las había arreglado para que mi anonimato tuviera una cierta dignidad.

Mi madre decidió arrendar un departamento en Viña del Mar en
vez de en un balneario pequeño y familiar, porque ese enero recibi-
mos la visita de mis abuelos Soler desde California. A ellos les conve-
nía estar en la Ciudad Jardín porque ahí veraneaban muchos de sus
viejos conocidos, a los que no habían visto en más de una docena
de años.

Ese verano yo tenía una preocupación nueva: la pubertad me había
llegado de sorpresa, sin aviso. Mis padres no me explicaron nada y
como no tenía amigos entendí poco. No estaba entre mis metas ni me
sentía del todo preparado para ser un adolescente como aquellos de las
películas, que gritaban, bailaban y fornicaban al son del rock and roll.

No me veía arriba de una moto o surfeando olas. Yo no era Milo, no necesitaba ser grande. ¿O sí? Para mí, adolescencia implicaba acceder a chicas como Federica Montt, pero estaba claro —muy claro—que chicas como Federica Montt no se iban a fijar en tipos como yo. Menos si seguía regordete y bajo. Mi impresión era que el mundo adolescente era sólo para aquellos que eran o muy valientes o muy fuertes; yo no me sentía ni una cosa ni la otra.

Mis abuelos arribaron directamente del aeropuerto al departamento que arrendamos en la calle cinco Norte de Viña, sin pasar por Santiago. Cuando entraron, yo no podía creer lo gringos que eran. No podía entender si estaban disfrazados o si habían planeado llegar con esas tenidas. Sus trajes celebraban el verano; rosa ella, amarillo claro él. Ambos, además, lucían sendos sombreros de paja. Mi abuelo parecía más flaco y más viejo y, cuando tosía, uno podía escuchar las decenas de miles de cajetillas de cigarros que alguna vez había fumado.

Mi abuelo paterno ya no andaba con una cámara de 8mm sino con una máquina fotográfica. Fuimos todos en tren a Valparaíso y nos tomamos una foto frente a la estatua de Arturo Prat y otra en el muelle donde estaba anclado el buque escuela *Esmeralda*. Mi madre comentó que Valparaíso era como San Francisco, por los cerros y las pendientes, y mi abuelo dijo que Valparaíso le parecía mucho más feo, pobre, dilapidado y peligroso.

Entre las cosas que me trajeron mis abuelos de California, sobresalieron un reloj Seiko que era amarillo dorado por dentro y tenía cronómetro, un chaquetón de cotelé verde botella con chiporro marca Levi's (en Chile sólo existía la marca Robert Lewis, que hacía casi todo en piel de durazno) y un póster de Farrah Fawcett que me envió mi tío Javi. Pero el mayor y el más inesperado de los regalos fue una invitación a acompañarlos a Buenos Aires y Montevideo para mi cumpleaños número trece. Mi abuelo Juan quería recorrer la ciudad donde nació y vivió sus primeros años. No conocía a nadie, era cierto, pero al menos podía conectarse más facilmente a sus recuerdos si caminaba por donde alguna vez caminó.

Convencí a mis abuelos para que me llevaran al cine a ver *Fuga en el siglo veintitrés*, en la cual actuaba, según los avisos del diario, la propia Farrah Fawcett. Ellos querían ir a ver algo llamado *Érase una vez en Hollywood*, que era una recopilación de escenas de musicales, pero los convencí de que esta cinta era con subtítulos. Mi abuela accedió. El verdadero motivo, sin embargo, era que la cinta era para mayores de catorce y si yo ingresaba hablando inglés, con esta pareja evidentemente gringa, no me dirían nada. En efecto, entramos a la función de vermut del cine Olimpo sin que el tipo que cortaba los boletos me mirara siquiera.

A pesar de los colores de los trajes futuristas, la película no era muy alegre. En una ciudad cubierta, la gente del siglo veintitrés no hace otra cosa que bailar y tener sexo. Como alimento comen plancton y algas, algo así como el krill que los militares querían que los chilenos comiéramos porque el mar austral estaba lleno de esos bichos. Son todos bellos y jóvenes. En rigor, muy jóvenes. No hay viejos. Nadie cumple treinta años. El día en que cada uno de los habitantes llega a la treintena debe subirse a un carrusel que, supuestamente, los hace renacer. Claro, no es así: tal como en *Soylent Green*, los matan. Michael York tiene veintinueve años y decide huir junto a Jenny Agutter, que sale desnuda, y no Farrah Fawcett, que apenas aparece pero que igual me dejó impactado con su pelo y sus dientes.

A la salida, mi abuelo Soler estaba tenso y, si yo hubiera sido más perspicaz, le hubiera dado las gracias y el camino a casa hubiera sido en el más completo de los silencios. Pero no.

—Increíble, buenísima, mejor que *El planeta de los simios* —partí. Nunca la había visto, pero me sabía el final por Drew Wasserman, y el final de *Fuga en el siglo veintitrés*, con Washington D.C. destruido, me pareció similar.

—Puta la huevada buena; las cagó —agregué, intentando decirlo con la entonción adolescente de mis supuesta generación.

—Te ruego no hablar como estibador frente a tu abuela, Beltrán. En mi época los muchachos no eran tan soeces. Me parece indigno que alguien que lleve mi apellido hable con groserías. ¿Eso es lo que te enseñan en el colegio?

Seguí caminando y no pude dejar de responderle:

—No, en el colegio no, pero en el patio, sí. Todos aquí hablan con garabatos. Se dice mucho la palabra «huevón». Se usa como comodín, puede utilizarse para casi cualquier cosa.

—Me cuesta creerte, Beltrán. Lo siento. Dudo que todos hablen así.

—Hasta mi madre dice «huevón».

—Entonces tu madre es una rota.

No supe cómo reaccionar. Quizás por miedo, por pánico o por querer viajar en 747, no dije nada, aunque sentí cómo mi sangre hirvió y tuve que tragarme todo lo que sentía mientras caminábamos los tres por la calle Libertad, en el más estricto de los silencios.

A medida que pasaron los días comencé a sospechar que la única razón por la cual mis abuelos paternos pasaron por Chile era porque quedaba en el camino a Uruguay. Mi abuelo Soler se dedicó sistemáticamente a reclamar y a encontrar que Chile era un sitio inferior a California. Reclamó que la televisión no fuera a color y opinó —con razón, es cierto—que Pinochet era «un huaso ladino y un asesino».

Para el festival de Viña de 1977 ya estábamos de vuelta en Santiago. Tres días después partíamos a Buenos Aires. Lo que más me entusiasmaba era la posibilidad de viajar en el 747 de la Air France, que era la única línea aérea que volaba a Chile con un Jumbo. Yo ya había visto *Aeropuerto 1975* y desde entonces soñaba con estar en uno.

Estábamos todos reunidos frente al televisor, comiendo sandía. En esa época todo el país veía el Festival de la Canción de Viña y no verlo en grupo, con toda la familia, equivalía a no verlo. Uruguay ese año estaba en competencia con una canción que no soy capaz de retener. Chile, como siempre, por ser país local, se presentaba con tres canciones, aunque sólo una podía pasar a la final. La mejor de las chilenas era «Brevemente gente» compuesta e interpretada por Florcita Motuda, un excéntrico que subió al escenario con antifaz, un traje de buzo amarillo y una abrigo que parecía hecho de tallarines. Nunca nadie había siquiera pensado vestirse así en la historia de Chile. El shock fue general, partiendo por mi abuelo Soler, que no sólo lo tildó de «payaso» sino de «figurón e imbécil». Su canción, que arrasó entre los niños y los jóvenes de todo el país, la consideró «una bazofia». Yo callé porque estaba claro que, con toda la controversia, Florcita Motuda pasaría a la siguiente fase. No fue así: Luz Eliana fue la elegida, con un tema compuesto pensando en la galería. Insólitamente, el Uruguay pasó a la se-mifinal, lo que hizo que mi abuelo saltara de su asiento, aplaudiera y besara a mi abuela.

—Sólo le gusta porque es uruguaya —le dije.

Tanto mi padre como mi madre dejaron sus platos de sandía sobre la mesa y me miraron.

—Le apuesto que si esa canción fuera coreana o boliviana, la en-contraría mala. Si esa canción fuera chilena, seguro que diría que es un asco. Y tendría razón: es un asco, pero usted encuentra que todo lo chi-leno es asqueroso cuando la verdad de las cosas es que lo único asque-roso es Uruguay.

Mi abuelo intentó pegarme, pero mis reflejos fueran más rápidos.

—Cuidado, viejo de mierda, cuidado —le grité antes de lanzarle mi sandía arriba de sus pantalones verde agua—. Dígame ahora que hablo como roto tal como la rota de mi madre.

No fui a Uruguay ni a Buenos Aires. Mi abuelo hizo tiras el pasaje y no se despidió de mí, y mi abuela lloró mucho y sólo pudo decirme: «Es mi marido, ñato, tengo que estar a su lado».

Mi padre no me castigó y mi madre se enteró de todo y no lo reci-bió de vuelta. En Montevideo enmendaron sus pasajes para quedarse sólo un par de horas en el aeropuerto de Santiago antes de embarcarse a Los Ángeles. Nunca volví a ver a mi abuelo; nunca me escribió, nunca más supe de él hasta que me avisaron que murió y tuve que con-trolar mi deseo de salir a celebrar.

Aeropuerto '77 (Airport '77, USA 1974, 114 min)
DIRIGIDA POR: Jerry Jameson
CON: Jack Lemmon, Brenda Vaccaro, James Stewart,
   Joseph Cotten
VISTA EN: 1977, cine Metro, Santiago de Chile

Conocí a Zacarías Enisman durante un ensayo de la recién lanzada Operación DEYSE. Yo al principio entendí *Daisy*, como la novia del Pato Donald, pero al ser nombrado monitor, encargado de la seguridad de mis compañeros del octavo A en caso de una emergencia, sobre todo de un terremoto, tuve que deconstruir la sigla y entendí que Operación DEYSE significaba «Operación de Evacuación y Seguridad Escolar». No cabía duda de que los hombres de Pinochet veían *SWAT* en TVN.

Nunca entendí por qué los administrativos del McArthur consideraron que yo podría hacerme respetar en medio de un incendio o de un cataclismo, pero el nombramiento era una especie de honor y lo acepté. Mi rol era vigilar la evacuación rápida y segura desde «el aula de clases a un patio descubierto». Si algún compañero se atrasaba o afectaba «el rápido desplazamiento del grupo», el reto me llegaría a mí. Luego, con los años, comprendí que ésa era la manera en que una dictadura podía estar presente en todas partes: reclutando a los débiles, a los que no se sentían parte, y otorgándoles poder y responsabilidad. Por suerte tenía trece y no diecinueve. La Operación DEYSE, con toda su pátina militar, no era la CNI, así que mi culpa no es tan grande.

Zacarías Enisman, que era del octavo B, venía llegando de México y Puerto Rico y tenía una calculadora Texas Instruments que le había costado una fortuna. Tenía el pelo crespo y los cachetes rellenos, como si siempre estuviera comiendo un trozo de queque. Zacarías Enisman no tenía claro si deseaba ser ingeniero hidráulico o ingeniero mecánico, pero sabía que deseaba ser ingeniero. Con él se podía hablar de física, de geología y, luego lo supe, de películas de catástrofes. Competíamos para ver quién sacaba mejores notas en matemáticas.

Zacarías era, además de brillante, mateo. Manuela lo consideraba un ganso.

El colegio McArthur era bastante *ganso* en sí, y se caracterizaba por no existir en el inconsciente colectivo del resto de los santiaguinos. No era un colegio famoso, no era de curas, no era fiscal, no formaba presidentes de la República ni maleantes, no ganaba campeonatos de ningún tipo. El McArthur era «recientemente mixto», por lo que la proporción era de 80/20. Además, casi todas mis compañeras eran poco agraciadas, con la excepción de Viviana Oporto, que era bajita pero llena de curvas y sus dos párpados, siempre abajo y siempre pintados de violeta, parecían tener personalidad propia. Como había tan pocas mujeres, no había gran competencia entre ellas, por lo que, en vez de intentar parecerse a la más estupenda y popular del colegio, en el McArthur las chicas intentaban parecerse al tipo más célebre de mi grado: Mardoqueo Sotoluque. Mardoqueo usaba anteojos y tenía un problema de acné; en vez de bolsón de cuero utilizaba un maletín Samsonite que a alguien se le ocurrió insistir con que se llamaba James Bond.

La mayoría de los alumnos del McArthur no era estrictamente inmigrantes (excepto Kenzo Nobutami, cuyo padre instaló el primer restorán japonés) sino hijos o nietos de inmigrantes, lo que, en ese tiempo, al menos desde la óptica del Saint Luke's o el Andover, equivalía a ser de otro planeta. Casi todos en el colegio pertencían a «una colonia». Muchos de ellos, además, aunque no todos, eran socios o tenían primos que eran socios de un estadio deportivo que llevaba el nombre de su lugar de origen: Estadio Sirio, Estadio Palestino, Estadio Israelita, Estadio Yugoslavo, Stadio Italiano.

Quizás porque entendían lo que implicaba ser un *outsider*, en el McArthur ningún alumno tenía sobrenombre. A diferencia del Bristol, yo era Soler. Nada de Beltrán, simplemente Soler. Lo mismo las mujeres: nada de Laura, Rosa, Gaby, Irene o Claudia, sino Ramírez, Haddad, Zunino, Balic o Zimmerman. La única chica de todo el colegio que tenía nombre de mujer era Viviana, aunque ella siempre fue Viviana Oporto.

Enisman empezó a ir a mi casa y llevaba mapas de la National

Geographic; con un lápiz de grafito trazábamos fallas imaginarias. Zacarías me invitó a su Bar Mitzvá y me acuerdo de que me llamó la atención la poca gente que fue y me alegré de no tener que celebrar algo así.

Una vez, por teléfono, le dije, sin querer, «Zack».

—Es Zacarías y viene del Antiguo Testamento; te ruego que no me confundas con un campeón de bicicross o alguno de tus viejos amigos californianos.

Aeropuerto 1975 la vi en 1976 con mi abuelo Teodoro en el cine Oriente, y me pareció una de las mejores películas de todos los tiempos. La vi un mes después del desastre de las islas Canarias donde dos Jumbos, uno de la PanAm, el otro de KLM, chocaron en la pista. Lo mostrado en pantalla, por lo tanto, cobraba una urgencia mayor.

«Algo nos ha golpeado... la tripulación ha muerto... por favor, ayúdenos!» decía el afiche. Lo que había golpeado al 747, justo en la cabina del segundo piso, era una avioneta, y la que tiene que mantener el avión estable hasta que Charlton Heston ingresa a través de un cable, es la azafata.

Una vez en el patio vi que Zacarías Enisman estaba mirando una caja con un avión dibujado en la tapa. Me acerqué y vi que era un modelo para armar, como los que vendían en Hobbielandia. El padre de Zacarías viajaba muchísimo y le compró el avión a bordo de Quantas. Me invitó a su casa (el departamento me pareció espectacular) a armar el avión y, mientras lo armábamos, surgió el tema de *Aeropuerto 1975*, e incluso la primera *Aeropuerto*, con Jacqueline Bisset, que él había visto en México («en el D.F. vi de todo, todas las para mayores; vivíamos al lado de dos cines y les daba dinero extra a los encargados para entrar; acá veo las que son para mayores de 18 ó de 21 en Papudo»).

Zacarías Enisman quería las mismas películas que yo: *Terremoto*, *The Poseidon Adventure*, *Westworld*. Zacarías, además, había visto películas que yo jamás hubiera podido ver: *El exorcista*, *Rollerball*, *Kansas City Bomber* y *Cabaret* («un filme que todo judío debe ver»). Zacarías Enisman era mateo y no un campeón de atletismo y le interesaba la ciencia, los aviones y había visto más películas que yo. Me pareció el amigo ideal y, para ese momento, sin duda que lo fue. Con Zacarías nos fuimos caminando del colegio al centro para ver, de uniforme, a las cinco de la tarde, el mismo viernes que se estrenó, *Aeropuerto '77* («fíjate, es '77, no 1977»).

Lo mejor de *Aeropuerto '77* es la parte submarina. El 747 privado de James Stewart cae en el triángulo de las Bermudas al chocar con unas torres petroleras. Esa secuencia es una de las mejores. La razón del accidente es simple: el avión lleva importantes piezas de arte y unos ladrones intentan secuestrarlo para apoderarse de esas obras. Pero todo sale mal y el 747 cae al mar, pero no tan al fondo, porque hay un arenal. El avión no estalla y está bajo el mar, con aire, y hay que escapar. Pero cómo. Jack Lemmon, que es el capitán, debe buscar un modo antes de que el mar ingrese del todo a la nave.

—Con esa cantidad de aire dentro, y asumiendo que la presión no hubiera aplastado la estructura, el avión debería flotar a la superficie —comentó Zacarías.

Ambos coincidimos en que el hecho de que *Aeropuerto '77* se estrenara en Chile durante 1977 era algo así como una prueba de ultramodernidad («algún día llegarán con dos o tres semanas de atraso, como en Puerto Rico»). La película nos gustó tanto que nos quedamos al rotativo y la volvimos a ver. La segunda vez nos pareció mejor que la primera.

Abismo (*The Deep*, USA, 1977, 123 min)
DIRIGIDA POR: Peter Yates
CON: Nick Nolte, Jacqueline Bisset, Robert Shaw,
    Louis Gosset Jr.
VISTA EN: 1977, cine Las Condes, Santiago de Chile

Según un libro sobre la pubertad que alcancé a hojear en la biblioteca del colegio antes de que me lo quitaran «por degenerado», debía crecer varios centímetros por año, pero no sucedía nada. Seguía bajo, petiso, chato. Quizás era la leche chilena o esas hallullas que no contenían las mismas vitaminas que el pan Wonder. Estaba detenido en el metro cincuenta y dos. Pensé: Remigio Echaurren, chico, gordo y peludo. Mi futuro no se veía bien.

Esto de los pelos no me entusiasmaba demasiado y, para peor, no entendía su utilidad. Tampoco me quedaba claro cuándo me iba a salir semen. Tomaba y tomaba tarros de leche condensada para apurar el proceso. Las veces que veía a Milo éste no dejaba de preguntarme:

—Y, ¿ya te sale chuño? Puta, huevón, estoy hecho un adicto. Me amo demasiado, soy demasiado rico. No paro de pajearme todo el día.

En el McArthur, un profesor con cara de topo, que sudaba como pederasta, nos hizo un par de clases. Expulsó a las alumnas, incluyendo a Viviana Oporto, y sacó de su maletín James Bond unas fotos de penes «pringados», lo que hizo que Renzo Zunino saliera rumbo al baño con el desayuno de la mañana. Luego se refociló con detalles tan explícitos como innecesarios:

—Primero les tienen que meter el dedo, cabros, para ver si están listas.

A la tercera clase, cuando empezó a contarnos de sus experiencias con la tía Carlina y de «cómo distinguir si una mina tiene penca», me quedó claro que, tal como lo había establecido al inicio de la clase Zacarías Enisman, lo suyo era «la coprolalia» y no quedaba otra que reportarlo al Ministerio de Educación, algo que por cierto nunca hicimos. Terminamos el curso entendiendo menos de lo poco que sabíamos al comienzo.

Dentro de toda la confusión, lo que más me confundía era por qué mis padres se habían saltado eso de explicarme todo aquello que deseaba saber sobre sexo pero no me atrevía a preguntar. El padre de Enisman, en cambio, le dio una larga charla y al final lo bendijo en hebreo y se emocionó porque ahora había un hombre en casa. Yo sentía que, al crecer, de alguna manera quebraba una ley secreta pero no por eso menos severa: el que madura no será bienvenido. No entendía. ¿Acaso era mi culpa? Y si mi padre era adicto al sexo de extramuros, entonces qué le costaba pasarme algunos datos. A mi abuelo Teodoro, un hombre de ciencia, no me atrevía siquiera a mencionarle el tema, por pánico a que me expulsara de su mundo y me cerrara las puertas de la Facultad de Ingeniería.

El 25 de diciembre de 1977, después de celebrar la Navidad y sonreír antes mis aburridos regalos (¿por qué los presentes de un niño son mejores que los de un adolescente?), llegaron algunos amigos de mis padres a pasar la tarde en nuestra piscina, que ya estaba funcionando qué rato aunque, por no contar con filtro, era necesario vaciarla cada tres semanas. Mi abuelo Teodoro le insistió a mi padre, además, que la piscina debería permanecer siempre llena como prevención en caso de un terremoto.

—Un sismo fuerte puede trizar una piscina vacía.

La idea de quedarme en la piscina con adultos que no me interesaban y con niños chicos que no sabían de otra cosa que salpicar y chillar no me pareció el mejor de los panoramas. Quizás en eso consistía ser adolescente: por un lado me dolía sentirlos a todos tan lejanos pero, por otro, el que más se alejaba era yo. Necesitaba escapar pero no tenía con quién ni hacia dónde. El único consuelo era ir al cine con Zacarías Enisman. Sabía que no tendría nada que hacer puesto que no celebraba la Navidad. Le propuse ir, en medio del calor, a ver *Abismo*, que se estrenaba ese mismo día. Me dijo que sí, por supuesto.

El Las Condes estaba tres cuartos lleno. Nos sentamos a esperar la función y traté de no mirar las parejas de tipos de catorce abrazando a chicas de trece. Antes de que apagaran las luces, vimos que Viviana

Oporto se levantaba de una fila que estaba mucho más adelante. Sin decirnos nada, la miramos intentar llegar hasta el pasillo; nos imaginamos cómo sus cortas pero suaves y torneadas piernas descubiertas rozaban a los tipos que habían tenido la fortuna de sentarse en esa fila. Una vez en el pasillo, comenzó a caminar, muy lento, quizás en cámara lenta, así al menos la vimos, en cámara lenta, subiendo desde las oscuras profundidades del cine Las Condes hasta el luminoso *foyer* calcinado por el sol de diciembre. Antes de desaparecer, se percató de que la mirábamos y nos sonrió.

Viviana Oporto lucía una apretadísima polera blanca que tenía estampado sobre sus dos pechos el logo de Jordache y un short rosado, como de toalla, pero *stretch*. No veíamos a Viviana Oporto desde hacía tres semanas, pero tres semanas de verano cambian a una mujer mucho más que a un tipo y esas tres semanas parecían tres años. Ya no era bonita, ahora era francamente exquisita.

Zacarías Enisman estaba enamorado de Viviana Oporto desde el primer día en que la vio y, como él era bueno para las matemáticas, y ella mala, se ofreció a enseñarle; aunque, al final de una clase en el living del departamento de Zacarías, Viviana le dijo que las notas no eran tan importantes para ella. «Hay otras cosas que me interesan más», le confesó, pero no le explicó cuáles eran aunque sospechábamos que tenía que ver con el sexo al cual pertenecíamos pero no con nosotros.

—Con los años —me dijo Zacarías— captará que un hombre no es puro músculo, belleza y pasos de baile; años después, cuando esté pobre y separada, me verá a mí en el Metro y pensará que se equivocó.

La luz se apagó y, justo sobre los créditos de *Abismo*, vimos a Viviana Oporto volver a la sala y su polera seca se confundió con la polera mojada que se le pegaba a los inmensos y durísimos pezones de Jacqueline Bisset.

—¿Estará muy fría el agua o crees que está excitada? —me preguntó Zacarías y no supe qué contestarle.

—Yo creo que se trata de una reacción física. El frío endurece los pezones y, en los hombres, contrae los genitales.

Jacqueline Bisset nadaba por las profundidades del Caribe con esa polera y, una vez que Viviana Oporto se sentó, algo la atrapó bajo el mar. No estaba claro qué. Jacqueline Bisset, con su estanque de aire, su máscara y su polera mojada, luchaba y gritaba en el fondo del mar, pero en vez de asustarnos, de estar preocupados por la trama, sólo podíamos —sólo podía— fijarnos en sus pezones.

Del resto de la cinta casi no me acuerdo. Hay mucho mar y tesoros escondidos y gente que no quiere que la Bisset y Nick Nolte sigan bajando ni van a tolerar que se queden con las riquezas que encontraron. Algo así. Lo único que importaba de *Abismo* era Jacqueline Bisset y la imagen de ella nadando con esa polera y el tema de Donna Summer de fondo, con quejidos y todo.

A la salida hice lo posible por toparnos con Viviana Oporto aunque Zacarías no quería saludarla por la manera en que finiquitó sus clases de matemáticas. Enisman reclamó que *Abismo* había sido adaptada a partir de una novela de Peter Benchley, el mismo de *Tiburón*, pero no tenían nada que ver; ni siquiera la presencia de Robert Shaw servía de algo.

—Es una manera para despistar al espectador y hacerlo caer en la trampa —opinó Zacarías.

Viviana terminó por acercarse y nos saludó a los dos con besos en ambas mejillas y nos dijo que así se besaba en España, que una prima de ella venía llegando de unas playas nudistas de la Costa del Sol. De inmediato sentí una erección y creo que Viviana Oporto se dio cuenta y lo miró. Viviana Oporto andaba con su madre, quien, a diferencia de su hija, era espigada y eterna. Parecía muy joven, con unos jeans blancos dos tallas menor y una delgada camisa de hombre amarrada que dejaba al descubierto un vientre quizás demasiado liso y bronceado. La madre de Viviana, tal como Jacqueline Bisset, no andaba con sostén y no podía dejar de fijarme cómo se le notaba todo.

—Podrían pasar por la casa y bañarse en la piscina, niños. Tengo litros de pisco sour que me sobró —nos propuso.

Yo le respondí que no andábamos con traje de baño.

—Ay, lindo, crees que no he visto hombres en calzoncillos en mi vida —me dijo, y yo creí que me iba a desmayar de calentura y nervios.

Estas cosas, pensé, no pasan en la realidad. Y, en efecto, no pasó nada. Zacarías Enisman dijo que teníamos otro compromiso y que quizás Viviana podría llamarnos para ir al Bowling o alguna actividad más acorde con su edad. Zacarías no cumplía catorce pero actuaba como un hombre de cuarenta y cinco. Zacarías, en rigor, pensaba como su padre. En la micro a casa me dijo:

—Ahora entiendo por qué Viviana Oporto es como es. Ahora, más que desear besarla, me gustaría poder ayudarla.

Esa noche hacía mucho calor y la televisión (tenía un Antú en blanco y negro) ya había dejado de transmitir. No podía dormir y bajé a la cocina a tomarme el resto de un ponche que había preparado mi padre para sus visitas. Mientras lo tomaba pensé en la madre de Viviana, en Viviana y en Jacqueline Bisset. Miré por la ventana y pensé en bañarme en la piscina, el agua seguramente estaba tibia, pero la Betsabé y su hija roncaban en la pieza del lado.

Volví a mi pieza y, algo borracho, transpirando, me saqué mi pijama de verano Caffarena y comencé a tocarme. De inmediato mis propios pezones se endurecieron. Hasta entonces me había tocado muchas veces y había jugueteado con mis erecciones hasta que me aburría. Pero esa noche fue distinta. No paraba de sudar y sentía que mi corazón metía tanto ruido que me tapé con la almohada para que no se escuchara. Era como si mi cuerpo hubiera cobrado vida propia. Cada instante me parecía que estaba más duro y más sensible y mi mente daba vueltas, Jacqueline Bisset, Jacqueline Bisset, poleras, agua, pezones, la piel tirante y bronceada de Viviana, Jacqueline Bisset y de pronto fue como si me pegaran, sentí que desaparecí, que me había dado la corriente; sin aviso, sin estar preparado, tuve la sensación de que me orinaba pero no era orina, salía y salía disparado, con fuerza, y al no estar listo, al no saber lo que me esperaba, no tenía ni papel confort ni un calcetín, nada, todo saltó arriba de mí, y era tibio y viscoso y muy, muy mojado, y ahora estaba ahí, arriba, pero también sobre el parquet, absorbiéndose en la sábana. Me bajó el pánico, miedo de que se dieran cuenta; quería limpiar mis rastros pero tampoco podía, era como si flotara en el espacio, en el agua, en el Caribe, allá abajo en el abismo.

Así estuve como media hora, agotado, intentando recuperarme de lo que me acababa de pasar. Finalmente partí al baño en silencio;

mientras caminaba sentí el líquido bajar por mi pierna. Cerré la puerta y comencé a tomar agua. Bebí y bebí, como después de terminar el test de Cooper. Me miré al espejo en la oscuridad. Quizás no era tan tremendo ser adolescente, pensé, y luego me sorprendí sonriéndome en el espejo.

Extraño presentimiento (*Carrie,* USA, 1976,
    98 min)
DIRIGIDA POR: Brian De Palma
CON: Sissy Spacek, John Travolta, Piper Laurie,
    Amy Irving
VISTA EN: 1978, Papudo, Chile.

El padre de Zacarías Enisman trabajaba para la CEPAL y casi nunca estaba en el país. Ruth, la hermana mayor de Zacarías, vivía en Puerto
Rico y estaba internada en un colegio de monjas del viejo San Juan. La
vi una sola vez y me llamó la atención lo bonita y delgada que era; no
parecía la hermana de Zacarías. Le pregunté por qué vivía tan lejos y
ella me respondió:

—Porque no tolero a la vieja huevona de mi madre.

La madre de Zacarías se llamaba Rebeca y era de esas mujeres que,
sin maquillaje, pareciera que no existieran. La mujer, a la que nunca vi
sin sus inmensos anteojos oscuros, pasaba en cama, a pesar de que tenía
un Cadillac Seville en la puerta, quizás uno de los pocos Cadillacs que
había en Santiago. Como diplomático, el padre de Zacarías podía internar un auto de esas dimensiones por año y la madre le exigía que cada
doce meses le llegara uno cero kilómetros de un color distinto a la
temporada anterior. Zacarías decía que su madre sufría de depresiones,
pero la vez que la escuché insultando a su padre, gritándole «cobarde»
y «fracasado», rebuscando cada palabra para lograr que la acuchillada le
doliera lo más posible, entendí que los enfermos eran ellos, que la tole-
raban.

Los Enisman veraneaban durante las últimas semanas de diciembre
y las primeras dos de enero en el Gran Hotel de Papudo; así evitaban
celebrar Januká y el año nuevo. Zacarías podía ir a Papudo sólo durante
enero, puesto que, según me explicó él mismo:

—Ella siente que debe descansar de mí y yo de ella.

Zacarías, por lo tanto, siempre pasaba las fiestas de fin de año
solo.

—Son las mejores dos semanas del año. La nana me deja una comida especial.

La madre se arrendaba la mejor pieza y, por ser verano, pasaba menos en cama. Se levantaba después de almuerzo, salía a caminar y, después de la comida, en que se despachaba dos botellas de vino blanco extra helado, cruzaba la polvorienta plaza para ir al infecto cine de Papudo. El cine abría sus puertas cada primero de enero y exhibía dos películas por noche; la programación rotaba a diario. En dos semanas la mujer se ponía al día con la cartelera y devoraba, por lo bajo, veintiocho películas.

Tres días después de que descubrí que ya podía engendrar y dejar descendencia, Zacarías me invitó a pasar unos días en Papudo.

—Mi padre debe partir a Panamá, estoy autorizado a llegar el treinta y uno. ¿Quieres ir?

No tenía posibilidades de ir a otra parte. Mis padres ya no se hablaban y no quería estar con ellos para celebrar la llegada del 78, que, lo intuía, venía fatal. Tomamos un bus en la terminal norte, al lado de la cárcel, y no pude dejar de mirar, entre aterrado y deseoso, a las prostitutas que se asomaban por las ventanas de las terremoteadas casas de adobe del sector.

Una vez en Papudo, nos encontramos con que la madre de Zacarías tenía dolor de cabeza y no saldría de su habitación. La vieja solicitó una botella de champaña a su pieza y nos envió dinero en un sobre con el botón. Cenamos camarones y pavo en el comedor, con Ginger Ale en vez de champaña.

—Espero nunca tomar alcohol —me dijo Zacarías—. Los jóvenes que toman y se drogan terminan mal.

Yo le respondí que puede ser pero que la pasaban mejor.

—Pasarlo bien no está entre mis prioridades, Beltrán. Terminar bien sí. ¿Tú?

Después de esta cena de Año Nuevo, salimos a dar una vuelta por la playa. A las doce, frente al Pan Duro, el quiosco principal, nos saludamos de la mano.

—Feliz año, que te resulten todos tus deseos.

Luego intentamos ingresar a una discoteca a la que no nos dejaron entrar por chicos.

—Igual no hubiéramos bailado; nos ahorramos dinero y una humillación.

Estuve una semana en Papudo con Zacarías y nunca bajamos a la
playa. Dormíamos hasta mediodía, luego dábamos una vuelta, almorzábamos, jugábamos cartas y leíamos cómics antiguos. A las ocho y
media cenábamos con la madre en el comedor. La madre aprovechaba
la cena para leer sus revistas sobre el *jet–set*. Después del postre, cru-
zábamos la plaza y ella compraba las entradas. Nosotros nos sentába-
mos una fila más atrás de ella, para evitar que «quién sabe quién me
toque el pelo».

Vi muchas películas esa semana, entre ellas varias para mayores de
21 años, como *La fuga del loco y la sucia* y *Zardoz*, aunque me quedé
con las ganas de ver *La niña en el caserón solitario*, que iban a exhibir a
fin de mes. La que me gustó e impresionó y asustó fue *Extraño presentimiento*. La escena de la ducha, que parte como si se tratara de una
película porno, con todas esas chicas duchándose, de pronto se vuelve
sangrienta y atroz cuando Carrie, que es fea y no entiende nada de
nada, comienza a menstruar en la ducha. Por suerte la primera vez que
un hombre eyacula le sale semen y no sangre, pensé aliviado. Si a mí
me hubiera saltado sangre del pene por pensar en Jacqueline Bisset, seguro que yo también me vuelvo loco.

Salimos de la película con el corazón saltando y, mientras caminamos por la oscuridad de la plaza, no pude dejar de imagi-
narme que Carrie saltaría detrás de un árbol. La madre de Zacarías no
comentó nada y se me ocurrió que quizás le molestó que el personaje de la madre de Carrie se pareciera a ella. A la mañana siguiente, me quedé más tiempo de lo necesario en la ducha recordando,
justamente, la escena de la ducha. Zacarías me golpeó la puerta y me
dijo:

—Espero que no estés practicando el vicio de Onán.

La verdad es que sí estaba pensando en eso, pero aún no hacía nada
justamente porque Zacarías estaba al otro lado.

—Uno debería ser capaz de controlar sus urgencias. Si no eres capaz
de hacer eso, Beltrán, qué te quedará para más adelante.

Le respondí que no me hueveara y me masturbé lo más rápidamente posible. Cuando vi que no había ni un rastro; apague el agua y me sequé.

Esa tarde me fui a la playa sin Zacarías y, aunque ninguna chica me miró, por lo menos me volví a Santiago con algo de sol en la cara y un poco de arena en mis bastillas.

Terror en la montaña rusa (*Rollercoaster,* USA,
1977, 119 min)
DIRIGIDA POR: James Goldstone
CON: George Segal, Richard Widmark,
Timothy Bottoms
VISTA EN: 1978, cine Lido, Santiago de
Chile

La tarde de mi cumpleaños número catorce la pasé flotando arriba de un colchón inflable. Zacarías Enisman me llamó para saludarme y me preguntó si pensaba hacer una fiesta.

—¿Con quién? —le dije—. Te olvidas que no soy exactamente el tipo más popular del colegio.

—Cierto: por algo te juntas conmigo.

Zacarías propuso que fuéramos al cine. Le dije que perfecto, que lo llamaba más tarde. Mi madre llegó de la oficina y, antes de encerrarse en su pieza a llorar, me dejó una polera tipo jugador de rugby de la tienda Palta que me quedó grande.

Betsabé estaba de vacaciones en el Cuzco, alojando en el convento de unas monjas amigas de su hermana carmelita. Manuela, para variar, no estaba en casa; se encontraba en Pucón con una de sus amigas del Saint Luke's. Como regalo de cumpleaños, me envió una foto de Federica Montt en un traje de baño entero color rojo, asoleándose en la arena volcánica del lago Villarica; al lado suyo noté una pierna cubierta de pelos rubios y deduje que esa noche, 14 de febrero, día de San Valentín, Federica tendría con quién salir.

Mi hermana se transformó en tiempo récord no sólo en chilena sino en una fiel representante de la moral saintluquiana y no pude contar más con ella. Aquellos que se integran al mundo tienden a olvidarse del mundo del que vinieron. Manuela, además, le sacó partido a su pequeña pero notoria cicatriz. «Nadie nunca me va a olvidar», nos dijo una vez y tuvo razón. Sin la cicatriz, Manuela hubiera sido una chica más de la fiesta, otra niña bien proporcionada y agradable de mirar que el Saint Luke sabía fabricar en serie. La mordida del grán danés, en cambio, le dio a la cara de Manuela un sello particular e inolvidable donde adjetivos como «bonita», «amorosa» o «dije» resbalaban de su cuerpo. En el verano, cuando la piel se le bronceaba, su cicatriz cobraba aún más relieve y era justamente en esa época del año en que todos aquellos que la miraban por primera vez caían en trance con su belleza astillada.

El día de mi cumpleaños mi abuelo Teodoro pasó a saludarme y me regaló un globo terráqueo con una luz dentro que no pudimos enchufar porque necesitaba un transformador y no nos atrevimos a desenchufar el refrigerador. Mi padre apareció, y como no sabía mucho qué decirle a mi abuelo, se miraron los zapatos un rato, comentaron los incendios forestales en la Novena Región y luego mi abuelo partió rumbo a su casa. Yo estaba angustiado de que saliera el tema de que mi padre había estado preso todo un día la semana anterior por unos cheques dolosos, pero por suerte ninguno de los dos hizo mención del mal rato, aunque me pareció claro que ambos no pudieron dejar de pensar en otra cosa.

Lo de la estafa y los cheques («chirimoyos») no era culpa de mi padre, o no del todo, sino de sus socios, en especial del arribista de Alex Zampelli, que intentaba ocultar sus bajos orígenes viajando en primera y coleccionando objetos que luego no pudo pagar. Pero a la larga daba lo mismo: todo se estaba disolviendo de a poco y era cosa de tener paciencia. El desenlace estaba claro. Zampelli y los otros sobrevivirían, acaso los negocios de exportación también. Los que no íbamos a sobrevivir éramos nosotros. Mi padre, lo podía oler, ya no estaba en casa. Los avisos de Lan o de Braniff los marcaba con su lápiz Parker.

—Acuérdense de nunca vaciar esa piscina —comentó mi abuelo Teodoro antes de cerrar la puerta de entrada.

Del balcón me fijé cómo mi abuelo saludó a todos los vecinos y en ese instante se me ocurrió que ése era su barrio y que nosotros lo habíamos expulsado de su territorio.

—¿Es verdad que estás de cumpleaños? —me preguntó mi padre.

—Sí. —le dije.

Sacó dinero de su billetera y me pasó algunos billetes.

—¿Esto es suficiente?

—¿Para qué?—le respondí.

—Para lo que quieres.

—No quiero nada.

—Uno siempre quiere algo, no me hinchís las huevas.

—Quiero ir a ver *Terror en la montaña rusa*, en el Lido, en el centro, con *sensurround*.

Mi padre miró su reloj y asintió.

—¿Puedo invitar a alguien?

—¿Quién?

—Zacarías Enisman.

—¿Tiene que ser él?

—No tengo otro amigo.

Mi padre me miró con desprecio y hasta algo de fatiga.

—¿Puedo?

—¿Qué?

—¿Invitarlo?

—Sí, pero que no hable mucho.

Luego partió a hacer una llamada telefónica al ex escritorio de mi abuelo, donde casi revienta mi globo terráqueo.

Zacarías salió de su departamento recién duchado; vestía una camisa celeste con todos los botones abotonados y pantalones de vestir. Antes de subirse, miró detenidamente el BMW e incluso se dio una vuelta entera, como si fuera un inspector municipal de la dirección del tránsito.

—¿Qué le pasó, tío? ¿Chocó o lo chocaron? Por las hendiduras, tiene que haber sido al estacionar.

Mi padre no le respondió.

En el cine, mientras mi padre iba al baño, Zacarías me dijo que estaba preocupado.

—Creo que está tomando tranquilizantes. Me fijé que tiene un frasco de Valium en la guantera. No debería manejar si anda dopado. Menos tomar alcohol. ¿Lo está viendo un médico? ¿Esas pastillas son recetadas?

Terror en la montaña rusa era sobre un detective divorciado con mal genio y una vida destrozada (George Segal) que, junto con llevarse bien con su hija adolescente, debe intentar detener o descubrir a un sicópata (Timothy Bottoms) que está colocando bombas en las montañas rusas más importantes del país. Los dueños de estos parques, y el gobierno, no desean causar alarma ni cerrar estos centros en plena temporada de verano. Cada vez que una secuencia transcurría arriba de una montaña rusa, el sonido *sensurround* comenzaba a hacer de las suyas. El efecto hacía que por momentos uno sintiera que estaba arriba del carro, y bajaba y subía y daba vueltas en 360 grados y tanto yo como Zacarías nos mareamos.

—¿Te acuerdas de Pacific Ocean Park? —me dijo mi padre—. En Santa Mónica, al lado del mar. Yo una vez te subí a la montaña rusa y no paraste de gritar.

Mi padre no dejó de mirar hacia atrás durante toda la función. Finalmente dijo:

—Espérenme aquí, o a la salida; ya vuelvo, tengo un problema.

Zacarías y yo nos dimos vuelta y nos percatamos de la silueta de una mujer de pelo largo que lo esperaba al final del pasillo. Cuando se encontraron él la besó en los labios y ella le acarició el pelo.

—¿Quién es? —me preguntó Zacarías.

—Mira —le dije mirando la pantalla— eso es Magic Mountain; está como a media hora de donde yo vivía.

—Beltrán: ¿Por qué tu padre se junta con una mujer en el cine? ¿La conoces?

Le dije que no había visto nada, que quizás estaba confundido. Zacarías se levantó de su butaca y caminó hacia la salida. Yo intenté seguir mirando la película, lo hice con toda mi fuerzas, pero no pude. Salí del cine antes de que terminara la película, antes de que atraparan a Timothy Bottoms. Zacarías los miraba a través del ventanal del cine.

—Esto no me parece nada de bien. Caminaron hasta el cine Rex, compraron algo en un quiosco, cigarrillos, creo, y luego se sentaron en el auto.

El centro estaba vacío por la hora y por ser verano. El BMW estaba estacionado a media cuadra del cine, en Huérfanos, pero yo no podía divisar nada.

—Salí, pasé al lado de ellos y no te voy a decir lo que vi.

—No me interesa —le respondí.

—Deberías, Beltrán. Tienes una hermana que cuidar. Si tu padre se va con ella, el que va a tener que hacerse cargo eres tú. Deberías hablar con tu madre... No, mejor con él... si quieres te acompaño. Hazle ver que está cometiendo un error. Tu madre es una mujer extraordinaria... no entiendo cómo tu padre le puede ser infiel...

Agarré a Zacarías de la camisa y tiré de la tela con tanta fuerza que varios de sus botones saltaron sobre mi cara.

—Qué sabes tú, huevón imbécil. Nunca has besado, nunca has tirado, nunca te has casado. Quédate callado, huevón metiche. ¿Qué quieres que haga? ¿Que llame a los pacos? No hay nada que pueda hacer.

—Siempre hay algo que uno puede hacer —me dijo antes de salir del cine.

Yo lo seguí. Una brisa fresca bajó del cerro Santa Lucía y disipó el calor de la calle, impregnado de la grasa de las papas recién fritas.

—Aunque no lo creas, sé de lo que estoy hablando. Esta es tu oportunidad... si no vas a terminar como terminé yo. Hablemos con los dos. No creo que ella se sienta cómoda sabiendo que está poniendo en jaque un matrimonio.

—Huevón —le dije—. Deja de hablar como un grande. De dónde sacas esas palabras. Córtala. Tomémonos una micro y listo. Olvidemos todo esto.

Mi padre nos hizo señas con las luces pero nos quedamos ahí mudos, paralizados. Escuchamos cómo una puerta se abría y vimos a mi padre caminar hacia nosotros. Sin que él se percatara, la mujer se bajó del auto y encendió un cigarrillo en actitud de espera. Aunque estaba oscuro pude percatarme de que era atractiva y de que, bajo su polera blanca sin mangas, no llevaba sostén.

—¿Ya terminó? —me preguntó mi padre.

—Sí —le dije—. Y estaba buena. Súper bueno el final.

—No —interrumpió Zacarías—. Digo: la película estaba buena pero su actitud no nos dejó concentrarnos. Tuvimos que salirnos. ¿Sucede algo? Algo en que podamos ayudarlos. Se ve nervioso.

—¿Qué? —le preguntó mi padre.

Por la cara capté que prefirió imaginarse que Zacarías no existía y no le había dicho nada.

—Mira, Beltrán, yo tengo que... necesito arreglar un asunto con alguien de la oficina... tú sabes que las cosas ahí no han estado... Por qué no se toman un taxi, pasas a dejar a tu amigo y te regresas...?

—Claro —le dije—. Ningún problema.

—Disculpe, tío, pero creo que no merecemos este trato. Somos jóvenes pero no ciegos. ¿Por qué no nos presenta a la señorita...?

—Yo no tengo que presentarte a nadie, pendejo culeado...

—Disculpe, sé que es un tema delicado, pero ¿de verdad sabe lo que está haciendo...? Mi impresión es que no. ¿Sabe cómo le puede afectar esto a su hijo? Esto de ver a su...

Mi padre agarró a Zacarías con las dos manos y lo elevó por los cielos. Zacarías penetró por el ventanal del cine Lido, justo donde había un afiche de *Terror en la montaña rusa*. El ventanal voló en cientos de miles de pedazos y el ensordecedor ruido del *sensurround* se escapó de la sala hacia la calle como si se tratara de una bomba. Por un instante me pareció que estaba nevando. Zacarías cayó al otro lado, sus dos brazos expulsando sangre a chorros, su pelo crespo cubierto de trocitos de vidrio que titilaban bajo la luz. Si ese afiche no hubiera estado en ese preciso lugar, es probable, como lo señaló el médico, que algún trozo lo hubiera degollado. Nunca supe cómo se llamaba la mujer con que estaba mi padre, sólo que ella era más bonita y más joven de lo que la había imaginado y que, gracias a ella, a la ayuda que le brindó, Zacarías pudo salvarse.

Al final, mi madre habló con el padre de Zacarías y no hubo demanda ni acusación. Mi padre pagó con creces el ventanal del cine Lido y todos los gastos de la Clínica Santa María. *Terror en la montaña rusa* fue la última película que vi con Zacarías Enisman. Fue la última, también, que vi con mi padre.

Encuentros cercanos del Tercer Tipo (*Close Encounters of the Third Kind*, USA, 1977, 132 min)
DIRIGIDA POR: Steven Spielberg
CON: Richard Dreyfuss, François Truffaut, Melinda Dillon
VISTA EN: 1974, cine Oriente, Santiago de Chile

El año 1978 se estrenaron *La guerra de las galaxias*, *Fiebre de sábado por la noche*, *Grease*, *La espía que me amó* y *Flatfoot*, con Bud Spencer y Terence Hill. Todas las quise ver y todas las esperé ansioso. No tengo muy claro por qué, quizás por todo lo que pasó, pero lo cierto es que nunca pude verlas. A veces siento que todos las han visto y yo soy el único que no tiene opinión al respecto. Siempre surgen en temas de conversación, aparecen en crucigramas y en concursos de trivia. A veces me dan ganas de verlas, de arrendarlas (si tuviera un video, desde luego), pero luego me acuerdo de que ciertas películas sólo se pueden disfrutar a una determinada edad; después pierden su valor agregado y se revelan como lo que son: mediocres cintas para adolescentes.

Muchos insisten en que *La guerra de las galaxias* fue el hito cinematográfico de sus vidas pero, con la excepción de Zacarías Enisman, que ese año entró, con sus brazos llenos de cicatrices, a Primero Medio al Instituto Hebreo, la película–evento que todos en mi curso querían ver era *Encuentros cercanos del Tercer Tipo*.

Mi madre sacó entradas anticipadas en el cine Las Condes para la matiné del primer domingo en que se exhibía. Era julio, vacaciones de invierno, y el cerro Manquehue estaba nevado hasta las canchas del colegio Saint Luke's. Mi madre sacó cuatro entradas y las puso en un sobre que decía *3er Tipo* al lado del teléfono. Betsabé, para no ser menos, decidió llevar a la Olimpia a verla ese mismo día, pero al Windsor, en el centro.

Durante ese año pasé tan poco en la casa que los detalles se diluyen. Sé que mi padre terminó con sus socios y quedó cesante; sé que casi se fue preso de nuevo pero, al final, Alex Zampelli terminó en la cárcel de

Capuchinos y su foto apareció en *La Tercera*. Una noche a mi padre se le quedó el BMW afuera y éste fue enteramente desvalijado; los vidrios los quebraron con piedras, rajaron los neumáticos, mearon arriba de los asientos.

Ese año, además, fui aceptado —por mi estatus de gringo más que por otra cosa— para formar parte del grupo que seguía a Julio Facusse, el héroe del colegio McArthur. Ese año me tocó ir a clases en la tarde. Salíamos cuando ya estaba oscuro y, junto a una media docena de tipos, partíamos a la casa de Facusse, cerca del Estadio Nacional. Durante los dos años en que más o menos formé parte de ese cerrado círculo creo que nunca llegué a mi casa antes de las once de la noche. En la mañana despertaba después que ya todos habían partido. Me dije a mí mismo que era la mejor manera de evitar enterarme de todo aquello que igual sabía que estaba ocurriendo.

Mi padre desapareció dos días antes de la función de *Encuentros cercanos del Tercer Tipo*. Manuela preguntó dónde estaba.

—Creo que se fue a la playa —nos dijo mi madre—. Tenía que pensar.

Manuela le preguntó si había ido solo.

—Tu padre no puede estar solo.

En el cine se notaba la excitación; no éramos capaces de seguir resistiendo la espera. Todos los niños en el cine no dejaban de preguntar cuánto faltaba para que empezara. En el *foyer* nos encontramos con la tía Luisa y el tío Choclo y mis primos. Milo andaba colgado de su polola, una rubia crespa del Andover que pestañaba más veces de lo necesario. Mi tía preguntó por «Juan». Mi madre le respondió:

—Parece que está en la playa.

—Ah —le dijo mi tía—, ahora entiendo.

—No, Luisa, no entiendes absolutamente nada.

El Cine Oriente estaba repleto, desde la última fila de platea alta hasta la primera de platea baja. El único asiento vacío en todo el cine era el de mi padre. Una vez que los extraterrestres secuestran al niñito que cree que son «juguetes», perdí las esperanzas de que apareciera de improviso. Al final, Richard Dreyfuss se sube a la nave madre y abandona a sus hijos y a su mujer para irse al espacio exterior.

El cine se llenó de aplausos pero yo no pude aplaudir. «No estamos solos», decía el afiche, pero nosotros sí lo estábamos. Durante *Encuentros cercanos* empecé a creer en los ovnis y dejé de creer en la familia.

Mi padre nos abandonó —se fue— el 5 de agosto de 1978, la misma noche en que se estrenó *Fiebre de sábado por la noche*. Lo fuimos a dejar al aeropuerto, junto a unos amigos de mis padres que hasta el día de hoy no entienden por qué asistieron a algo tan privado. Quizás los invitó mi padre para no mirarnos tan de cerca. Lo curioso es que no fue una despedida trágica porque no hubo despedida. Mi padre le dijo a mi madre que se iba por unos meses, para trabajar, conseguir dinero, recuperarse. A nosotros no nos dijo nada, para eso estaba mi madre; los padres no nacieron para hablar con los hijos sino para enviar recados. Dijo que iba a volver, que nos mandaría buscar.

Me acuerdo de lo oscuro del camino de vuelta desde el aeropuerto. Nadie en el auto dijo nada. Cada tanto mi madre encendía las luces altas para iluminar la carretera y yo miraba por la ventana para ver si podía hacer contacto del primer tipo.

Julio comienza en julio (Chile, 1977, 120 min)
DIRIGIDA POR: Silvio Caiozzi
CON: Juan Cristóbal Meza, Felipe Rabat,
    Schlomit Baytelman
VISTA EN: 1979, cine Continental, Santiago de Chile

Bastó que partiera mi padre para que yo comenzara a crecer. En menos de dos años me encumbré hasta llegar al metro ochenta y tres; no exactamente un basquetbolista pero de todos modos uno de los tipos más alto del McArthur, un colegio sin duda de petisos. Lo otro que me sucedío fue que me inundé de testosterona; comencé a almacenar tanto líquido que me vi en la imperiosa necesidad de tener que expulsarlo cada seis horas. Tanto le di que se me pasó la mano y tuve que partir a la Clínica Alemana (por suerte tenía seguro escolar) a curarme el prepucio.

De tanto masturbarme me había hecho una pequeña herida. Parece que fue por una uña. En vez de abstenerme por un tiempo, intenté curarme con un poco de colonia Brut que dejó olvidada mi padre en su apuro por huir (también se le quedó una impresionante colección de pornografía sueca y alemana que encontré dentro de la oxidada caja de hielo Coleman). Doce horas después de aplicarme la colonia volví a mi pequeño vicio mientras veía *¿Qué pasa, Pussycat?* en la tele.

Al pasar los días, la herida se volvió más grande y al ardor de la carne viva, escondida entre los pliegues, se unió una infección. No toleraba siquiera el roce del calzoncillo. No podía caminar. Julio Facusse me acompañó a la clínica en un taxi, porque Facusse no se movilizaba en otra cosa. Yo estaba avergonzado a más no poder; por suerte el doctor, que no era tan viejo y seguro seguía masturbándose, me curó y prometió no decirle nada a mi madre, aunque me prohibió tocarme por tres semanas. Me dijo que me duchara con el pene envuelto en una bolsa plástica.

Julio Facusse llegó al colegio en Primero Medio, justo cuando Zacarías Enisman se fue. Facusse odiaba estudiar, le gustaban las cumbias, las cadenas de oro y los juegos Delta, y dejaba el nudo de su corbata del tamaño de una empanada dieciochera. Facusse tenía dinero y mal gusto de sobra (sus padres eran dueños de varias bombas de bencina en la Sexta Región) y poseía el don de hablar durante horas de sus experiencias sexuales sin que pareciera que estuviera ostentando. Facusse era un año y tanto mayor que el resto del curso y debía afeitarse todos los días; a la hora del té su rostro ya estaba oscuro. Tenía nariz de camello, la piel muy morena y unos insólitos ojos celestes que rápidamente llamaron la atención de Viviana Oporto y el resto de las chicas. A Facusse, sin embargo, no le interesaba pololear, ni tener que saludar a las madres ni ver películas «de minas». A Julio le gustaba tirar con putas, empleadas, enfermeras y las amigas de su madre.

—Entre una polola del colegio, que no hace nada, y una buena paja, me quedo con esta manito solidaria.

Julio fue de la idea de ir a ver *Julio comienza en julio* no porque era chilena ni porque había obtenido el sello CineUC que le daban a las películas de cine–arte que le gustaban a mi abuela, sino porque todos creíamos que era caliente.

—Ojalá que se me pare un par de veces durante la función —dijo en la puerta del cine, donde le pasó unos billetes al acomodador para que ingresara todo el grupo, que sumábamos unos ocho.

El título de *Julio comienza en julio* resumía en forma magistral el argumento de la película. Un chico está a punto de cumplir quince y su padre lo lleva —obligado— a perder la virginidad. No sabíamos qué más ocurriría pero si ya ocurría eso, nos sentiríamos satisfechos. Todos teníamos quince y buena parte de nosotros éramos técnicamente vírgenes. No pudimos sustraernos de la campaña publicitaria, ni de la foto de Schlomit Baytelman en pelotas que salió en *La Tercera*, ni de la frase publicitaria que aparecía en el diario: «El mejor regalo para un hombre es una mujer».

Por la sinopsis captamos que la película era en blanco y negro (en rigor, era en sepia) y que estaba ambientada en la época antigua y todos eran huasos, lo que nos preocupó un tanto. Pero yo ya me había masturbado un par de veces pensando en Schlomit Baytelman y me imaginaba cómo sería perder la virginidad con ella. Lo único que me importaba era verla de una vez por todas.

Julito es un niño sin madre, que vive en una casona de campo a fines de siglo o comienzos, no sé, pero no hay luz ni tele ni nada. El padre de Julito es don Julio y desde que uno lo ve uno sabe que es un ser infame, un tipo que cree que puede hacer lo que quiere y el final lo deja claro; el final nos dejó a todos bastante impactados. Julito parte la película virgen, y no le va mal con la Schlomit Baytelman, que es puta, aunque no tiene la mala vibra que tenían las putas con las que había hablado junto a Facusse pero que nunca me atreví a contratar.

La Marjorie, la enfermera del abuelo de Julio Facusse, se parecía un poco a la Baytelman. Por un par de barras de chocolate Trencito o un frasco de colonia Monix o un cassette de la Olivia Newton–John, Marjorie te corría la paja y a veces te la chupaba y te contaba historias de su vida en Cauquenes. A veces, y eso era lo malo, cuando hablaba de su pueblo y sus novios futbolistas se ponía a llorar y me sentía un poco mal porque entendía que lo que nos hacía no lo hacía de caliente, como decía Julio, sino porque necesitaba compañía. Marjorie, que era de tez muy clara y no tendría más de veinte años, se negaba a acostarse con Julio o conmigo o con sus cuatro hermanos o con todo el resto de los amigos de Julio porque era virgen y quería seguir siéndolo hasta que le propusieran matrimonio. Nunca supe si eso era cierto o no. Al momento de ser contratada por la mamá de Julio, ésta le dejó bien claro que una de sus funciones era «aliviar» al anciano, que estaba encamado en una casita independiente al final del patio. «Viejo cachero y caliente», le gritaba la abuela, que vivía en otra pieza, y andaba siempre de negro porque era viuda del padre de Julio y no toleraba a su consuegro.

La pieza de Marjorie estaba cubierta de afiches de jugadores de fútbol, y olía a pachulí y a sábanas viejas. La Marjorie nos hacía pasar de a uno. Esto era los sábados, pero a veces nos atendía los viernes. En la radio siempre sonaba «Concierto Discothque». Llegábamos temprano a la casa de Facusse y nos instalábamos en el living a ver tele a color mientras comíamos bolitas de kubbe y hojitas de parra y nos tomábamos el whisky del padre. Ahí esperábamos el turno para ir a la pieza de

Marjorie. «Hola, te traje algo», había que decirle. Ella andaba siempre con su uniforme blanco y se le translucía su ropa interior. Te hacía desnudarte pero mientras lo hacías se daba vuelta. Luego te tendías en la cama y ella se sentaba en un piso al borde y te colocaba crema lechuga, que siempre estaba muy helada. Mientras te «aliviaba» tarareaba las canciones que no entendía.

—Terminaste, lolito, qué pena; pero ahora te vas a sentir mejor —decía siempre y se lo decía a todos.

Nos limpiaba con unos pañuelos desechables como si fuéramos bebés.

—A ti se te para más rápido pero acabas antes que don Nezar —me dijo sin mirarme a los ojos.

No podíamos besarla ni tocarla, aunque ella, una vez, me dejó lamerle sus pezones porque deseaba que yo probara un brillo para los labios con sabor nuevo.

—¿Crees que le podría gustar a mi pololo? Allá en el sur todavía no llegan este tipo de cosas.

Le dije que sí, que si yo tuviera una polola con sabor a melón tuna me casaría de inmediato con ella.

Amor en juego (*Players,* USA, 1979, 120 min)
DIRIGIDA POR: Anthony Harvey
CON: Ali MacGraw, Dean Paul Martin, Maximilian Schell
VISTA EN: 1979, cine Providencia, Santiago de Chile

En 1974, cuando aún estábamos en Chile de vacaciones, acompañamos a mi madre a una casa enfrente de una plaza que estaba dentro de un hoyo. En la casa hacía mucho calor a causa de todas las estufas, que expelían un olor a cáscara de naranjas y eucaliptos. Los vidrios que daban al patio transpiraban tanto que yo pensé que estaba lloviendo. En esa casa vivía una amiga de mi mamá que se llamaba Asunción del Solar, pero todos le decían Titi. La Titi estaba casada con un tipo pecoso que siempre andaba con shorts blancos, incluso en invierno. Rafael Celis, su marido, era entrenador de tenis y dueño de un rancho donde tenía canchas de arcilla y de cemento, además de una piscina cuadrada sin filtro.

La tía Titi del Solar tenía tres hijos; dos mujeres, algo mayores que yo, y un hombre de más o menos mi edad. El hijo se llamaba Renato, tenía tres tortugas y su pieza estaba dentro de la mansarda, dato que me pareció absolutamente fascinante. Nunca nos hicimos amigos porque no nos volvimos a ver, pero siempre pensé que un tipo con tantas tortugas era alguien de fiar. Renato estaba siendo entrenado por su padre para llegar a ser campeón de tenis; todos esperaban que fuera el nuevo Jaime Fillol, pero lo cierto es que, con tanta presión, al final no llegó a convertirse en algo más que un estropajo humano.

A la Titi y su familia los vi dos veces pero fueron suficientes para no olvidarme de ellos. La primera vez fue en su casa y la otra a la salida del Almac de Pedro de Valdivia, alrededor de 1977. Mi abuelo me había dado dinero, me acuerdo, para que comprara un tomo de la Enciclopedia Salvat. Aún no nos bajábamos del auto cuando los vimos pasar.

—Mira —dijo mi madre—, qué atroz. Ahí va la Titi del Solar y sus hijos. Por Dios que le ha tocado sufrir a esa mujer.

La Titi ya no parecía la de antes, y sus hijos tampoco. Estaban más grandes, claro, pero también más apaleados. Me impresionó lo gordo y cabizbajo que estaba Renato. El carro del supermercado no tenía nada adentro.

—Además de todo lo que han sufrido, quedó pobre como una rata.

Mi madre pasó a relatarnos la vida de la Titi y sus hijos. No era una historia muy larga ni original: se separaron, ya no vivían en la casa frente a ese hoyo, el entrenador de tenis partió lejos con la madre de un chico que siempre le pegaba a la red.

—Los hijos reaccionaron muy mal —nos dijo—. Tan mal que se enfermaron y le arruinaron la vida a la Titi.

Renato iba camino a la obesidad y repitió de curso y nunca volvió a jugar tenis, porque le dio una especie de artritis sicológica. La hija mayor no paraba de orinarse.

—Se hace pichí en la cama y hasta en el colegio; no puede ir a fiestas.

Le pregunté qué le había pasado a la hija del medio.

—Intentó suicidarse. Se cortó las venas en una tina. Ahora va al sicólogo, ahora tienen que pasarse en su consulta. Cómo le arruinaron la vida a esa pobre mujer.

No volvimos a tocar el tema de la familia Celis del Solar, pero a todos nos quedó claro el significado de lo que acabábamos de escuchar: en caso de divorcio, no reaccionar como sicóticos. El posible fin de nuestra familia no implicaba necesariamente el fin de cada uno de nosotros.

—Hay algo que se llama dignidad, y esta gente no la tiene. Una niñita de diecisiete años no puede andar meándose por ahí porque su padre se fue con una puta.

Dos años más tarde, los Soler Niemeyer estábamos en un situación cercana a la de los Celis del Solar, pero sin los «alardes sicopáticos». El asunto no había sido fácil, pero tampoco tan complicado. Al menos, no era como me lo hubiera imaginado. Mi madre optó por confiar en nosotros y nos dejó hacer lo que quisiéramos. La Betsabé no resistió eso de que nadie nunca llegara a comer y se marchó, llevándose consigo tres cajas de aceite de oliva que guardaba en el subterráneo como si fuera vino.

Mi padre no enviaba dinero porque, según el recado que mandó, estaba «sin uno». Primero debía levantarse, empezar una vez más de cero. De a poco comenzamos a transformarnos en pobres. Al menos en la mente de mi madre pasamos a ser indigentes. Partió con la idea de sacar a mi hermana del Saint Luke's porque la Manuela no toleraba que todo su curso se riera cuando le avisaban desde inspectoría que estaba morosa en sus pagos. Yo le rogué que no. Hablé con mi abuelo y mi tío Choclo y cada uno se hizo cargo de los pagos que, por lo demás, habían sido reducidos debido al ítem «abandono de hogar de apoderado». Mi impresión es que nuestros ingresos se redujeron en forma considerable pero lo principal es que las fuerzas y la resistencia mental de mi madre también disminuyó. Debíamos batirnos con menos de lo que estábamos acostumbrados, cierto, pero también teníamos que tolerar lo rara y sensible que se había tornado. A veces se ponía a llorar en la mesa, y en las luces rojas. La Manuela le preguntó una vez si echaba de menos al papá.

—Ojalá fuera eso. Yo fui la que le pedí que se fuera.

Una vez que partió la Betsabé, mi madre se consiguió una empleada puertas afuera de nombre Zenobia, pero la mujer duró tres días porque hablaba sola y se daba tinas de baño mientras escuchaba «Residencial La Pichanga» en la radio. Pasamos a vivir sin empleada, tal como en California, con la diferencia de que allá mi madre no trabajaba y en Santiago sí lo hacía, y mucho. El BMW se fue a los pocos meses y, como estaba destrozado, se vendió por menos de lo esperado. Con el dinero mi madre se compró un Fiat 147 y pagó deudas. Es probable que hubiera hecho un mal negocio, pero ahora capto que el BMW no se vendió para conseguir dinero sino para alejarlo de nuestra vista.

Nunca tuve claro si mi madre cerró la casa de la calle Ignacio Echaurren Arismendi sólo para ahorrar dinero o porque necesitaba el apoyo de sus padres. Lo curioso, lo inexplicable, es que en vez de pedirles a mis abuelos que regresaran a su hogar original, optó por la extraña decisión de cerrar la casona. Así, nos trasladamos con lo puesto al departamento de mis abuelos maternos. Había sólo un problema: no cabíamos todos. Mi madre entonces dividió lo que quedaba de la familia. Mi hermana partió a vivir al departamento de la tía Chilaca (y salió ganando), nosotros nos fuimos donde mis abuelos: mi madre se instaló en la pieza de costura de mi abuela y yo fui depositado en la exigua habitación de servicio, al lado de la cocina.

El departamento de mis abuelos daba a la avenida Providencia y en las noches todo era extremadamente silencioso porque por ese entonces no existía Providencia sino el hoyo de la continuación de Metro. Desde el balcón veía cómo, día a día, iban socavando la tierra y luego cómo iban construyendo el túnel. Para llegar de un lado al otro era necesario cruzar unos puentes muy angostos que parecían colgantes. Cerca de ahí, al otro lado del inmenso tajo, se ubicaba el cine Providencia, aunque mi Tata le decía «Marconi».

Durante esos meses que vivimos en Providencia de allegados, empecé a ir mucho a ese cine, e iba en la noche, e iba solo. Caminaba las cuatro cuadras por la orilla de la excavación a través de unos angostos pasadizos que dejaron entre los edificios y el hoyo propiamente tal. De noche daba un poco de miedo porque parecían los callejones que siempre aparecen en las películas policiales, pero nunca vi a nadie, era tan complicado llegar a esa calle que ni los maleantes se acercaban.

Después de regresar de la casa de Julio Facusse, me bajaba de la micro, pasaba por el Providencia e ingresaba a la función de las diez. Yo decía que estaba estudiando y listo.

—No puedo ser padre y madre a la vez —me dijo una vez mi madre—. Tú sabrás lo que tienes que hacer, ya tienes quince.

Vi varias películas sin importancia ese año y casi siempre las vi en una sala tan vacía como gélida. Antes de entrar, sacaba mi bufanda y mis guantes y me preparaba para la función. El cine estaba tan aislado que la única manera de acercarse al teatro era a pie. El tipo que cortaba los boletos, con tal de tener un cliente, me dejaba pasar a lo que deseaba, aunque casi nunca exhibieron algo para mayores de 21 (*¿Tentación prohibida*, con Nastassja Kinski?); casi todo lo que me tocó ese año fue para mayores de catorce.

Un frío martes, de esos llenos de niebla y garúa, pasé por el cine y miré las fotos de *Amor en juego*. No sabía nada acerca de la película y, cuando me fijé en el afiche y vi que era sobre tenis, decidí saltármela e irme a acostar. Entonces vi que entraba Renato Celis. Si la última vez que lo vi estaba inmenso, ahora era francamente obeso, tanto que los aburridos acomodadores se lo quedaron mirando, absortos. Compré mi entrada; aparte de un jubilado, no había nadie más en toda la sala.

No recuerdo nada de la película porque no se trataba de nada: un jugador rubio recorre el mundo compitiendo, ganando, perdiendo, ganando. Ali MacGraw ama al tenista pero es mayor y le pasa dinero, algo así. Lo que sí recuerdo, lo que aún no puedo olvidar, es cómo lloraba en silencio Renato Celis mientras no paraba de comer Negritas. El ruido de su llanto, y de las Negritas resquebrajándose en su boca, copó la sala. La película no era triste y no era buena, pero era sobre tenis y era sobre entrenadores y era sobre su padre. Durante *Amor en juego* me di cuenta de que las películas que de verdad te llegan siempre son acerca de uno. Entonces salí del cine. No quería ver los ojos empapados de lágrimas de Renato Celis y, sobre todo, no quería que él viera los míos.

**El síndrome de China (*The China Syndrome,* USA 1979,
122 min)**
DIRIGIDA POR: James Bridges
CON: Jane Fonda, Jack Lemmon, Michael Douglas,
Wilford Brimley
VISTA EN: 1979, cine Ducal, Santiago de Chile

La gente cree que uno deja de ver a sus viejos amigos o novias o colegas
o parientes porque ya no tiene mucho en común con ellos. Pero no es
por eso. Uno los deja de ver, les rehuye, porque te recuerdan una época
que no deseas recordar.

Nadie quiso acompañarme a ver *El síndrome de China* al centro.

—Me da una lata ver esa huevada científica —me dijo Julio Facusse
por teléfono.

La cinta me impresionó y por un instante volví a recordar mi etapa
de niño sísmico, interesado en la geología y las placas. Lamenté no
haber ido con mi abuelo Teodoro, pero estaba en esa edad en que es
preferible ir al cine solo que con tu abuelo. Durante esos ocho meses
en que viví en su departamento, además, y al contrario de lo que me
hubiese imaginado, más que acercarme a él sentí que nos alejamos. Mi
abuelo quizás amaba a sus nietos, pero detestaba a los adolescentes.

Me prometí, en todo caso, llamarlo. No pude dejar de pensar en él
cuando Jack Lemmon mira su tazón de café y capta que está vibrando;
de inmediato, su cara cambia de expresión y uno puede captar el pavor
que lo invade. Sólo mi abuelo podría disfrutar la teoría del síndrome de
China: si el núcleo de un reactor nuclear se sobrecalienta, la energía
que libera es tal que podría cavar un hoyo a través de la tierra hasta llegar a la mismísima China.

El cine estaba practicamente vacío y el Ducal ya había tomado la
decisión de sólo abrir su platea alta, nada de bajar al primer subterráneo. A la salida me encontré con Zacarías Enisman. No lo había vuelto
a ver desde *Terror en la montaña rusa* hacía más de un año y medio. Zacarías estaba acompañado de una chica llamada Samantha que tenía lá-

grimas en los ojos. Yo intenté no saludarlo, lo quise evitar, pero me vio antes de que pudiera escaparme.

—¿Es tu polola? —le pregunté mientras ella pasó al baño.

—Ella cree estar enamorada de mí, pero tiene catorce y arrastra muchos problemas. Todas las mujeres a esta edad se enamoran en forma terminal; en todo caso, ten mucho cuidado, Beltrán, con las niñas que no tienen padre o cuyos hermanos se mataron. Son chicas muy vulnerables y es fácil creer que uno las puede salvar; sé de lo que estoy hablando.

Nos acercamos hacia donde estaban colgados los afiches y miramos el póster de *Aeropuerto 79: Concorde*.

—Además, no es una chica de la colonia así que no tiene posibilidades conmigo. Jamás podría darle un sufrimiento así a mi padre. Él ya ha sufrido bastante. Mi responsabilidad es casarme con alguien de ese círculo. La rebeldía, ya lo sé, no conduce a nada.

Zacarías no había cambiado y, por el contrario, parecía cada día tener más claro qué caminos tomar para saltarse todo posible sufrimiento. Enisman, no me cabía ninguna duda, tendría una vida mediocre, pero esa vida sería tranquila. Había nacido con la bendición de aceptar y atesorar lo poco que cayera en sus manos. Zacarías quería menos; yo, en cambio, aún quería más.

—¿Cómo es tu nuevo colegio? —le pregunté para llenar el silencio.

—Hay que estudiar el triple. Pero la competencia es buena.

Antes de salir a la calle me dijo:

—No tienes responsabilidad de lo que pasó. Tú nunca quisiste ser mi amigo, lo que pasa es que no tenías con quién juntarte. Te perdono, puedes seguir tu camino en libertad. Tu madre y tu hermana te van a necesitar. Espero que tengas claro lo que eso significa.

El enjambre (*The Swarm*, USA, 1978, 116 min)

DIRIGIDA POR: Irwin Allen

CON: Michael Caine, Katherine Ross, Olivia De Havilland

VISTA EN: 1979, Multicine de Vitacura, Santiago de
Chile

Vi *El enjambre* en la sala verde del Multicine de Vitacura la noche del
25 de diciembre de 1979. Llegué con Julio Facusse y Kenzo Nobutami
después de pasar todo el día en la piscina del Estadio Sirio. Frente a la
cancha de patinaje del Shopping nos encontramos con Viviana Oporto
(Julio había decidido darle una oportunidad) y dos amigas suyas que
no eran del colegio. Las amigas de Viviana eran hermanas y practicaban nado sincronizado y olían a cloro fresco y sus ojos estaban rojos
como los de los conejos de tanto estar sumergidas. Las dos me gustaron
de inmediato y, cuando me contaron que se habían criado en Chicago,
donde sus padres habían estudiado economía, de inmediato se me ocurrió que éramos almas gemelas y me puse a conversar con ellas en inglés, lo que comprensiblemente molestó a Kenzo y a Julio.

Más allá del tema de no tener casa, no tener padre y no tener dinero, la verdad es que no la estaba pasando mal. Me sentía popular,
alto, a cargo y parte de un grupo; mis notas no eran gran cosa, pero
sabía bailar y mi acento era indistinguible del de un local. Intentaba
pensar en lo que me había dicho Zacarías Enisman, pero no era capaz
de cuajar el concepto de responsabilidad. Éste era mi momento y no
quería que nadie me lo quitara.

El abuelo de Julio Facusse, don Nezar, había muerto durante el invierno, por lo que Marjorie retornó a Cauquenes o, quizás, al departamento de otro anciano que necesitaba compañía. Mi virginidad
técnica, en todo caso, ya era un asunto del pasado. Se resolvió inesperada y placenteramente durante unas alcoholizadas Fiestas Patrias en
Papudo, donde fui a pasar unos días en la casa de los Facusse. El estar a
la sombra de Julio me facilitó las cosas. Me beneficiaba de sus migajas,
lo que no era poco.

Quizás para la gente del Saint Luke's, partiendo por la Manuela, Julio Facusse era «picante y vulgar». Su afán de vestirse como Tony Manero provocaba un poco de vergüenza ajena, era cierto, pero en el colegio y en el barrio de Grecia–Bustamante, Julio Facusse era el rey indiscutido. Julio entendía que eran las mujeres las que se acercaban a los hombres y lo difícil, nos dijo, no era seducirlas sino encontrar una manera de cómo escapar cuando te comenzabas a sentir atrapado. Facusse nos hizo comprender que lo importante no eran los músculos de tu cuerpo ni los rasgos de tu cara sino tu autoconfianza y, sobre todo, tus ganas.

—Si captan que tienes muchas ganas, no se te van a acercar; si logras hacerlas creer que puedes vivir sin ellas, te van a perseguir sin tregua.

Frente a los Delta, camino al cine, nos topamos con mi hermana, a quien veía cada vez menos ahora que vivía donde la tía Chilaca.

—Hola, Julio, tú por aquí, qué sorpresa.

Facusse no le respondió y se hizo a un lado junto a las hermanas y Kenzo. Viviana Oporto miró a mi hermana y de inmediato sentí que ella la odiaba y que Julio se acostaría con Vivi esa noche.

—¿Quiénes son? —me preguntó mi hermana con gesto despectivo.

—Amigos.

—Ah. Parece que va a venir todo el mundo —me djio para cambiar de tema.

Me informó que estaba en Chile de vacaciones la tía Nora Brynner («se separó del tío Yul y el pobre ahora se voivió a casar y está enfermo con cáncer») y nuestra prima Natacha.

—Realmente está regia, las cagó.

La Manuela andaba con José Covarrubias, un tipo del colegio que en algún momento fue amigo nuestro y, justo cuando Julio decidió que ya no valía la pena, que no reunía los suficientes méritos para ser parte del grupo o atraer «minas que van a la pelea», José Covarrubias, a quien yo defendí por parecerme tonto pero simpático, se enamoró de mi hermana. Lo complicado es que ella se volvió loca por él. Y justo lo echaron del colegio por malas notas (toda una hazaña lograr ser expulsado del McArthur).

Covarrubias, además, poseía una cierta fama debido al tamaño de su pene. Tipos de todos los cursos entraban al camarín para verlo salir de las duchas. No era por casualidad que le decían El Longaniza. La idea de que mi hermana anduviera y de seguro durmiera con un tipo llamado Longaniza no era algo que me gustara mucho pero yo no era su padre, más allá de lo que pensaba Zacarías Enisman, y si a mí me gustaba pasarlo bien, tampoco podía oponerme a que mi hermana hiciera lo mismo.

—¿Te estás cuidando? —le dije al oído.

—Ay, huevón, ¿crees que soy huevona?

Después me dijo:

—Invité a unas amigas del colegio. Creo que la película es pésima pero da lo mismo. Les dije que vinieran igual. Mejor que quedarse en la casa.

En eso apareció mi prima Isidora, que se veía más despampanante de lo que la recordaba. Andaba de la mano (del muñón) de Orlando, su altísimo novio que vivía en Pirque y se creía huaso.

—Después de la función les dije a todos que nos juntemos en El Gato Viudo. ¿Les tinca?

Julio Facusse se me acercó y me dijo que el lugar apestaba, que dejara de conversar con esta gente y que él no iba a ir a un local repleto de hijitos de su papá.

—Debimos haber ido a ver esta huevada al Rex. Aquí el único enjambre son tus parientes pirulos.

Nos acercamos a la boletería del cine para alejarnos del grupo. Quizás Julio tenía razón: era gente apestosa, gente rica, gente que no sabía otra cosa que ser feliz.

Apenas conseguimos ubicaciones. A mí me tocó un par de asientos en la segunda fila, lejos de todos. Le pregunté a una de las hermanas, la que se llamaba Mariela, si quería sentarse conmigo.

—Vamos a tener que aislarnos del resto.

La miré directo a los ojos, y luego agaché mi mirada, tal como Julio me enseñó, y la dirigí hacia otra niña.

Lo inesperado fue que esa otra niña a la cual debía mirar sólo para inquietar a mi «presa» fuera nada menos que Federica Montt en una solera verde. Lo impresionante, además, lo que no estaba dentro de las estrategias de Julio Facusse, es que ella me mirara —y me sonriera— de vuelta.

—Hola —me dijo—. No sé si te acuerdas de mí. Soy amiga de la Manuela.

—Sí, me acuerdo.

En eso apareció Milo y le agarró la cintura y le dio un beso en la boca.

—¿No me digas que conoces al *nerd* de mi primo?

—Desde hace años —le dijo—. Hicimos un viaje juntos.

Tom Sawyer (*Tom Sawyer,* USA, 1973, 104 min)
DIRIGIDA POR: Don Taylor
CON: Johnny Whitaker, Jodie Foster, Warren Oates,
     Jeff East
VISTA EN: 1980, Canal 13, Santiago de Chile

La noche que debutó la década de los ochenta la pasé con Federica
Montt. Estuvimos en la misma fiesta y para mí eso ya era suficiente.
Según Milo, Federica era «seca para la cama», a pesar de que dos días
antes me había dicho que «la mina era virgen, huevón». No le creía
todo aunque no me cabía duda de que esta Federica Montt no era la Federica Montt que yo creía que era. Desde luego, ya no usaba aros de
perlas. Una chica que ya no usa los aros de perlas de su madre es una
chica que ya no le pide permiso a su padre. A Milo, además, no le interesaba realmente; bastaba ver cómo se refería a ella.

—No hay nada más fácil que levantarse huerfanitas —me aclaró
una vez que dejó de salir con ella—. Su padre se viró y acaba de repetir curso. La echaron del colegio. Es un regalo caído del cielo. Es pan
comido. Toda tuya, primo.

Mi tío Choclo Bulnes organizó una gran fiesta de Año Nuevo en
Reñaca para inagurar la nueva década y su nuevo edificio El Faro, que
se alzaba por sobre el Pacífico. A pesar de que arribaron muchos mayores y gente ligada a sus negocios, buena parte de la muchedumbre eran
amigos del Milo y la Isidora. Todo era tan recalcitrantemente Saint
Luke's que uno esperaba que sonara la campana y terminara el recreo.

—Es la fiesta de la década —me dijo mi hermana, sorprendida de
verme—. Pensé que pasarías las doce en unas de esas boites con parri-
lladas que le gustan tanto a tu amigo Julio.

—Uno cambia —le dije.

—Por un rato.

A las doce ni siquiera pude abrazar a Federica, pero eso me pareció
un detalle trivial: podía tomarme los conchos de las copas que dejaba
atrás, podía recordar las canciones que tarareaba «Stumblin In» de Suzi

Quatro y Chris Norman. Mientras miraba los fuegos artificiales estallar en la bahía de Valparaíso, abracé a mi madre y le desee el mejor año y la mejor de las décadas. Sabía que estaba sola y triste y pensaba en otra persona. Mi madre se había enamorado de un hombre casado y él esa noche tenía que pasarla con su familia, aunque ella no sabía que yo sabía, sentí que por un instante casi me lo dice.

El edificio con forma de faro brillaba como una vela. Todas las ventanas estaban encendidas y en el último piso flameaba la bandera chilena más grande que jamás había visto. Queen y The Clash luchaban mano a mano con los desechos tóxicos de la onda disco, mientras que Federica e Isidora y Natacha Brynner y mi hermana coreografiaban un tema llamado «Good Times», como para anunciar que el futuro prometía esplendor.

Tipo cinco de la mañana, después de bailar con Natacha —que a cada tanto me decía «Me encanta esta canción, me recuerda a París»— decidí intentar dormir en uno de los tantos departamentos vacíos del edificio. Federica, me fijé, estaba al borde de la piscina remojando sus pies. No había nadie más y estaba tan oscuro que sólo se veían las estrellas reflejándose en el agua.

—¿Y Milo? —le pregunté.

—Intentando hacerse el grande.

Me senté al lado suyo y me saqué los zapatos y hundí los pies en el agua que aún mantenía el calor del día. Conversamos poco pero escuché atento sus silencios. Me fijé en su pelo corto, tijereteado, sucio. Federica se comía las uñas y era capaz de pasar del estado más eufórico al de mayor tristeza. Ésta, pensé, es una persona que, más allá de lo que digan, o diga ella misma, nunca la ha pasado bien.

—Yo antes tenía piscina —me dijo.

—Yo también. Tenía una casa y tenía una piscina. Más chica que ésta y sin filtro, pero una piscina. Ahora que lo pienso era una buena piscina.

—Nosotros vendimos la casa. A veces me gustaría ir a bañarme en ella.

—Si quieres, un día puedes bañarte en mi piscina.

—Pero ya no es tu casa.

LAS PELÍCULAS DE MI VIDA

—Es mi casa, pero no vivimos ahí. Está clausurada, pero se puede entrar.

—¿Por qué?

—Porque pasaron cosas. Cosas como las que te están pasando a ti.

En realidad no sabía lo que le estaba pasando, pero tampoco era tan difícil adivinarlo. Por todas partes se estaban cerrando casas, desarmando hogares, vaciando piscinas.

—La última vez que vi la piscina fue el mes pasado. Tengo una copia de la llave. A veces vuelvo ahí y pienso... ¿Te dan miedo los ratones?

—No.

—Excelente. Entonces puedes entrar sin problema. El agua de la piscina está tan podrida que parecía una jalea. Más que vaciarla, el día que decidamos usarla vamos a tener que sacar el agua con cuchara. Te juro. Es un asco. Debimos dejarla vacía.

—Sí, pero imagínate si hay un terremoto —me dijo—. La piscina podría partirse en dos.

Después de esa noche a Federica Montt la vi solo dos veces durante ese mes de enero: una de casualidad (en rigor, la seguí) y la otra de verdad. La invité a tomar helados y nos tomamos cuatro y luego quiso pasar a ver una exposición de fotos al Instituto Cultural de Las Condes, que yo no entendí porque estaban todas desenfocadas. Nos volvimos caminando por Apoquindo y Lyon hasta llegar al departamento donde ella estaba viviendo, frente a la Plaza Pedro de Valdivia.

—No puedes pasar porque mi abuela está en cama muriéndose. No teníamos dónde ir, tuvimos que instalarnos acá. Yo espero largarme pronto.

Federica no se llevaba bien con su madre, y su padre y su hermano estaban en otro país; no sé por qué no me atreví a preguntar cuál. No éramos pololos ni éramos amigos, pero yo deseaba que fuéramos ambos.

Comenzamos a hablar por teléfono. A veces de noche, por horas. Me gustaba esa voz ronca que tenía, tan típica de ciertas chicas que nacieron con plata. Hablábamos de todo y de nada, y de a poco fui captando que nunca la habían escuchado. Yo estaba dispuesto a escucharla por horas, por días, por meses; que me contara todas sus historias, que me describiera todos aquellos personajes secundarios que habían pasado por su vida. Yo tenía tiempo, tenía ganas, que me contara todo y quedara libre.

Una tarde, a la hora de más calor, yo estaba en el departamento de mis abuelos. No había nadie y el refrigerador sonaba como si tuviera asma. Mi madre llegaba tarde porque —era obvio— se encontraba con su amante. Mi impresión era que la familia de Juan Antonio Mancini estaba veraneando, porque ese mes de enero mi madre siempre llegó tarde, de noche. La Manuela estaba en alguna playa con alguna amiga y, de seguro, el limitado del Longaniza Covarrubias. Mis abuelos habían partido a Valdivia. Me invitaron pero no quise ir. Julio Facusse de pronto me resultó intolerable y predecible; después de cuatro días de estar con él y su familia Adams en Papudo, me volví a Santiago.

—Deberías ir a las casas de tus amigas —le aconsejé a Federica—. Por unos días, al menos.

—Me carga esa gente. Ya corté con ellos para siempre.

En la televisión estaba por iniciarse *Tardes de cine*. Iba a apagar el televisor cuando me di cuenta de que se trataba de *Tom Sawyer*.

—Pero era tu gente, tu círculo.

—Ya no tengo amigas. Son todas unas frívolas.

Comencé a mirar la película y, de a poco, la voz de Federica desapareció y la canción incidental con que parte invadió la pieza de mis abuelos.

—¿Has visto *Tom Sawyer*?

—No. Leí el libro, hace años. Cuando era una chica buena y leía libros.

—La están dando ahora.

—¿Qué?

—Que la están dando en la tele. No lo puedo creer. La he visto un par de veces. Me encanta. O sea, me encantaba.

—¿En qué canal?

—Trece.

—¿Sale un río?

—Esa. Pero es para niños. Es infantil.

—Oye, aunque no lo creas, alguna vez fui niña, fui más inocente que la mierda. Quizás demasiado inocente.

De chico vi *Tom Sawyer* tres veces. Una con mis abuelos, en Beverly Hills, para el estreno; luego con Patrick Bellin en Topanga Plaza, y una tercera con mi tío Carlos Soler en un cine de Tarzana. Me sabía todas las canciones. Al cartero le pusimos Muff Potter y soñábamos con que el miserablemente escuálido L.A. River tuviera el caudal y la anchura del Mississippi para armar una balsa y cruzarlo. Patrick Bellin tenía el disco y durante un mes lo escuchó todos los días. No había chico en Encino que no quisiera ser más como Huckleberry Finn, porque Huck era el más rebelde y misterioso, pero yo me sentía más Tom Sawyer, sentía que tenía más que ver con él.

—Federica...

—¿Sí?

—¿Te puedo llamar más tarde? Después de la película...

—¿Realmente te gusta, entonces?

—Sí.

La versión de televisión era en español aunque cantaban en inglés. El orden no era exactamente el que yo recordaba. El picnic no era al comienzo sino al final. Pero lo más impactante fue darme cuenta de lo chicos que eran Tom, Huck y Becky.

La película termina con Huck libre como el viento y Tom y Becky arriba de un barco, rumbo a la gran ciudad, donde Tom estudiará y crecerá. El río se ve muy grande y el barco a vapor desaparece y de fondo surge la canción: *El río llegará al mar y un niño se va a transformar en un hombre.* La primera vez me atemorizó. La idea de que algún día iba a crecer me angustió tanto que no hablé en un día. *Sólo una vez en la vida uno es libre... sólo una dorada vez en tu vida eres libre...*

Yo ya no me sentía niño y me daba mucha pena no serlo más pero, por otra parte, tampoco me parecía tan tremendo. Ya era grande y estaba vivo. Había navegado el río, estaba llegando sano y salvo al otro lado.

En eso sonó el teléfono. Sabía quién era.

—Me encantó —me dijo—. Qué final tan triste. Y a la vez qué gran final. El niño crece. Todos, al final, crecemos. No podemos hacer nada para evitarlo.

—¿Quién te pareció mejor: Tom o Huck?

—Tom —me dijo—. Ya he conocido suficientes Hucks.

Apagué el televisor.

—Espérame —le dije—. Te voy a ir a ver. Tengo que decirte algo.

—¿No me lo puedes decir por teléfono?

—Tengo que decírtelo en persona. Ojalá lo más cerca posible.

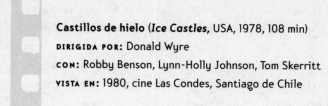

Castillos de hielo (*Ice Castles*, USA, 1978, 108 min)
DIRIGIDA POR: Donald Wyre
CON: Robby Benson, Lynn-Holly Johnson, Tom Skerritt
VISTA EN: 1980, cine Las Condes, Santiago de Chile

A fines del otoño de 1980 regresamos a la casona de la calle Ignacio Echaurren Arismendi; aunque a partir de febrero, cuando a Federica se le ocurrió vaciar, limpiar, pintar y llenar de nuevo la piscina, yo no había dejado de ir. Una vez que terminamos de pintar, y nos besamos con las caras salpicadas de celeste, no nos separamos más excepto para ir al colegio, y a veces eso no era más que un paréntesis.

Federica tuvo que repetir primero medio en un colegio para chicas rebeldes de nombre McMillan, que era ostensiblemente más barato que el Saint Luke's. Yo pasé a tercero en el McArthur; el plan en mi colegio era ir en bus al norte pero antes de que hicieran las reservas supe que con ellos no iría a ninguna parte.

—El próximo verano nos vamos juntos a San Pedro, a dedo —me prometió Federica.

Veía todos los días a Julio Facusse pero ya no nos hablábamos. El colegio era un trámite, no aprendía nada, sólo despertaba durante la clase de física. Lo único que me interesaba, la razón por la cual estudiaba, el motivo por el que algún día quería detener los sismos, era ella, Federica.

—Te tienen agarrado —me dijo un día Kenzo Nobutami—. Eres otro.

Le respondí que sí, que tenía toda la razón del mundo, era otro.

—Estás mal —insistió.

—Y todos ustedes están verdes de envidia.

Cuando Federica vio que ya no era suficiente tener una piscina y un césped desgajado por la maleza, resucitamos la pieza que alguna vez fue de mi hermana. El frío y la oscuridad estaban empezando a invadir nuestro jardín; necesitábamos un mejor refugio para poder estar juntos. La pieza de la Manuela era pequeña y era la que tenía más luz: daba al norte y al San Cristóbal. Una vez, al despertar de una larga siesta, le pregunté si no le daba culpa o nervios hacer el amor con la Virgen mirándonos, pero ella me dijo que, al revés, sentía que nos estaba bendiciéndo. Federica se robó un colchón de la casa de su abuela; buena parte de los muebles de mi casa estaban almacenados en una bodega. Ella llenó la pieza con sus artefactos, postales y aroma.

A veces me costaba creer que de verdad podía estar con Federica, que no sólo anduviéramos juntos sino que, al parecer, estuviéramos enamorados. No se lo dije, no me lo dijo, pero estaba claro. Yo, desde luego, nunca había sentido nada igual. Si lo que yo sentía por Federica no era amor, entonces nunca quería enamorarme porque físicamente estaba claro que sería incapaz de sentir y procesar y albergar tantas sensaciones como las que tenía dentro. No estaba dispuesto a arriesgarme a preguntarle si me amaba o no. Ésas eran preguntas de telenovelas, de películas románticas que se filman para gente que no tiene romances. Daba lo mismo lo que sentíamos, lo importante era sentir. Eso era todo, con eso bastaba.

—Anda con vos porque le regalaste una casa; así quién no —me dijo una vez Julio Facusse antes de que le pegara y le dejara la nariz sangrando.

La pieza, pensé, y la casa, vinieron después. Ella fue la que se acercó, ella fue la que me buscó, ella fue la que me besó primero.

—Tu me salvaste, Beltrán. Que nunca se te olvide.

Cuando la abuela de Federica murió, yo fui al funeral y ella no. Su madre se me acercó y me dijo:

—Están jugando con fuego. Aléjate de ella, que eres muy chico, no estás preparado, no sabes nada.

Federica iba cada vez menos a clases y prácticamente vivía en la pieza. El baño funcionaba pero el califont no tenía gas, la cocina era un témpano, las ratas corrían por las vigas y luego por el suelo.

—Eres como la protagonista de *La niña del caserón solitario* —le dije.

—¿Cómo termina?

—Nunca la vi. Pero recuerdo el afiche.

—Termina mal, ¿no? ¿La matan? Dime.

—No sé. Pero este lugar es para estar juntos, no para que vivas aquí.

—¿Quieres que me vaya?

—No, pero...

—Nada de peros conmigo.

No sé qué fue lo que motivó que mi madre decidiera retornar a la casa y reabrirla. Quizás eliminar «tu nidito de amor», como me dijo, con algo de celos, mi hermana después de que José Covarrubias la dejara por una estudiante de párvulos mayor que él. Mi madre no encaró el tema, sólo me dijo:

—Sé que estás yendo a esa casa y no me parece bien.

Yo le respondí:

—Sé lo que tú estás haciendo y tampoco me parece bien.

Luego me sentí mal porque la estaba atacando con el discurso del resto de la gente que se escandalizaba o se hacían los escandalizados. Juan Antonio Mancini era un apoderado del Saint Luke's, al menos así mi madre no se sentía sola, a pesar de que en momentos importantes o imprevistos ella no podía contar con él.

Mi abuelo Teodoro contrató una serie de maestros que pintaron la casa por dentro y por fuera, incluyendo los muros pintados por Federica. Se botaron paredes y las ventanas se agrandaron para que así ingresara aún más luz. Si bien se discutió la posibilidad de que mis abuelos se vinieran con nosotros, la verdad es que mi abuela estaba hasta la coronilla con sus alojados y lo único que quería era vernos partir. A mí no me gustaba mucho la idea pero sabía que era lógico, lo que correspondía. Era clave recuperar a mi hermana Manuela que, ahora sin novio oficial, se había vuelto incontrolable para la tía Chilaca, que ya no se sentía en edad para estar castigando a una chica que ni siquiera era su hija.

A Federica no le pareció bien «la evicción» e insultó a un maestro pintor, pero luego de tres infernales días en que no me contestó los llamados nos vimos en su casa y el rito de la reconciliación fue como partir de nuevo.

—Me gustaba nuestra pieza, pero más me gusta volver a tener una familia —le dije—. Igual vamos a poder vernos. Mi casa pasa sola, la tuya también.

—Esta mierda no es mi casa.

—Pero la mía sí. Estamos de vuelta y yo quiero que vayas todos los días si quierves. Eres, mal que mal, mi polola.

—¿Lo soy?

—Supongo.

—Digamos que tú eres mi pololo. ¿Te parece?

—Me parece.

Vimos *Castillos de hielo* en el cine Las Condes, en la función del viernes por la noche, con puros niñitos bien con aspecto saludable. Pasaron la sinopsis de *Gente como uno* y el nuevo comercial de Milo, donde Milo sale saltando en garrocha mientras un Estadio Maracaná a máxima capacidad lo vitorea.

La película, sobre una campeona de patinaje en el hielo que queda ciega y lucha contra la adversidad, me encantó. Federica incluso lloró y yo le tomé la mano.

—Parecemos gente normal —me dijo.

Yo no le respondí pero me sentí como un corredor al final de la meta. Había llegado y ni siquiera estaba cansado.

—¿Viste? —le dije— Con amor todo se puede.

—Ay, por favor, estás hablando como en la película.

Era septiembre, primavera, y en un par de días Pinochet iba a realizar un plebiscito para intentar legitimar su nueva Constitución.

A la salida del cine, Federica se topó con una amiga llamada Antonia, que andaba con un tipo con pinta de mateo y chaleco Lacoste azul, Gonzalo McClure. Se saludaron y ella le contó que venía llegando de Brasil, del viaje de estudios. Antonia le preguntó cómo estaba su relación con su madre.

—Me puse en buena con ella. ¿Qué iba a hacer? Tiene un novio que no es joven y tiene campo. Vivimos por aquí cerca. Esto huele a estabilidad.

Federica quiso celebrar su regreso a «la moral Las Condes» y nos fuimos al Juancho's, donde la conocían de antes. El local era oscuro y la música sonaba muy fuerte. Todos los que estaban ahí parecían cansados. Se notaba que ya llevaban años siendo adolescentes, no como yo que recién lo estaba saboreando.

—Paz, sírvete dos *vodka tónics*.

—Yo no tomo.

—Esta noche tomarás y quién sabe qué más —me dijo Federica antes de partir al baño, donde saludó a un tal Matías (así que éste era el famoso Vicuña que perseguía mi hermana).

—¿Río estuvo bien?

—Mejor que esta mierda.

—Bueno, conversen. Ya vuelvo.

Debajo de su piel bronceada y esa onda que sólo son capaces de exudar aquellos que tienen onda, Matías Vicuña parecía un tipo asustado, incapaz de estar siquiera un minuto consigo mismo.

—Hola.

—Hola.

—¿Estás saliendo con la Fede?

—Sí.

El pelo de Matías era más bien largo, desordenado, y guardaba el sol de Río; sus ojos, idos por la droga, no lo dejaban ver con claridad.

—Es una gran tipa.

—Así es.

—Ten cuidado, eso sí.

—¿Crees que me puede hacer algo?

—No, creo que tú la puedes dañar sin darte cuenta.

El barman me pasó los dos tragos. Probé uno y me pareció fuerte y amargo.

—¿Querís algo? —me dijo, tocándose la nariz.

—¿Qué?

—Tú sabes.

—No, gracias. No le hago a esas cosas.

—Te pierdes algo bueno. Es gratis.

—No. En serio.

—Vale.

Vicuña partió al baño y yo me quedé mirando la pista de baile. Más allá, en la barra, una chica crespa con una polera con una foto de Barbra Streisand y un tipo abrazados, se tomaba un trago al seco.

—¿Así que estás enamorado?

—¿Cómo?

Lo miré. Sudaba y, a la vez, parecía tener frío.

—¿Si te gusta? —me gritó.

—Sí. Las dos cosas. Me gusta y estoy enamorado.

—Guau.

—Sí. Ser joven tiene sus ventajas.

—¿Tú crees?

—Sí.

—Yo no. Pero da lo mismo. Bien por ti. Buena onda para ti. Para los dos.

—¿Lo estás diciendo en serio?

—Sí, huevón. *Relax*. Cero mala onda. Al menos, para ti.

—Gracias.

—De nada.

—Buena onda entonces.

—Buena onda. Por ahora. ¿Seguro que no quieres una línea? Mira que tu novia fue amable y tuvo la gentileza de dejarnos un poco.

Una mujer descasada (*An Unmarried Woman*, USA, 1978, 130 min)

DIRIGIDA POR: Paul Mazursky

CON: Jill Clayburgh, Alan Bates, Michael Murphy, Lisa Lucas

VISTA EN: 1980, Multicine de Vitacura, Santiago de Chile

Después de que se fue mi padre, mi madre no estuvo nada de bien. No es que lo echara de menos; no estaba acostumbrada a ser —o no quería ser— una mujer sola. Quería y no quería. Leía novelas de Erica Jong y Nancy Friday y subrayaba *Tus zonas erróneas*, pero, durante esos primeros meses, antes de que se derrumbara y decidiera cerrar la casa, lo más difícil para ella fuimos nosotros.

Por mi lado tampoco era fácil. No tener padre no me afectó porque en el fondo nunca había tenido uno. Cuando él partió sentimos que ya no teníamos más un allegado, un arrendatario que ya no pagaba, un desconocido que ni siquiera era capaz de saludar.

Sin embargo, el peso de tener que ser su marido como me dijo Zacarías Enisman, me aterró. Para la fiesta de fin de año de 1977, mi madre me llevó como su acompañante a una convivencia en el restorán La Estancia. A veces la tenía que acompañar al supermercado o, si se atrasaba, preocuparme de que la Manuela dejara de hablar por teléfono. Muchas veces simplemente íbamos al cine. Mi madre me llevaba a ver películas de mayores. Yo la acompañaba a ella, ella —supongo— me acompañaba a mí. Vimos cintas que no debería haber visto, no porque tuvieran sexo sino porque tenían verdades que no me correspondía comprender. Vimos *Interiores*, y cuando me cansé de esperar que Woody Allen apareciera, percibí que el drama de esa familia no era tan distinto del nuestro. Fuimos a ver *La chica del adiós*, por razones obvias. Cualquier cinta sin un padre era un filme que nos interesaba; cualquier filme en que aparecía un marido era un filme donde estaba claro quién era el malo.

Juan Antonio Mancini era un ingeniero civil que se peinaba a la gomina. Sufría porque un hermano suyo aparecía en televisión como uno de los hombres del presidente mientras él se remojaba en el estofado del anonimato. Su aparición fue, en un principio, un regalo del cielo. Idolatraba a Juan Antonio Mancini no por lo que era (no era más que un pobre empleado de la Goodyear, un apoderado más del Saint Luke's) sino porque me dejó el espacio libre. Sin Juan Antonio Mancini, lo sé, no hubiera pasado tanto tiempo donde Julio Facusse; sin Juan Antonio Mancini y sus patéticos anteojos de doble fondo no hubiera podido conocer y abrirme a Federica Montt.

Si uno se hubiera topado con Mancini en la calle (yo lo vi un par de veces a la salida del Saint Luke's, cuando íbamos a buscar a la Manuela) no lo hubiera mirado dos veces. O lo hubiera mirado en menos. Mancini no era Steve McQueen. Mancini no era Charlton Heston. La película quizás era de catástrofe pero él no era ningún héroe. Ésa era su gracia, lo que él quizás nunca se imaginó que podía jugarle a su favor. Mancini era lo opuesto a mi padre, eso era todo; y era suficiente para transformarlo en Dios.

—Mamá, te llama Mancini —gritaba mi hermana y mi madre se ponía colorada.

—Ay, te gusta —le decía.

—Es un amigo, no más. Un amigo.

Juan Antonio Mancini apareció de improviso y desapareció de igual modo. Sucedió rápido, como suceden estas cosas. Todo se vino encima, además, como en un terremoto. Mi madre se puso tan extraña (dejó de abrir las cortinas, llegaba temprano, no hablaba por teléfono, un día faltó a su trabajo y durmió seis horas) que yo, que no quería andar nervioso y triste y alterado, opté por sacarla a la calle. No me hacía falta preguntarle qué había ocurrido.

Invité a mi madre al cine. No íbamos en mucho tiempo, sentía que lo necesitaba. La llevé a ver *Una mujer descasada*. Había leído la reseña de María Romero y me había asegurado de que terminaba feliz. Nada de suicidios, nada de clínicas siquiátricas.

—Es para mayores, eso sí —le dije—. No sé si me dejen entrar.

—Tú ya eres mayor. Créeme.

—Tengo dieciséis.

—A veces, no sé por qué, siento que tienes muchísimos más.

Creo que a mi madre le gustó *Una mujer descasada,* supongo que se sintió tocada. El marido de Jill Clayburgh le dice que la va a dejar, que tiene otra. Mi padre nos dejó por otro país. Qué será peor. Pensé que a lo mejor mi padre se fue porque quizás mi madre tenía otro. ¿Era posible? El final nunca se me va a olvidar, no sólo porque no lo entendí, sino porque la imagen era muy potente. A la mujer descasada le regalan un inmenso cuadro. Pero inmenso de verdad, de unas dimensiones casi imposibles para que ella lo sujete con las dos manos. Creo que es un regalo de despedida de su amante, un pintor con barba que tiene cinco hijos y uno más en camino, y una mujer a quien le da lo mismo que le hayan sido infiel con tal de que no se vaya, de que se quede, de que olviden. La mujer descasada camina por Nueva York y hay mucho viento y el cuadro ataja el viento y ella se transforma en algo así como una veleta. Se queda sola, flotando, moviéndose para todas partes, pero relativamente feliz, en paz.

—¿Te gustó? —le pregunté en el auto de vuelta.

—Me pareció real. Al final se queda sola.

Aquí me pierdo, aquí comienza a fallarme la memoria; aquí los hechos y los tiempos se cruzan y fusionan pero todo ocurrió esa semana, la semana de noviembre de 1980 en que se estrenó *Una mujer descasada.*

Federica andaba rara (fiestas sorpresas a las que yo no era invitado, fumando y jalando con la escoria del Juancho's) y, sobre todo, distante e hiriente. Era como si ya no quisiera estar conmigo incluso cuando estaba conmigo. No quería tener sexo, no quería hablarme.

—Estoy atrasada —me dijo, finalmente.

—¿A dónde tienes que ir?

Silencio. Un largo y pavoroso silencio,

—Si no sabes lo que te estoy diciendo es que eres más huevón de lo que pensaba.

Me lo dijo con rabia, con furia, con odio, con miedo.

Llamé a Zacarías Enisman pero al escuchar su voz colgué. Sabía el sermón que me esperaba. Recurrí a Julio Facusse, que me dio mil datos.

—¿Cómo sabes tanto de esto?

—La experiencia —me respondió, casi orgulloso, como si eso fuera una prueba de virilidad.

Con Facusse recorrimos pasillos oscuros, vimos departamentos tétricos del centro, a un tipo desdentado por la Estación Central. Nos quedamos con una señora que tenía un departamento arriba de una peluquería por la calle Puente. Recuerdo el olor a cera depilatoria mientras Julio averiguaba los detalles y negociaba los pagos.

A veces me parece que, tal como siento que Juan Antonio Mancini me abrió una tregua, un espacio libre, un recreo para pasarlo bien, también pienso que fue él, o su mujer, o sus cinco hijos y «uno en camino», los que me cerraron las puertas y me hicieron percatarme de que era hora de crecer, de que en el mundo de los grandes los que tenían mucha suerte podían subsistir; aquellos realmente afortunados incluso podían olvidar.

Esa noche, mientras dormía, sentí una presencia en mi pieza. Alguien me observaba. Poco a poco comprendí que alguien lloraba. Lloraba a mi lado. Era una persona frágil, fracturada, débil. La que lloraba en la oscuridad más absoluta era mi madre. De inmediato pensé que estaba enterada. La madre de Federica la había llamado. No tenía más que hacer, esto era el final, ya me podía imaginar la cara de decepción de mi abuelo.

—Es lo de Federica…

—No. ¿Le pasa algo?

—No.

Pude respirar, el fuego en la boca del estómago cesó. Pero mi madre seguía llorando.

—Estamos en serios problemas.

Era mi hermana, sin duda que se trataba de mi hermana.

—¿Qué le pasó a la Manuela?

—No es ella, soy yo —y me tomó la mano.

Seguía llorando. Al principio no entendí pero luego, mientras amanecía, entendí todo, entendí muchas cosas.

En la mañana, a las siete, sonó el teléfono.

—Falsa alarma —me dijo Federica—. Dios es grande. No pasó nada

de nada. Pero, puta, aprendí la lección. Nos salvamos, Beltrán. Nos salvamos por un pelo.

—Sí —le respondí—. Te salvaste. Tienes mucha, mucha suerte.

Esa tarde paré un taxi y acompañé a mi madre.

—¿Estás segura?

—Sí.

En el camino me preguntó:

—¿Cómo sabes de estas cosas?

—Experiencia. Una vez acompañé a un amigo. Todo va a salir bien.
Tú cálmate. Yo estoy aquí.

El taxi se detuvo frente al viejo edificio. Apreté el piso cinco. El
ascensor olía a cera depilatoria.

«Un terremoto fuerte destruye en un instante nuestros más enraizados conceptos. La Tierra, el emblema mismo de la solidez, se ha movido bajo nuestros pies como un fluido. En un segundo nuestra mente ha creado la extraña idea de inseguridad que horas de reflexión no habrían producido».

—CHARLES DARWIN, *Reflexiones tras presenciar el terremoto de Concepción del 20 de febrero de 1835*

MIÉRCOLES
17 de enero del 2001
10:43 AM
Los Ángeles, California

—Aló, ¿Manuela?

—Sí.

—Habla tu hermano.

—Ah... Hola... ¿Qué tal?

—¿Estabas durmiendo?

—Sí, una siesta eterna. Qué manera de dormir.

—Perdona por despertarte.

—Da lo mismo. ¿Qué hora es?

—Son las tres y tanto de la tarde allá en Santiago. Acá hay cinco horas menos.

—Puerto Octay. Sigo acá.

—Cierto... ¿Dormías profundo?

—Sí, muy profundo. Demasiado, quizás.

—¿Soñabas?

—Como nunca. Soñaba con la casa de Ignacio Echaurren. ¿Te acuerdas?

—No he hecho otra cosa que recordar, Manuela. Todos estos últimos días. ¿Qué soñabas?

—Una escena muy rara.

—Cuéntame.

—¿Tienes tiempo?

—Todo el tiempo, ahora tengo todo el tiempo.

—Estábamos todos al lado de la piscina. Un gran asado. Era el fin del verano. En el agua estaba Milo y un par de los Echarruren. ¿Te acuerdas de ellos?

—Los Waltons chilenos.

—Exacto. Cantaban esos temas de *La novicia rebelde*.

—Sí.

—Bueno, estábamos todos ahí... pero todos, Beltrán, todos. Tú estabas en el agua también y eso que tú casi nunca estabas. Te fuiste tan rápido de la casa.

—A los dieciocho.

—Sí. Pero en el sueño, Beltrán, estábamos todos. El abuelo Soler estaba vivo. Lo mismo que la tía Chilaca y Tyrone Acosta. ¿Te acuerdas de Tyrone Acosta?

—Mucho.

—Estaban todos los muertos y todos los vivos.

—¿Estaba el tío Beltrán?

—Estaban todos aquellos que alguna vez conocí.

—¿Y Carlos Soler?

—No, fíjate. Carlos Soler no estaba. Raro, ¿no?

—No tanto.

—Pero estaba la tía Marta y la tía Nora. Estaba la Natacha, guapísima como siempre, y hasta el tío Yul estaba, con su cabeza rapada brillando al sol. Estábamos todos ahí, en el jardín, cuando comienza el terremoto del noventa y cinco.

—Del ochenta y cinco.

—Eso. Sí. Quizás no era ése. No sé. Pero puede ser otro.

—No ha habido otro. Aún.

—No me asustes, Beltrán. No sé qué terremoto fue. Era un sueño. Estoy confusa.

—Para eso están los sueños: para confundir.

—Puede ser, pero no me confundas más, ¿ya?

—Perdona.

—El asunto es que estamos todos ahí, en el asado, debajo del pa-
rron, mirando cómo se asa la carne. Entonces se larga a temblar. El tata
Teodoro fue el que se dio cuenta primero.

—¿Cómo?

—Por el vino dentro de los vasos.

—Se fijó cómo vibraban.

—Sí. Entonces comenzó a caer polvo desde las tejas y vino un ruido
subterráneo, como si pasara un tren de carga bajo nosotros. El vino
derramado se esparció sobre el cemento y unos perros comenzaron a
aullar.

—¿Eran dálmatas?

—Sí, dálmatas. ¿Cómo lo sabes?

—Adiviné. Hemos estado pensando en lo mismo, Manuela.

—¿Soñaste lo mismo?

—No, lo estuve escribiendo.

—¿Qué?

—Nada. Quizás tanto terremoto en el aire nos ha afectado.

—Los terremotos me aterran, Beltrán.

—Es la manera que tiene la Tierra de liberarse de sus fantasmas.

—Eso lo decía el Tata.

—Sí.

—Pero lo decía para calmarnos... creo que él les tenía pavor a los
terremotos.

—Yo también. Pero les tenía respeto, mucho respeto. Pero qué más
pasó en tu sueño. Dime.

—Todos miramos la piscina y el Tata dijo: Grado Nueve.

—¿Nueve?

—Sí. El agua de la piscina se puso como el mar en medio de la peor
de las tormentas.

—Las olas saltaban fuera y mojaban el pasto.

—Tal cual. Entonces me fijé que uno de los chicos Echaurren tiritaba al fondo del jardín rodeado de los dálmatas. Tú seguías en el agua;
parecía que te estabas riendo porque la fuerza de las olas te bajaban y
te subían como si estuvieras saltando en una cama elástica.

—¿Entonces?

—Entonces la piscina se partió. Porque eso fue lo que pasó, ¿te acuerdas? Tanto nos amenazaron que nunca la dejáramos vacía y justo la mamá la vació porque ninguno de nosotros estábamos. Después llegó el 3 de marzo, y dicho y hecho: la piscina se trizó. Nunca más pudimos usarla, Beltrán.

—Se trizó entonces...

—Sí, aunque en el sueño se trizó aún más. Literalmente se partió en dos. Tanto, Beltrán, que se vio la tierra, y el agua se fue por ahí, se vació en un instante.

—¿Y yo?

—Te fuiste con el agua. Entonces sonó el celular.

—¿Qué?

—Desperté. Me despertaste.

—Vaya sueño.

—Sí. Un horror. Lo que se llama una pesadilla.

(silencio)

—Quedé mal.

—Fue un sueño, Manuela. Cálmate.

—Sí sé, pero me dejó inquieta.

—La piscina se trizó porque estaba vacía. No había nadie en su interior.

—No te preocupes, ya pasó.

—Si sé. Si no es eso...

—¿Qué?

—Nada.

—¿Segura?

(silencio)

—El terremoto del odenta y cinco destruyó nuestra casa. No la derrumbó, pero después no volví más.

—Estaba destruida qué rato.

—Perfectamente se pudo reforzar. Tan mal no quedó, Beltrán. Lo peor fue la chimenea y la piscina y unas cuantas grietas. Nada tan grave... No era para tomar una decisión tan drástica.

—A la larga, todos queríamos cerrarla definitivamente. Quizás nunca debimos volver a abrirla.

—Tú ya no vivías ahí. Estabas en esa casa de la calle Toesca.

—Lejos de todo. Aun así, no pude evitar que me afectara. Esa casona perdió un muro entero y se vino abajo.

—¿Te acuerdas del edificio de El Faro?

—Se ladeó, sí. Como la torre de Pisa. Tuvieron que dinamitarlo. Eso fue el fin de los Bulnes.

—A partir de ahí se desparramaron.

—El Tata siempre le dijo al tío Choclo que ese terreno podía ceder.

—Y cedió.

—Todo cedió.

—Todo se vino abajo, Beltrán.

—Todo se vino abajo.

(silencio)

—Tengo que contarte un par de cosas.

—¿Qué?

—Allá, cuando regrese.

—¿Qué?

—Allá mejor, Manuela. Cara a cara.

—¿Viste a...?

—No. Pero vi al tío Javi. Y fue raro... y fue bueno.

—¿Dónde?

—En su casa. Vive en el Valle.

—¿En Encino?

—En Burbank. Vive solo en un sitio donde todas las casas son iguales.

—¿Y la Yayi?

—Murió hace dos años.

—¿Sí?

—Sí. Estaba viejita. Murió en un asilo cerca del desierto, donde siempre hacía calor. Nunca pasó frío pero no entendía lo que decían los otros viejitos, Nunca pudo aprender inglés.

—No sé qué decirte.

—Nada, la vida no más. Las reglas de la vida, Manuela. Es lo que pasa, es lo que nos va a pasar a todos.

(silencio)

—Primero llamé a nuestro primo Jason.

—¿Cómo?

—Primero llamé a Jason Soler, así ubiqué al tío Javi.

—Pero si no lo conoces.

—Ya sé. Pero estaba en la guía. Miré rápido y vi J. y pensé que la J. era de Javier. Me equivoqué. Hay más Soler en Los Ángeles de lo que pensaba.

—¿Qué te dijo?

—Nada. Poco.

—Hablaron en inglés.

—Sí.

—¿Sabía que existías? ¿Que existíamos?

—Algo. Sabía que tenía parientes en Chile. Pero me colgó rápido. Me dijo que no le interesaba hablar conmigo.

—¿Te dijo eso? Cómo tan pesado. ¿A qué se dedica?

—No sé.

—¿Y la…? ¿Cómo se llama nuestra prima?

—Jenny. Después Javi me contó sobre ella. Vive en Nevada.

—¿Sí?

—Sí.

—¿Y qué más te dijo Jason?

—Poco más. Me dijo que no tenía contacto con la familia y menos con el hijo de puta de su padre. Que no desea ver o saber de nadie que lleve sangre Soler en sus venas.

—¿Te dijo eso?

—Sí.

—Toda esta familia se odia, nadie es capaz de hablarse, qué estirpe más maldita.

—Así es.

—¿Javi supo alguna vez de Carlos? ¿Alguna noticia al menos?

—Nada. Nunca supo nada más.

(silencio)

—Tengo que colgarte, Manuela. Estoy con poco tiempo.

—Pero cuéntame. Me llamaste para eso, ¿no?

—Ya debería estar en el aeropuerto.

—¿Por fin partes a Tokio?

—No.

—Beltrán, ¿en qué estás?

—No sé. Parto a San Salvador, en TACA. Sale en menos de dos horas. Estoy atrasado. Por suerte estoy al lado del aeropuerto. ¿Adivina dónde estoy?

—¿En el hotel?

—No.

—No sé. ¿Cómo quieras que sepa?

—¿Te acuerdas de ese *donut* gigantesco, cerca de la calle Ash?

—Sí. Por las fotos. Hay una foto de los cuatro parados frente a ese *donut*.

—Aquí estoy. El *donut* me da sombra. Deberías oler el aroma a chocolate y canela que hay.

—Así que ahí estás.

—Sí.

—Te imagino ahí parado.

—Me gusta estar acá. Pero ahora necesito partir a San Salvador, Manuela. Llegaré a tiempo al funeral. No es un vuelo largo.

—¿La mamá sabe?

—No.

—¿Le aviso?

—Me verá en la iglesia. Ya falta poco.

(silencio)

—¿Cómo estaba el tío Javi?

—Debo colgarte, de verdad.

—Entiendo.

—Gordo, un poco solo. Pero bien. Cariñoso. Me regaló muchas películas.

—¿DVDs?

—No, las películas de nosotros. Las películas de mi vida. De nuestras vidas. De cuando vivíamos acá.

—¿Esas mudas?

—Esas. Las de 8mm que filmó el abuelo.

—Me gustaría verlas.

—Ya las verás.

—Suerte, entonces. Buen viaje.

—Gracias.

—Ha sido bueno conversar contigo. Importante.

—Para mí también, Manuela.

—¿Sí?

—Sí.

(silencio)

—Te llamo de allá, ¿bueno?

—Hazlo. Voy a estar esperando tu llamado. ¿Después partes a
Japón?

—Regreso a Santiago.

—Podría ir a esperarte al aeropuerto.

—Te llamo. Veamos qué pasa. Aún no sé la fecha.

(silencio)

—¿No viste a...?

—No.

—¿Y qué supiste de él?

—¿De nuestro padre?

—Sí.

—Cosas.

—¿Buenas?

—De todo. Pero ya no vive por acá.

—¿Dónde está?

—Adivina.

—¿Las Vegas?

—Santiago.

(silencio)

—¿Desde cuándo?

—No lo sé. Pero desde hace años. Muchos años. Tengo su dirección. Y su teléfono.

—Dime, ¿dónde?

—A dos cuadras de mi casa, calculo. En la calle Gorbea. Años viviendo cerca y nunca nos encontramos.

—A lo mejor ahora se encuentran.

—Ahora le voy a tocar la puerta.

—¿Y qué le vas a decir?

—Le voy a decir: «Hola, papá, tanto tiempo». Quizás después lo invite al cine.

AGRADECIMIENTOS

—Guillermo Schavelzon, Mónica Herrero y Federico Ugo
—Leylha Ahuile, Jim Fitzgerald
—Gabriel Sandoval
—René Alegría, Andrea Montejo
—Antonio Martínez, Valentina Justiniano
—Andrea Palet, Edmundo Paz Soldán, Felipe Merino
—Shelton and Alejandra Hochstaedler
—Eliana Escobar de Fuguet
—Diego Curubeto y Jacqueline Mouesca (por gatillarme la idea)
—Jaime Campos del Instituto Sismológico de la Universidad de Chile